사르비아 총서 · 320

사랑 손님과 어머니(외)

주요섭 지음

범우사

국립중앙도서관 출판시도서목록(CIP)

사랑 손님과 어머니(외) / 주요섭 지음. -- 파주 : 범우사,
2004
    p. ;   cm. -- (사르비아 총서 ; 320)

ISBN 89-08-03312-2 04810 : ₩6000
ISBN 89-08-03202-9(세트)

813.6-KDC4
895.733-DDC21   CIP2004001995

차 례

▨ 이 책을 읽는 분에게 · 5

사랑 손님과 어머니 · 17
아네모네의 마담 · 49
추물醜物 · 64
인력거꾼 · 88
열 줌의 흙 · 107
대학 교수와 모리배 · 128
붙느냐 떨어지느냐 · 139
눈은 눈으로 · 157
잡 초 · 180
할머니 · 196
북소리 두둥둥 · 208
영원히 사는 사람 · 227

☐ 연 보 · 256

이 책을 읽는 분에게

1

근대소설의 금과옥조金科玉條는 리얼리즘이다. 서구의 찬란한 소설 문학은 기법의 혁신으로 이루어진 리얼리즘의 확대와 심화에 의한 인간 의식의 형상화이다.

20년대 한국 소설의 여러 양상도 리얼리즘을 기조로 한 소설 영역의 확대 현상이라고 할 수 있다.

춘원春園의 소설을 이상적 사회개혁을 목적으로 하는 교시적인 문학이라고 반박하면서 〈약한 자의 슬픔〉을 발표하고 〈감자〉〈붉은 산〉〈광염 소나타〉 등으로 그 지향성을 확대해 간 김동인이나, 〈표본실의 청개구리〉로 자연주의를 시도하다가 〈일대一代의 유업〉〈두 파산〉〈임종〉 등 세정世情과 서민의 생활을 리얼하게 부각시킨 염상섭, 극적劇的인 구조와 기법, 사회 의식으로 〈빈처〉〈운수 좋은 날〉〈술 권하는 사회〉〈불〉과 같은 작품으로 그 시대의 고민을 그린 현진건, 〈젊은이의 시절〉〈옛날 꿈은 창백하더이다〉 등 감상적 아기雅氣어린 경향에서 〈물레방아〉〈뽕〉〈벙어리 삼룡이〉 등 현실에 바탕을 두고 삶의 절규를 묘파描破한 나도향 등의 소설은 바로 한국 근대소설의 이정표를 가늠하게 하는 리얼리즘의 다변화라고 할 수 있다. 그리고 신경향파 소설도 노동자와 농민의 빈곤과 갈등이라는 제재題材의 편중과 주제의 획일에 의한 리얼리즘의 한 양상에 지나지 않는다.

이러한 리얼리즘은 이상의 〈날개〉〈종생기〉〈실화失花〉등의 심리주의와 김성한의 〈바비도〉〈오 분간〉, 손창보의 〈비 오는 날〉〈낙서족〉〈잉여인간〉, 장용학의 〈요한 시집〉〈비인非人 탄생〉〈현대의 야野〉, 오상원의 〈모반謀反〉〈유예猶豫〉〈황선지대黃線地帶〉, 서기원의 〈전야제〉 등의 전후소설戰後小說에 의해 더욱 확대·심화되면서 한국 소설의 주류를 이루고 있다.

1921년 《개벽》지에 〈추운 밤〉을 발표하여 등단한 뒤 〈사랑 손님과 어머니〉〈아네모네의 마담〉으로 문명文名을 떨치고 〈열 줌의 흙〉으로써 작품 활동을 마친 주요섭의 소설은, 변모 과정은 있다 해도 한국 리얼리즘 소설의 진면모를 보여 주고 있는 것이다.

2

〈추운 밤〉 이후에 〈인력거꾼〉〈사랑 손님과 어머니〉〈눈은 눈으로〉〈여대생과 밍크 코트〉〈열 줌의 흙〉 등 단편 26편과 〈첫사랑〉〈미완성〉 등 중편 2편, 〈구름을 잡으려고〉〈길〉〈일억 오천만 대 일〉〈망국노군상亡國奴群像〉 등 장편 4편을 남긴 주요섭의 소설은 대체로 가냘픈 사회 의식과 사랑과 자아의 각성을 구심으로 하는 인간 존재를 해명하려는 경향이 그 주조를 이루고 있다. 흔히 그가 상해의 후장〔滬江〕 대학 시절에 발표한 〈추운 밤〉〈인력거꾼〉〈살인〉〈개밥〉과 같은 초기 작품을 신경향파 소설이라고 하여 경시하고, 그 후의 〈사랑 손님과 어머니〉〈아네모네의 마담〉〈대학 교수와 모리배〉와 같은 작품을 그의 소설의 전부인 양 말해지는 것도 희박한 대로 사회 의식에 의한 현실의 부감俯瞰을 간과한 데서 오는 잘 못된 결과이다. 해방 후의 〈눈은 눈으로〉에서 일제의 압박에서 해방되던 날, 주인공이 누군가 불을 질러 훨훨 타는 신사神社를 보면서,

  타라, 타! 타 없어져라. 일본 민족의 수호신, 일본 족속의 최고의 숭배와 신앙의 대상인 신사가 지금 타서 재로 변하고 있다…… 아 탄다. 잘도 탄다. 타 죽어라. 영원히 타 죽어라. 그래서 우리 나라 이 땅에 아니 세계 어디에, 있었건 너는 타서 재가 되고 이 세상에 지어지지 못하게 되라.
  아, 개인 개인간의 복수는 없어도 좋다. 너희들의 국신을 우리 손으로 태워 버림으로써 우리 민족 전체의 복수가 실현됐다. 아, 불아! 통쾌한 불아.

라고 외치면서 눈물을 흘리는 장면은 단순한 감동이 아닌 역사 의식이 투철하게 나타나 있음을 볼 수 있다. 그러기에 어느 작가의 주된 경향을 경솔하게 규정짓는 것은 위험한 일이며, 소설의 올바른 이해를 가로막는 장애가 될 것이다.

주요섭의 소설은 대체로 3기로 구분해 볼 수 있다. 그 중 제1기는 〈추운 밤〉(1921)에서 〈개밥〉(1927)에 이르는, 주로 하층계급의 생활과 갈등을 그린 시기이며, 제2기는 〈할머니〉(1930)에서 〈봉천역 식당〉(1937)에 이르는, 애정을 구심으로 하여 삶의 의미를 추구해 보는 시기요, 제3기는 〈대학 교수와 모리배〉(1946)에서 〈열 줌의 흙〉(1967)까지의 사회 의식의 각성과 자아의 자각을 탐색해 가는 시기라고 할 수 있다.

제1기는 후장 대학 재학 시절에 해당하며 〈추운 밤〉을 위시하여 〈인력거꾼〉〈영원히 사는 사람〉〈개밥〉 등 주로 하층인들의 생활을 부각浮刻하여, 빈곤 속에서 삶을 절규하는 인간상을 그리고 있다. 이 시기는 소위 신경향파라고 지목되는 시기이기도 하다. 조연현이 《한국현대문학사》에서 "이 초기 작품들은 당시 유행적 경향이었던 초기 프로 문학의 일반적 특성인 하층계급의 생활과 그것의 자연발생적인 반항적 요소로 이루어진 것"이라고 말하고 있듯이, 하층인들의 생활을 재물로 삼고 있지만, 그것은 어디까지나 생활에 얽힌 인간성의 탐구라고 할 수 있다. 사회 의식을 승화시킨 〈추운 밤〉의 병서, 자아의 신장을 방해하는 요소에 저항하는 〈살인〉의 우뽀, 하층 생활에 지쳐 쓰러지는 〈인력거꾼〉의 아찡, 사람 노릇을 다하고 즐거움 속에 끝없는 세계로 가는 〈영원히 사는 사람〉의 아쌔는 각기 현실과의 상극에서 찾는 향일성向日性을 보여 주고 있다.

제2기는 그가 북경의 푸런輔仁 대학 교수를 비롯하여 객지에서 안정을 얻은 시기로, 그의 대표작이라고 회자되는 〈사랑 손님과 어머니〉를 위시하여 〈대서代書〉〈아네모네의 마담〉〈미완성〉 등 비교적 성숙한 작품을 발표하던 시기이다. 이 시기에는 애정과 향수를 구심으로 하여 삶의 의미를 추구하고 있다. 할머니에 대한 애정을 간결하게 그린 〈할머니〉, 세월에 몸과 마음이 타락한 애희에게 실망하여 다시 떠나는 진형의 〈왜 왔던고?〉, 천재 화가 박병직의 청순한 강영순에 대한 피끓는 사랑을 그린 〈미완성〉, 〈사랑 손님과 어머니〉 등으로 애정과 향수에 어린 인간 생활의 절규를 형상화하고 있다.

　제3기는 경희대 교수로서, 안정된 시기로 앞의 두 시기의 경향이 지양되어 사회 의식 속에서 삶의 의미를 찾으려는 성숙한 작품을 보여 준다.

　먼저 〈대학 교수와 모리배〉〈해방 일 주년〉〈눈은 눈으로〉〈이십오 년〉 등은 보다 강렬한 사회 의식의 발현이며, 〈여대생과 밍크 코트〉〈비명 횡사한 유령의 수기〉〈세 죽음〉 등은 사회 의식의 자각에서 추구하는 삶의 의미요, 〈열 줌의 흙〉은 두 경향이 지양된 역사 의식에 의한 삶의 해명이다. 이러한 3기에 걸친 작품은 평면적 구성이나 장면과 요약으로 현실을 표현한 리얼리즘의 기법에 충실하고 있다.

　이러한 3기에 걸친 주요섭의 소설은 작가로서 전력투구는 하지 않았다고는 해도, 소설사에서 귀중히 평가되어야 할 문학적 유산임을 알 필요가 있다.

3

여기에 수록된 〈인력거꾼〉〈사랑 손님과 어머니〉〈아네모네의 마담〉〈추물〉〈열 줌의 흙〉 등등의 작품들은 3기에 걸친 주요섭 소설의 면모를 한눈으로 볼 수 있는 작품들이다.

그것은 하층 사회의 생활에 제재적 관심을 둔 〈인력거꾼〉에서, 애정을 구심으로 하는 삶의 의미를 추구하는 〈사랑 손님과 어머니〉〈아네모네의 마담〉〈추물〉을 지나, 역사 의식과 망향에 어린 삶의 집념을 그린 〈열 줌의 흙〉으로 결정되기 때문이다.

〈인력거꾼〉은 새벽부터 밤늦게까지 인력거를 끌며 그날그날을 살아가는 아찡의 고달픈 생애를 그린 작품이다. 새벽에 눈을 부비고 나간 아찡은 꿈자리와는 반대로 행운의 고객을 만나나, 갑자기 병이 생겨 무료 진료소를 찾아간다. 거기서 예수를 믿으라는 설교를 듣고 돌아와 죽는다. 인력거꾼의 생명은 8년이었다. 아찡을 매장한 뚱뚱보는 아무 일도 없었던 듯이 다시 인력거를 끌고 나간다. 인력거꾼의 숙명적인 생활의 의미가 잘 그려져 있으며, 아찡이 설교자의 말을 들으면서 천당의 의미를 되새기고 동구 앞을 지나다가 점장이를 찾는 것은 삶의 경외감을 느끼게 하는 장면이다. 이 작품에는 경박한 대로 사회 의식이 기조가 되어 있음도 간과할 수 없다.

〈사랑 손님과 어머니〉는 가장 널리 알려진 그의 대표작 중의 하나다. 조연현도 "이 중에서 〈사랑 손님과 어머니〉는 그의 말기까지도 합친 유일한 대표작으로서 성인의 연정戀情을 동심을 통하여 바라본 가작佳作이었다"고 평하고 나서, 이 작품에서 풍기는 예술적 향취가 이 작품을 그의 대표작으로 만들어 주는 문학적인 조건이 된다고 말하고 있다.

〈사랑 손님과 어머니〉는 한폭의 동양화를 연상하리만큼 산뜻하고 그윽한 향취가 풍기는 작품이다. 여섯 살인 옥희 눈에 비친 죽은 아버지와 외삼촌의 친구인 사랑 손님과 신혼 생활에 남편을 잃고 과부가 된 어머니 사이의 애틋하고도 안타까운 연정을 묘파하고 있다. 부주인공인 옥희의 눈에 비친 사랑 손님과 어머니의 심리 변화와 행동을 묘사해 보여 주는 일인칭 관찰자 시점으로 씌어진 이 작품은 깜찍하게 성인의 연정을 리얼하게 그리고 있다. 또한 옥희의 청순한 심적 변화를 화자話者의 고백체로 표현하여 향취를 더해 준다. 또한 사랑 손님과 어머니가 서로 흠모하면서 맺어질 듯한 심적 변화를 대비하여 아홉 장면을 수놓듯이 우아하고 간결하게 표현하고 있는 것이 인상적이다. 옥희의 전갈에 홍당무가 되는 어머니, 얼굴이 붉어지는 사랑 손님, 거기에 삶은 달걀, 남편이 죽은 뒤에 열어 보지 않던 풍금, 장난삼아 준 꽃, 편지를 껴넣은 손수건 등을 알맞게 배합하여 우리의 심금을 울려 준다. 이 작품은 젊은 과부인 어머니의 구舊 모럴에 얽매여 발버둥치는 삶의 절규가 고요하게 격동하고 있다. 그러나 연약하고 내적으로 비극을 삼키는 전형적인 한국의 여인상을 형상화하는 데 성공한 작품이다.

〈아네모네의 마담〉도 〈사랑 손님과 어머니〉에서와 같이 〈미완성 교향곡〉을 신청하고 사색에 잠기듯이 앉아 있는 사 삭보의 대학생을 흠모하는 나방 '아네모네'의 마담인 청순한 영숙의 흠모의 정을 부각시킨 작품이다. 실은 스승의 부인인 유부녀를 사랑하고 그녀의 죽음으로 실의에 빠진 대학생을 동경하는 여인의 소녀적인 심적 변화를 전지적 작가 시점으로 그리고 있다. 인생은 얼마나 일방적인 자의恣意로 그 의미를 달리하는가를 암시해 주고 있다. 〈사랑 손님과 어머니〉와 같이 영숙도 정적靜的이면서 평면적인 인물로 그려져 있어 더욱 인상에 남는다.

〈추물〉은 얼굴이 못생긴 추물인 언년이 우연한 인연으로 아이를 낳게 되어 그 생명의 존귀함을 보여 주는 작품이다. 앞의 두 작품과 같이 밀도 있게 짜여지지는 못했어도 삶의 집요한 의지를 공감하게 하는 작품이다.

〈열 줌의 흙〉은 70여 년 전에 미국에 이민을 가서 이역에서 형극의 삶을 누리면서 고국의 산천이 그리워 열 줌의 흙을 가지고 와 좁쌀을 키우며 망향의 심정을 달래는 노인의 피어린 삶을 극적 구성으로 일인칭 시점에 의해 형상화한 가작이다. 그러면서 직업을 구하는 학생과 식당 주인 낸시의 성격을 잘 부각시키며 사건은 밀도 있는 구성으로 진행한다. 낸시와 황의 손 위에 노인이 손을 얹어 축복하면서 혼수 상태에 빠지는 장면은 우리의 가슴을 찌릿하게 하는 의무적 장면이다.

턴디 신명이 너희들의 부부됨을 인정하고 축복해 주실 거다······지금 나는 죽어도 안심하고 눈을 감겠다. 선조에 대한 나의 임무를 잘 수행하고 나서 죽는 나는 세상에 여한이 없다. 난 기쁘기만 하다! 정말 됫새 기뻐······.

조국이나 고향은 고 노인에게는 신이요 신앙이다. 그 흙은 믿음의 매개체다. 이 울부짖음은 믿음을 실천하는 인간의 고귀한 절규다. 바로 그렇게 사는 것이 역사 의식을 실천하는 길이다. 이런 의미에서 밀도 있는 극적 구성으로 인간 의지와 조국과 조상에 대한 소명감에 살고자 하는 역사 의식을 구상화한 〈열 줌의 흙〉은 주요섭의 대표작이요, 그의 소설의 결정結晶이다.

이렇게 주요섭의 소설은, 초기에 보여 준 사회 의식과 2기의 애정을 중심으로 한 삶의 의미의 추구가 〈열 줌의 흙〉에서 낸시와 황과의 애정과 고 노인의 역사 의식으로 융합 지향되어 역사 의식 속에서의 삶의 의미의 추구로 결정結晶되어 있다.

주요섭은 리얼리즘의 충실한 건축사로서 〈사랑 손님과 어머니〉〈열 줌의 흙〉과 같은 대표작을 남기고 있다.

구인환(문학평론가 · 서울대 명예교수)

사랑 손님과 어머니(외)

사랑 손님과 어머니

나는 금년 여섯 살 난 처녀애입니다. 내 이름은 박옥희이구요. 우리 집 식구라고는 세상에서 제일 이쁜 우리 어머니와 단 두 식구뿐이랍니다. 아차 큰일났군, 외삼촌을 빼놓을 뻔했으니.

지금 중학교에 다니는 외삼촌은 어디를 그렇게 싸돌아다니는지 집에는 끼니때나 외에는 별로 붙어 있지를 않아 어떤 때는 한 주일씩 가도 외삼촌 코빼기도 못 보는 때가 많으니까요, 깜빡 잊어버리기도 예사지요, 무얼.

우리 어머니는, 그야말로 세상에서 둘도 없이 곱게 생긴 우리 어머니는, 금년 나이 스물네 살인데 과부랍니다. 과부가 무엇인지 나는 잘 몰라도 하여튼 동리 사람들이 날더러 '과부딸'이라고들 부르니까 우리 어머니가 과부인 줄을 알지요. 남들은 다 아버지가 있는데 나만은 아버지가 없지요. 아버지가 없다고 아마 '과부딸'이라나 봐요.

외할머니 말씀을 들으면 우리 아버지는 내가 이 세상에 나오기 한 달 전에 돌아가셨대요. 우리 어머니하고 결혼한 지는 일 년 만이고요. 우리 아버지의 본집은 어디 멀리 있는데 마침 이 동리 학교에 교사로 오게 되기 때문에 결혼 후에도 우리 어머니는 시집으로 가지 않고 여기 이 집을 사고(바로 이 집은 우리 외할머니댁 옆집이지요) 여기서 살다가 일 년이 못 되어 갑자기 돌아가셨대요. 내가 세상에 나오기도 전에 아버지는 돌아가셨다니까 나는 아버지 얼굴도 못 뵈었지요. 그러기 아무리 생각해 보아도 아버지 생각은 안 나요. 아버지는 사진이라는 사진은 나도 한두 번 보았지요. 참말로 훌륭한 얼굴이야요. 아버지가 살아 계시다면 참말로 이 세상에서 제일가는 잘난 아버지일 거야요. 그런 아버지를 보지도 못한 것은 참으로 분한 일이야요. 그 사진도 본 지가 퍽 오래되었는데 이전에는 그 사진을 늘 어머니 책상 위에 놓아 두시더니 외할머니가 오시면 오실 때마다 그 사진을 치우라고 늘 말씀하셨는데 지금은 그 사진이 어디 있는지 없어졌어요. 언젠가 한번 어머니가 나 없는 동안에 몰래 장롱 속에서 무엇을 꺼내 보시다가 내가 들어오니까 얼른 장롱 속에 감추는 것을 내가 보았는데 그게 아마 아버지 사진인 것 같았어요.
  아버지가 돌아가시기 전에 우리가 먹고 살 것을 남겨 놓고 가셨대요. 작년 여름에, 아니로군, 가을이 다 되어서군요. 하루는 어머니를 따라서 여기서 한 십 리나 가서 조그만 산이 있는 데를 가서 거기서 밤도 따먹고 또 그 산 밑에 초가집에 가서 닭고깃국을 먹고 왔는데 거기 있는 땅이 우리 땅이래요. 거기서 나는 추수로 밥이나 굶지 않게 된다고요. 그래도 반찬 사고 과자 사고 할 돈은 없대요. 그래서 어머니가 다른 사람의 바느질을 맡아서 해주지요. 바느질을 해서 돈을 벌어서 그걸로 청어도 사고 달걀도 사고 내가 먹을 사탕도 사고 한다고요.

그리고 우리 집 정말 식구는 어머니와 나와 단 둘뿐인데 아버님이 계시던 사랑방에 비어 있으니까 그 방도 쓸 겸 또 어머니의 잔심부름도 좀 해줄 겸 해서 우리 외삼촌이 사랑방에 와 있게 되었대요.

금년 봄에는 나를 유치원에 보내 준다고 해서 나는 너무나 좋아서 동무아이들한테 실컷 자랑을 하고 나서 집으로 돌아오노라니까 사랑에서 큰외삼촌이(우리 집 사랑에 와 있는 외삼촌의 형님 말이야요) 웬 한 낯선 사람 하나와 앉아서 이야기를 하고 있었습니다. 큰외삼촌이 나를 보더니 "옥희야" 하고 부르겠지요.

"옥희야, 이리 온. 와서 이 아저씨께 인사드려라."

나는 어째 부끄러워서 비슬비슬하니까 그 낯선 손님이,

"아, 그 애기 참 곱다. 자네 조카딸인가?"

하고 큰외삼촌더러 묻겠지요. 그러니까 큰외삼촌은,

"응, 내 누이의 딸…… 경선 군의 유복녀 외딸일세."

하고 대답합니다.

"옥희야 이리 온, 응! 그 눈은 꼭 아버지를 닮았네그려."

하고 낯선 손님이 말합니다.

"자 옥희야, 커단 처녀가 왜 저 모양이야. 어서 와서 이 아지씨께 인사해여. 니의 아비지의 옛날 친구신데 오늘부디 이 사랑에 계실 텐데 인사 여쭙고 친해 두어야지."
　나는 이 낯선 손님이 사랑방에 계시게 된다는 말을 듣고 갑자기 즐거워졌습니다. 그래서 그 아저씨 앞에 가서 사붓이 절을 하고는 그만 안마당으로 뛰어들어왔지요. 그 낯선 아저씨와 큰외삼촌은 소리를 내서 크게 웃더군요.
　나는 안방으로 들어오는 나름으로 어머니를 붙들고,
　"엄마, 사랑방에 큰삼춘이 아저씨를 하나 데리구 왔는데에, 그 아저씨가아, 이제 사랑에 있는대."
하고 법석을 하니까,
　"응, 그래."
하고 어머니는 벌써 안다는 듯이 대수롭잖게 대답을 하더군요. 그래서 나는,
　"언제부터 와 있나?"
하고 물으니까,
　"오늘부텀"
　"에구 좋아."
하고 내가 손뼉을 치니까 어머니는 내 손을 꼭 붙잡으면서,
　"왜 이리 수선이야."
　"그럼 작은외삼춘은 어데루 가나?"
　"외삼춘도 사랑에 계시지."
　"그럼 둘이 있나?"
　"응."
　"한방에 둘이 있어?"
　"왜 장짓문 닫구 외삼춘은 아랫방에 계시구 그 아저씨는 윗방에 계시구, 그러지."

나는 그 아저씨가 어떠한 사람인지는 몰랐으나 첫날부터 내게는 퍽 고맙게 굴고 나도 그 아저씨가 꼭 마음에 들었어요. 어른들이 저희끼리 말하는 것을 들으니까 그 아저씨는 돌아가신 우리 아버지와 어렸을 적 친구라고요. 어디 먼 데 가서 공부를 하다가 요새 돌아왔는데 우리 동리 학교 교사로 오게 되었대요. 또 우리 큰외삼촌과도 동무인데 이 동리에는 하숙도 별로 깨끗한 곳이 없고 해서 윗사랑으로 와 계시게 되었다고요. 또 우리도 그 아저씨한테서 밥값을 받으면 살림에 보탬도 좀 되고 한다고요.

그 아저씨는 그림책들을 얼마든지 가지고 있어요. 내가 사랑방으로 나가면 그 아저씨는 나를 무릎에 앉히고 그림책들을 보여 줍니다. 또 가끔 과자도 사주고요.

어느 날은 점심을 먹고 이내 살그머니 사랑에 나가 보니까 아저씨는 그때에야 점심을 잡수셔요. 그래 가만히 앉아서 점심 잡숫는 걸 구경하고 있노라니까 아저씨가,

"옥희는 어떤 반찬을 제일 좋아하누?"

하고 묻겠지요. 그래 삶은 달걀을 좋아한다고 했더니 마침 상에 놓인 삶은 달걀을 한 알 집어 주면서 나더러 먹으라고 합니다. 나는 그 달걀을 벗겨 먹으면서,

"아저씨는 무슨 반찬이 제일 만나우?"

하고 물으니까 그는 한참이나 빙그레 웃고 있더니,

"나두 삶은 달걀."

하겠지요. 나는 좋아서 손뼉을 짤깍짤깍 치고,

"아, 나와 같네, 그럼. 가서 어머니한테 알려야지."

하면서 일어서니까 아저씨가 꼭 붙들면시,

"그러지 말어."

그러시겠지요. 그래도 나는 한번 맘을 먹은 다음엔 꼭 그대로 하고야 마는 성미지요.

그래 안마당으로 뛰쳐 들어가면서,

"엄마, 엄마, 사랑 아저씨두 나처럼 삶은 달걀을 제일 좋아한대."

하고 소리를 질렀지요.

"떠들지 말어."

하고 어머니는 눈을 흘기십니다.

그러나 사랑 아저씨가 달걀을 좋아하는 것이 내게는 썩 좋게 되었어요. 그것은 그 다음부터는 어머니가 달걀을 많이씩 사게 되었으니까요. 달걀 장수 노파가 오면 한꺼번에 열 알도 사고 스무 알도 사고 그래선 두고두고 삶아서 아저씨 상에도 놓고 또 으레 나도 한 알씩 주고 그래요. 그뿐만 아니라 아저씨한테 놀러 나가면 가끔 아저씨가 책상 서랍 속에서 달걀을 한두 알 꺼내서 먹으라고 주지요. 그래 그 담부터는 나는 아주 실컷 달걀을 많이 먹었어요.

나는 아저씨가 매우 좋았어요. 그러나, 그렇지마는 외삼촌은 가끔 툴툴하는 때가 있었어요. 아마 아저씨가 마음에 안 드나 봐요. 아니, 그것보다도 아저씨 잔심부름을 꼭 외삼촌이 하게 되니까 그것이 싫어서 그러나 봐요. 한번은 어머니와 외삼촌이 말다툼하는 것까지 내가 들었어요. 어머니가,

"야, 또 어데 나가지 말구 사랑에 있다가 선생님 들어오시거든 상 내가야지."

하고 말씀하시니까 외삼촌은 얼굴을 찡그리면서,

"제길, 남 어디 좀 볼일이 있는 날은 으레 끼니때에 안 들어오고 늦어지니……."
하고 툴툴하겠지요. 그러니까 어머니는,
"그러니 어짜갔니? 너밖에 사랑 출입할 사람이 어디 있니?"
"누님이 좀 상 들구 나가구려. 요새 세상에 내외합니까!"
어머니는 갑자기 얼굴이 빨개지시고 아무 대답도 없이 그냥 외삼촌에게 향하여 눈을 흘기셨습니다. 그러니까 외삼촌은 흥흥 웃으면서 사랑으로 나갔지요.

나는 유치원에 가서 창가도 배우고 유희도 배우고 하였습니다. 유치원 여자 선생님이 풍금을 아주 썩 잘 타요. 그런데 우리 유치원에 있는 풍금은 우리 예배당에 있는 풍금과는 아주 다른데 퍽 조그마한 것이지마는 소리는 썩 좋아요. 그런데 우리 집 윗간에도 유치원 풍금과 꼭 같이 생긴 것이 놓여 있는 것이 갑자기 생각이 났어요. 그래 그날 나는 집으로 돌아오는 길로 어머니를 끌고 윗간으로 가서,
"엄마, 이거 풍금 아니유?"
하고 물으니까 어머니는 빙그레 웃으시면서,
"그렇단다. 그건 어찌 알았니?"
"우리 유치원에 있는 풍금이 이것과 꼭 같은데 무얼. 그럼 엄마두 풍금 탈 줄 아우?"
하고 나는 다시 물었습니다. 그것은 내가 이때껏 한번도 어머니가 이 풍금 앞에 앉은 것을 본 일이 없기 때문입니다.
어머니는 아무 대답도 아니하십니다.
"엄마, 이 풍금 좀 나봐!"

하고 재촉하니까 어머니 얼굴은 약간 흐려지면서,
 "그 풍금은 너의 아버지가 날 사다 주신 거란다. 너의 아버지 돌아가신 후에는 그 풍금은 이때까지 뚜껑두 한번 안 열어 보았다……."
 이렇게 말씀하시는 어머니 얼굴을 보니까 금방 또 울음보가 터질 것만 같이 보여서 나는 그만,
 "엄마, 나 사탕 주어."
하면서 아랫방으로 끌고 내려왔습니다.

 아저씨가 사랑방에 와 계신 지 벌써 여러 밤을 잔 뒤입니다. 아마 한 달이나 되었지요. 나는 거의 매일 아저씨 방에 놀러 갔습니다. 어머니는 나더러 그렇게 가서 귀찮게 굴면 못쓴다고 가끔 꾸지람을 하시지만 정말인즉 나는 조금도 아저씨를 귀찮게 굴지는 않았습니다. 도리어 아저씨가 나를 귀찮게 굴었지요.
 "옥희 눈은 아저씨 닮았다. 고 고운 코는 아마 어머니를 닮았지, 고 입하고! 응, 그러냐, 안 그러냐? 어머니도 옥희처럼 곱지, 응?……."
 이렇게 여러 가지로 물은 적도 있었습니다. 그래서 나는,
 "아저씨, 입때 우리 엄마 못 봤수?"
하고 물었더니 아저씨는 잠잠합니다. 그래 나는,
 "우리 엄마 보러 들어갈까?"
하면서 아저씨 소매를 잡아당겼더니, 아저씨는 펄쩍 뛰면서,
 "아니, 아니, 안 돼. 난 지금 분주해서."
하면서 나를 잡아 끌었습니다. 그러나 정말로는 무슨 그리

분주하지도 않은 모양이었어요. 그러기 나더러 가란 말도 않고 그냥 나를 붙들고 앉아서 머리도 쓰다듬어 주고 뺨에 입도 맞추고 하면서,

"요 저구리 누가 해주지?…… 밤에 엄마하구 한자리에서 자니?"

하는 둥 쓸데없는 말만 자꾸만 물었지요.

그러나 웬일인지 나를 그렇게도 귀애해 주던 아저씨도 아랫방에 외삼촌이 들어오면 갑자기 태도가 달라지지요. 이것저것 묻지도 않고 나를 꼭 껴안지도 않고 점잖게 앉아서 그림책이나 보여 주시고 그러지요. 아마 아저씨가 우리 외삼촌을 무서워하나 봐요.

하여튼 어머니는 나더러 너무 아저씨를 귀찮게 한다고 어떤 때는 저녁 먹고 나서 나를 방 안에 가두어 두고 못 나가게 하는 때도 더러 있었습니다. 그러나 조금 있다가 어머니가 바느질에 정신이 팔리어서 골몰하고 있을 때 몰래 가만히 일어나서 나오지요. 그런 때에는 어머니는 내가 문 여는 소리를 듣고서야 퍼뜩 정신을 차려서 쫓아와 나를 붙들지요.

그러나 그런 때는 어머니는 골은 아니 내시고,

"이리 온, 이리 와서 머리 빗고……."

하고 끌어다가 머리를 다시 곱게 땋아 주시지요.

"머리를 곱게 땋고 가야지. 그렇게 되는 대루 하구 가문 아저씨가 숭보시지 않니?"

하시면서, 또 어떤 때에는 머리를 다 땋아 주시고는,

"응, 저구리가 이게 무어냐?"

하시면서 새 저고리를 내어 주시는 때도 있었습니다.

사랑 손님과 어머니 25

어떤 토요일 오후였습니다. 아저씨는 나더러 뒷동산에 올라가자고 하셨습니다. 나는 너무나 좋아서 가자고 그러니까 아저씨가,

"들어가서 어머니께 허락맡고 온."

하십니다. 참 그렇습니다. 나는 뛰쳐 들어가서 어머니께 허락을 맡았습니다. 어머니는 내 얼굴을 다시 세수시켜 주고 머리도 다시 땋고 그러고 나서는 나를 아스러지도록 한 번 몹시 껴안았다가 놓아 주었습니다.

"너무 오래 있지 말고, 응."

하고 어머니는 크게 소리치셨습니다. 아마 사랑 아저씨도 그 소리를 들었을 거야요.

뒷동산에 올라가서는 정거장을 한참 내려다보았으나 기차는 안 지나갔습니다. 나는 풀잎을 쭉쭉 뽑아 보기도 하고 땅에 누운 아저씨의 다리를 꼬집어 보기도 하면서 놀았습니다. 한참 후에 아저씨가 손목을 잡고 내려오는데 유치원 동무들을 만났습니다.

"옥희가 아빠하구 어디 갔다 온다 응."

하고 한 동무가 말하였습니다. 그 아이는 우리 아버지가 돌아가신 줄을 모르는 아이였습니다. 나는 얼굴이 빨개졌습니다. 그때 나는 얼마나 이 아저씨가 정말 우리 아버지였더라면 하고 생각했는지 모릅니다. 나는 정말로 한 번만이라도,

"아빠!"

하고 불러 보고 싶었습니다. 그러고 그날 그렇게 아저씨하고 손목을 잡고 골목골목을 지나오는 것이 어찌도 재미가 좋았는지요.

나는 대문까지 와서,

"난 아저씨가 우리 아빠래문 좋겠다."

하고 불쑥 말해 버렸습니다. 그랬더니 아저씨는 얼굴이 홍당무처럼 빨개져서 나를 몹시 흔들면서,

"그런 소리 하문 못 써."

하고 말하는데 그 목소리가 몹시도 떨렸습니다. 나는 아저씨가 몹시 성이 난 것처럼 보여서 아무 말도 못 하고 안으로 뛰어들어갔습니다. 어머니가,

"어데까지 갔던?"

하고 나와 안으며 묻는데, 나는 대답도 못 하고 그만 훌쩍훌쩍 울었습니다. 어머니는 놀라서,

"옥희야, 왜 그러니? 응?"

하고 자꾸만 물었으나 나는 아무 대답도 못 하고 울기만 했습니다.

이튿날은 일요일인 고로 나는 어머니와 함께 예배당에를 가려고 차리고 나서 어머니가 옷을 갈아입는 동안 잠깐 사랑에를 나가 보았습니다. '아저씨가 아직도 성이 났나?' 하고 가만히 방 안을 들여다보았더니 책상에 앉아서 무엇을 쓰고 있던 아저씨가 내다보면서 빙그레 웃었습니다. 그 웃음을 보고 나는 마음을 놓았습니다. 아저씨가 지금은 성이 풀린 것이 확실하니까요. 아저씨는 나를 이리 보고 저리 보고 훑어보더니,

"옥희 오늘 어디 가노? 저렇게 곱게 채리구."

하고 물었습니다.

"엄마하구 예배당에 가."

"예배당에?"

하고 나서 아저씨는 잠시 나를 멍하니 바라보더니,

"어느 예배당에?"

하고 물었습니다.

"요 앞에 예배당에 가지 뭐."

"응? 요 앞이라니?"

이때 안에서,

"옥희야."

하고 부드럽게 부르는 어머니 목소리가 들리었습니다. 나는 얼른 안으로 뛰어들어오면서 돌아보니까 아저씨는 또 얼굴이 빨갛게 성이 났겠지요. 내원, 참으로 무슨 일로 요새는 아저씨가 그렇게 성을 잘 내는지 알 수 없었습니다.

예배당에 가서 찬미하고 기도하다가 기도하는 중간에 갑자기 '나는 혹시 아저씨두 예배당에 오지 않았나?' 하는 생각이 나서 눈을 뜨고 고개를 들어 남자석을 바라보았습니다. 그랬더니 하, 바로 거기에 아저씨가 와 앉아 있겠지요. 그런데 아저씨는 어른이면서도 눈 감고 기도하지 않고 우리 아이들처럼 눈을 번히 뜨고 여기저기 두리번두리번 바라봅니다. 나는 얼른 아저씨를 알아보았는데 아저씨는 나를 못 알아보았는지 내가 방그레 웃어 보여도 웃지도 않고 멀거니 보고만 있겠지요. 그래 나는 손을 흔들었지요. 그러니까 아저씨는 얼른 고개를 숙이고 말더군요. 그때에 어머니가 내가 팔 흔드는 것을 깨닫고 두 손으로 나를 붙들어 끌어당기더군요. 나는 어머니 귀에다 입을 대고,

"저기 아저씨두 왔어."

하고 속삭이니까 어머니는 흠칫하면서 내 입을 손으로 막고 막 끌어 잡아다가 앞에 앉히고 고개를 누르더군요. 보니까 어머니도 얼굴이 홍당무처럼 빨개졌더군요.

그날 예배는 아주 젬병이었어요. 웬일인지 예배가 다 끝날 때까지 어머니는 성이 나서 강대만 향하여 앞으로 바라보고 앉았고, 이전 모양으로 가끔 나를 내려다보고 웃는 일이 없었어요. 그리고 아저씨를 보려고 남자석을 바라다보아도 아저씨도 한번도 바라다보아 주지 않고 성이 나서 앉아 있고, 어머니는 나를 보지도 않고 공연히 꽉꽉 잡아당기지요. 왜 모두들 그리 성이 났는지……. 나는 그만 으아 하고 한 번 울고 싶었어요. 그러나 바로 멀지 않은 곳에 우리 유치원 선생님이 앉아 있는 고로 울고 싶은 것을 아주 억지로 참았답니다.

내가 유치원에 입학한 후 처음 얼마 동안은 유치원에 갈 때나 올 때나 외삼촌이 바래다 주었습니다. 그러나 여러 밤을 자고 난 뒤에는 나 혼자서도 넉넉히 다니게 되었어요. 그러나 언제나 내가 유치원에서 돌아오는 때이면 어머니가 옆대문(우리 집에는 대문이 사랑대문과 옆대문 둘이 있어서 어머니는 늘 이 옆대문으로만 출입하시는 것이었습니다.) 밖에 기다리고 섰다가 내가 달음질쳐 가면, 안고 집 안으로 들어가곤 하는 것이었습니다.

그런데 하루는 어쩐 일인지 어머니가 대문간에 보이지를 않겠시요.

어떻게도 화가 나던지요. 물론 머릿속으로는 '아마 외할머니댁에 가셨나 부다' 하고 생각했지마는 하여튼 내가 돌아왔는데 문간에서 기다리지 않고 집을 떠났다는 것이 몹시 나쁘게 생각되더군요. 그래서 속으로 '오늘 엄마를 좀 곯려야겠다' 하고 생각하고 있는데 옆대문 밖에서,

"아이고, 얘가 원 벌써 왔나?"

하는 어머니 목소리가 들리더군요. 그 순간 나는 얼른 신을 벗어 들고 안방으로 뛰어들어가서 벽장문을 열고 그 속에 들어가서 숨어 버렸습니다.

"옥희야, 옥희 너, 여태 안 왔니?"

하는 어머니 목소리가 바로 뜰에서 나더니,

"여태 안 왔군."

하면서 밖으로 나가는 모양이었습니다. 나는 재미가 나서 혼자 흐홍흐홍 웃었습니다.

한참을 있더니 집에서는 온통 야단이 났습니다. 어머니 목소리도 들리고 외할머니 목소리도 들리고 외삼촌 목소리도 들리고…….

"글쎄, 하루종일 집이라군 안 떠났다가 옥희 유치원 파하구 오문 멕일 과자가 없기에 어머님댁에 잠깐 갔다 왔는데 고 동안 이런 변이 생긴걸……."

하는 것은 어머니 목소리.

"글쎄 유치원에서 벌써 이십 분 전에 떠났다는데 원 중간에서……."

하는 것은 외할머니 목소리.

"하여튼 내 나가서 돌아댕겨 보리다. 원 고것이 어델

갔담?"

하는 것은 외삼촌의 목소리.

이윽고 어머니의 울음소리가 가늘게 들렸습니다. 외할머니는 무어라고 중얼중얼 이야기하는 모양이었습니다. '이젠 그만하고 나갈까?' 하고도 생각했으나 '지난 주일날 예배당에서 성냈던 앙갚음을 해야지' 하는 생각이 나서 나는 그냥 벽장 안에 누워 있었습니다. 벽장 안은 답답하고 더웠습니다. 그래서 이윽고 부지중에 나는 슬며시 잠이 들고 말았습니다.

얼마 동안이나 잤는지요? 이윽고 잠을 깨어 보니 아까 내가 벽장 안으로 들어왔던 것은 잊어버리고 참 이상스러운 데에 내가 누워 있거든요. 어두컴컴하고 좁고 덥고…… 나는 갑자기 무서운 생각이 나서 엉엉 울기 시작했지요. 그러자 갑자기 어디 가까운 데서 어머니의 외마디소리가 나더니 벽장문이 벌컥 열리고 어머니가 달려들어서 나를 안아 내렸습니다.

"요 망할것아."

하면서 어머니는 내 엉덩이를 댓 번 때렸습니다. 나는 더욱 더 소리를 내서 울었습니다. 그때 어머니는 나를 끌어안고 어머니도 따라 울었습니다.

"옥희야, 옥희야, 응, 인젠 괜찮다. 엄마 여기 있지 않니, 응, 울지 마라 옥희야. 엄마는 옥희 하나문 그뿐이다. 옥희 하나만 바라구 산다. 난 너 하나문 그뿐이다. 이 세상 다 일이 없다. 옥희만 있으문 바라고 산다. 옥희야 응, 울지 마라. 응, 울지 마라."

이렇게 어머니는 나더러 자꾸 울지 말라고 하면서도 어머니는 그치지 않고 그냥 자꾸자꾸 울었습니다. 외할머니는,
 "원 고것이 도깨비가 들렸단 말일까, 벽장 속엔 왜 숨는담."
하고 앉아 있고 외삼촌은,
 "에, 재수, 메유다."
하면서 밖으로 나갔습니다.

 이튿날, 유치원을 파하고 집으로 오게 된 때 나는 갑자기 어제 벽장 속에 숨었다가 어머니를 몹시 울게 했던 생각이 나서 집으로 돌아가기가 어쩐지 부끄러워졌습니다. '오늘은 어머니를 좀 기쁘게 해드려야 텐데…… 무엇을 갖다 드리문 기뻐할까?' 하고 생각하였습니다. 그러자 문득 유치원 안에 선생님 책상 위에 놓여 있던 꽃병 생각이 났습니다. 그 꽃병에는 나는 이름도 모르나 곱고 빨간 꽃이 꽂히어 있었습니다. 그 꽃은 개나리도 아니고 진달래도 아니었습니다. 그런 꽃은 나도 잘 알고 또 그런 꽃은 벌써 피었다가 져버린 후였습니다. 무슨 서양 꽃이려니 하고 나는 생각하였습니다. 나는 우리 어머니가 꽃을 사랑하는 줄을 잘 압니다. 그래서 그 꽃을 갖다가 드리면 어머니가 몹시 기뻐하려니 하고 생각하였습니다.
 그래서 나는 도로 유치원 방 안으로 들어갔습니다. 마침 방 안에는 아무도 없었습니다. 선생님도 잠깐 어디를 가셨는지 보이지 않았습니다. 그래 나는 그 꽃을 두어 개 얼른 빼들고 달음질쳐 나왔지요.
 집에 오니 어머니는 문간에서 기다리고 있다가 나를 안고

들어왔습니다.

"그 꽃은 어디서 났니? 퍽 곱구나."

하고 어머니가 말씀하셨습니다. 그러나 나는 갑자기 말문이 막혔습니다. '이걸 엄마 드릴라구 유치원서 가져왔어' 하고 말하기가 어째 몹시 부끄러운 생각이 들었습니다. 그래 잠깐 망설이다가,

"응, 이 꽃! 저 사랑 아저씨가 엄마 갖다 주라고 줘."

하고 불쑥 말했습니다. 그런 거짓말이 어디서 그렇게 툭 튀어 나왔는지 나도 모르지요.

꽃을 들고 냄새를 맡고 있던 어머니는 내 말이 끝나기가 무섭게 무엇에 몹시 놀란 사람처럼 화닥닥하였습니다. 그러고는 금시에 어머니 얼굴이 그 꽃보다 더 빨갛게 되었습니다. 그 꽃을 든 어머니 손가락이 파르르 떠는 것을 나는 보았습니다. 어머니는 무슨 무서운 것을 생각하는 듯이 방 안을 휘 한 번 둘러보시더니,

"옥희야, 그런 것 받아 오문 안 돼."

하고 말하는 목소리는 몹시 떨렸습니다. 나는 꽃을 그렇게도 좋아하는 어머니가 이 꽃을 받고 그처럼 성을 낼 줄은 참으로 뜻밖이었습니다. 어머니가 그렇게도 성을 내는 것을 보니까 그 꽃을 내가 가져왔다고 그러지 않고 아저씨가 주더라고 거짓말을 한 것이 참 잘 되었다고 나는 속으로 생각했습니다. 어머니가 성을 내는 까닭을 나는 모르지만 하여튼 성을 낼 바에는 내게 내는 것보다 아저씨에게 내는 것이 내게는 나았기 때문입니다. 한참 있더니 어머니는 나를 방 안으로 데리고 들어와서,

"옥희야, 너 이 꽃 이야기 아무 보구도 하지 말아라, 응."
하고 타일러 주었습니다. 나는,
"응."
하고 대답하면서 고개를 여러 번 까딱까딱했습니다.
 어머니가 그 꽃을 곧 내버릴 줄로 나는 생각했습니다마는 내버리지 않고 꽃병에 꽂아서 풍금 위에 놓아 두었습니다. 아마 퍽 여러 밤 자도록 그 꽃은 거기 놓여 있어서 마지막에는 시들었습니다. 꽃이 다 시들자 어머니는 가위로 그 대는 잘라 내버리고 꽃만은 찬송가 갈피에 곱게 끼워 두었습니다.
 내가 어머니께 꽃을 갖다 주던 날 밤에 나는 또 사랑에 놀러 나가서 아저씨 무릎에 앉아서 그림책을 보고 있었습니다. 갑자기 아저씨 몸이 흠칫하였습니다. 그러고는 귀를 기울입니다. 나도 귀를 기울였습니다.
 풍금 소리!
 그 풍금 소리는 분명 안방에서 흘러나오는 것이었습니다.
 "엄마가 풍금 타나 부다."
하고 나는 벌떡 일어서 안으로 뛰어들어갔습니다. 안방에는 불을 켜지 않았습니다. 그러나 그때는 음력으로 보름께나 되어서 달이 낮같이 밝은데 은빛 같은 흰 달빛이 방 안 절반 가득히 차 있었습니다. 나는 그 흰옷을 입은 어머니가 풍금 앞에 앉아서 고요히 풍금을 타는 것을 보았습니다.
 나는 나이 지금 여섯 살밖에 안 되었지마는 하여튼 어머니가 풍금을 타시는 것을 보는 것은 오늘이 처음이었습니다. 어머니는 우리 유치원 선생님보다도 풍금을 더 잘 타시는 것이었습니다. 나는 어머니 곁으로 갔습니다마는 어머니는 내가 곁에 온 것도 깨닫지 못하는지 그냥 까딱 아니하고 앉아서 풍금을 탔습니다. 조금 있더니 어머니는 풍금 곡조에 맞추어서 노래를 부르기 시작하였습니다. 어머니의 목소리가 그렇게도 아름다운 것도 나는 이때까지 모르고 있었습니다. 어머니는 참으로 우리 유치원 선생님보다도 목소리가 훨씬 더 곱고 또 노래도 훨씬 더 잘 부르시는 것이었습니다. 나는 가만히 서서 어머니 노래를 들었습니다. 그 노래는 마치도 은실을 타고 별나라에서 내려오는 노래처럼 아름다웠습니다. 그러나 얼마 오래지 않아 목소리는 약간 떨리기 시작하였습니다. 가늘게 떨리는 노랫소리, 그에 따라 풍금의 가는 소리도 바르르 떠는 듯했습니다. 노랫소리는 차차 가늘어지더니 마지막에는 사르르 없어져 버렸습니다. 풍금 소리도 사르르 없어졌습니다. 어머니는 고요히 일어나시더니 옆에 섰는 내 머리를 쓰다듬었습니다. 그 다음 순간 어머니는 나를 안고 마루로 나오셨습니다. 어머니는 아무 말씀도 없이 그냥 꼭꼭 껴안는 것이었습니다. 달빛을 함빡 받는 내 어머니 얼굴은 몹시도 새하얗다고 생각되었습니다. 우리 어머니는 참으로 천사 같다고 생각하였습니다. 우리 어머니의 새하얀 두 뺨 위로는 쉴 새 없이 두 줄기 눈물이 줄줄 흘러내리고 있는 것을 나는 보았습니다. 그것을 보니 나도 갑자기 울고 싶어졌습니다.

"어머니, 왜 울어?"

하고 나도 훌쩍거리면서 물었습니다.

"옥희야."

"승."

한참 동안 어머니는 아무 말씀도 없었습니다. 그러나 한참 후에,

"옥희야, 너 하나문 그뿐이다."
"엄마."
어머니는 다시 대답이 없으셨습니다.

하루는 밤에 아저씨 방에서 놀다가 졸려서 안방으로 들어오려고 일어서니까 아저씨가 하아얀 봉투를 서랍에서 꺼내어 내게 주었습니다.
"옥희, 이거 갖다가 엄마 드리고 지나간 달 밥값이라구, 응."
나는 그 봉투를 갖다가 어머니에게 드렸습니다. 어머니는 그 봉투를 받아들자 갑자기 얼굴이 파랗게 질렸습니다. 그 전날 달밤에 마루에 앉았을 때보다 더 새하얗다고 생각되었습니다. 어머니는 그 봉투를 들고 어쩔 줄을 모르는 듯이 초조한 빛이 나타났습니다. 나는,
"그거 지나간 달 밥값이래."
하고 말을 하니까 어머니는 갑자기 잠자다 깨나는 사람처럼
"응?"
하고 놀라더니 또 금시에 백지장같이 새하얗던 얼굴이 빨갛게 물들었습니다. 봉투 속으로 들어갔던 어머니의 파들파들 떨리는 손가락이 지전을 몇 장 끌고 나왔습니다. 어머니는 입술에 약간 웃음을 띠면서 후 하고 한숨을 내쉬었습니다. 그러나 그것도 잠깐, 다시 어머니는 무엇에 놀랐는지 흠칫하더니 금시에 얼굴이 다시 새하얘지고 입술이 바르르 떨렸습

니다. 어머니의 손을 바라다보니 거기에는 몇 장 외에 네모로 접은 하얀 종이가 한 장 접혀 있는 것이었습니다.

어머니는 한참을 망설이는 모양이었습니다. 그러더니 무슨 결심을 한 듯이 입술을 악물고 그 종이를 차근차근 펴들고 그 안에 쓰인 글을 읽었습니다. 나는 그 안에 무슨 글이 씌어 있는지 알 도리가 없었으나 어머니는 그 글을 읽으면서 금시에 얼굴이 파랬다 빨겠다 하고 그 종이를 든 손은 이제는 바들바들이 아니라 와들와들 떨리어서 그 종이가 부석부석 소리를 내게 되었습니다.

한참 후에 어머니는 그 종이를 아까 모양으로 네모지게 접어서 돈과 함께 봉투에 도로 넣어 반짇고리에 던졌습니다. 그러고는 정신나간 사람처럼 멀거니 앉아서 전등만 치어다보는데 어머니 가슴이 불룩불룩합니다. 나는 어머니가 혹시 병이나 나지 않았나 하고 염려가 되어서 얼른 가서 무릎에 안기면서,

"엄마, 잘까?"
하고 말했습니다.

엄마는 내 뺨에 입을 맞추어 주었습니다. 그런데 어머니의 입술이 어찌면 그리도 뜨거운지요. 마치 불에 달군 돌이 볼에 와 닿는 것 같았습니다.

한잠을 자고 나서 잠이 채 깨지는 않았으나 어렴풋한 정신으로 옆을 쓸어 보니 어머니가 없었습니다. 가끔 가다가 나는 그런 버릇이 있어요. 어렴풋한 정신으로 옆을 쓸면 어머니의 보드라운 살이 만져지지요. 그러면 다시 나는 잠이 들어 버리곤 하는 것이 있습니다.

어머니가 자리에 없다는 것을 알게 되자 나는 갑자기 무서워졌습니다. 그래서 잠은 다 달아나고 눈을 번쩍 뜨고 고개를 돌려 살펴보았습니다. 방 안에는 불은 안 켰지만 어슴푸레하게 밝습니다. 뜰로 하나 가득한 달빛이 방 안에까지 희미한 밝음을 던져 주는 것이었습니다. 윗목을 보니 우리 아버지의 옷을 넣어 두고 가끔 어머니가 꺼내서 쓸어 보시는 그 장롱문이 열려 있고, 그 아래 방바닥에는 흰옷이 한 무더기 널려 있습니다. 그리고 그 옆에는 장롱을 반쯤 기대고 자리옷만 입은 어머니가 주춤하고 앉아서 고개를 위로 쳐들고 눈은 감고 무엇이라고 입술로 소곤소곤 외고 있는 것이 보였습니다. 아마 기도를 하나 보다 하고 나는 생각했습니다. 나는 자리에서 일어나 기어가서 어머니의 무릎을 뻐개고 기어들어갔습니다.

"엄마, 무얼 해?"

어머니는 소곤거리기를 그치고 눈을 떠서 나를 한참이나 물끄러미 들여다보십니다.

"옥희야."

"응?"

"가서 자자."

"엄마두 같이 자."

"응, 그래 엄마두 같이 자."

그 목소리가 어째 싸늘하다고 내게 생각되었습니다.

어머니는 돌아가신 아버지의 옷들을 한 가지씩 들고는 가만히 손바닥으로 쓸어 보고는 장롱 안에 넣었습니다. 하나씩 하나씩 쓸어 보고는 장롱에 넣곤 하여 그 옷을 다 넣은 때 장롱문을 닫고 쇠를 채우고 그러고 나서 나를 안고 자리로 돌아왔습니다.

"엄마, 우리 기도하고 자?"

하고 나는 물었습니다. 어머니는 나를 밤마다 재워 줄 때마다 반드시 기도를 하는 것이었습니다. 내가 할 줄 아는 기도는 주기도문뿐이었습니다. 그 뜻은 하나도 모르지만 어머니를 따라서 자꾸자꾸 해보아서 지금에는 나도 주기도문을 잘 외웁니다. 그런데 웬일인지 어젯밤 잘 때에는 어머니가 기도할 것을 잊어버리고 그냥 잤던 것이 지금 생각이 났기 때문에 나는 그렇게 물었던 것입니다. 어젯밤 자리에 들 때, 내가,

'기도할까?'

하고 말하고 싶었으나 어머니가 너무도 슬픈 빛을 띠고 있는 고로 고만 나도 가만히 아무 소리 없이 잠이 들고 말았던 것입니다.

"응, 기도하자."

하고 어머니가 고요히 대답했습니다.

"엄마가 기도해."

하고 나는 갑자기 어머니의 기도하는 보드라운 음성이 듣고 싶어져서 말했습니다.

"하늘에 계신 우리 아버지시여."

어머니는 고요히 기도를 시작하였습니다.

"이름을 거룩하게 하옵시며 나라에 임하옵시며 뜻이 하늘에서 이루어진 것처럼 땅에서도 이루어지이다. 오늘날 우리에게 일용할 양식을 주옵시고 우리가 우리에게 죄 지은 사믈

용서하여 준 것처럼 우리 죄를 사하여 주옵시고, 우리를 시험에 들지 말게 하옵시고……우리를 시험에 들지 말게 하옵시고……시험에 들지 말게……시험에 들지 말게…….”

이렇게 어머니는 자꾸 되풀이하였습니다. 나도 지금은 막히지 않고 줄줄 외는 주기도문을 글쎄 어머니가 막히다니 참으로 우스운 일이었습니다.

"시험에 들지 말게……시험에 들지 말게……."
하고 자꾸만 되풀이하는 것을 나는 참다 못해서,

"엄마, 내 마저 하께."
하고,

"다만 악에서 구하옵소서. 대개 나라와 권세와 영광이 아버지께 영원히 있사옵나이다."
하고 내가 끝을 마쳤습니다. 어머니는 한참이나 가만 있다가 오랜 후에야 겨우,

"아멘."
하고 속삭이었습니다.

요새 와서 어머니의 하는 일이란 참으로 알 수가 없는 노릇입니다. 어떤 때는 어머니도 퍽 유쾌하셨습니다. 밤에 때로는 풍금도 타고 또 때로는 찬송가도 부르고 그러실 때에는 나도 너무나 좋아서 가만히 어머니 옆에 앉아서 듣습니다. 그러나 가끔가끔 그 독창은 소리 없는 울음으로 끝을 맺는 때가 많은데 그런 때면 나도 따라서 울었습니다. 그러면 어머니는 나를 안고 내 얼굴에 돌아가면서 무수히 입을 맞추어 주면서,

"엄마는 옥희 하나문 그뿐이야, 응, 그렇지……."
하시며 언제까지나 언제까지나 우시는 것이었습니다.

어떤 일요일날, 그렇지요, 그것은 유치원 방학하고 난 그 이튿날이었어요. 그날 어머니는 갑자기 머리가 아프시다고 예배당에를 그만두었습니다. 사랑에서는 아저씨도 어디 나가고 외삼촌도 나가고 집에는 어머니와 나와 단둘이 있었는데 머리가 아프다고 누워 계시던 어머니가 갑자기 나를 부르시더니,

"옥희야, 너 아빠가 보고 싶니?"
하고 물으십니다.

"응, 우리두 아빠 하나 있으문."

나는 혀를 까불고 어리광을 좀 부려 가면서 대답을 했습니다. 한참 동안을 어머니는 아무 말씀도 아니 하시고 천장만 바라보시더니,

"옥희야, 옥희 아버지는 옥희가 세상에 나오기도 전에 돌아가셨단다. 옥희두 아빠가 없는 건 아니지. 그저 일찍 돌아가셨지. 옥희가 이제 아버지를 새로 또 가지면 세상이 욕을 한단다. 옥희는 아직 철이 없어서 모르지만 세상이 욕을 한단다. 사람들이 욕을 해. 옥희 어머니는 화냥년이다, 이러구 세상이 욕을 해. 옥희 아버지는 죽었는데 옥희는 아버지가 또 하나 생겼대, 참 망측두 하지, 이러구 세상이 욕을 한단다. 그리 되문 옥희는 언제나 손가락질 받구. 옥희는 커두 시집두 훌륭한 데 못 가구. 옥희가 공부를 해서 훌륭하게 돼두, 에 그까짓 화냥년의 딸, 이러구 남들이 욕을 한단다."

이렇게 어머니는 혼잣말하시듯 드문드문 말씀하셨습니다.

그러고는 한참 있더니,

"옥희야."

하고 또 부르십니다.

"응?"

"옥희는 언제나 언제나 내 곁을 안 떠나지. 옥희는 언제나 언제나 엄마하구 같이 살지. 옥희는 엄마가 늙어서 꼬부랑할미가 되어도 그래두 옥희는 엄마하구 같이 살지. 옥희가 유치원 졸업하구 또 소학교 졸업하구, 또 중학교 졸업하구, 또 대학교 졸업하구, 옥희가 조선서 제일 훌륭한 사람이 돼두 그래두 옥희는 엄마하구 같이 살지. 응! 옥희는 엄마를 얼만큼 사랑하나?"

"이만큼."

하고 나는 두 팔을 쫙 벌리어 보였습니다.

"응? 얼만큼? 응! 그만큼! 언제나 언제나, 옥희는 엄마만 사랑하지. 그리구 공부두 잘하구, 그리구 훌륭한 사람이 되구……."

나는 어머니의 목소리가 떨리는 것으로 보아 어머니가 또 울까봐 겁이 나서,

"엄마, 이만큼 이만큼."

하면서 두 팔을 짝짝 벌리었습니다.

어머니는 울지 않으셨습니다.

"응, 그래, 옥희, 엄마는 옥희 하나문 그뿐이야. 세상 다른 건 다 소용없어. 우리 옥희 하나문 그만이야. 그렇지, 옥희야."

"응!"

어머니는 나를 당기어서 꼭 껴안고 가슴이 막혀 들어올 때까지 자꾸만 껴안아 주었습니다.

그날 밤 저녁밥 먹고 나니까 어머니는 나를 불러 앉히고 머리를 새로 빗겨 주었습니다. 댕기도 새 댕기를 드려 주고 바지, 저고리, 치마, 모두 새것을 꺼내 입혀 주었습니다.

"엄마, 어디 가?"

하고 물으니까,

"아니."

하고 웃음을 띠면서 대답합니다. 그러더니 새로 다린 하얀 손수건을 내리어 내 손에 쥐어 주면서,

"이 손수건, 저 사랑 아저씨 손수건인데, 이것 아저씨 갖다 드리구 와 응. 오래 있지 말구 손수건만 갖다 드리구 이내 와, 응."

하고 말씀하셨습니다.

손수건을 들고 사랑으로 나가면서 나는 접어진 손수건 속에 무슨 발각발각하는 종이가 들어 있는 것처럼 생각되었습니다마는 그것을 펴보지 않고 그냥 갖다가 아저씨에게 주었습니다.

아저씨는 방에 누워 있다가 벌떡 일어나서 손수건을 받는데 웬일인지 아저씨는 이전처럼 나보고 빙그레 웃지도 않고 얼굴이 몹시 파래졌습니다. 그러고는 입술을 질근질근 깨물면서 말 한 마디 아니하고 그 수건을 받더군요.

나는 어째 이상한 기분이 돌아서 아저씨 방에 들어가 앉지도 못하고 그냥 되돌아서 안방으로 도로 왔지요. 어머니는 풍금 앞에 앉아서 무엇을 그리 생각하는지 가만히 있더군요.

사랑 손님과 어머니 43

나는 풍금 옆으로 가서 가만히 그 옆에 앉아 있었습니다. 이윽고 어머니는 조용조용히 풍금을 타십니다. 무슨 곡조인지는 몰라도 어째 구슬프고 고즈넉한 곡조야요.
 밤이 늦도록 어머니는 풍금을 타셨습니다. 그 구슬프고 고즈넉한 곡조를 계속하고 또 계속하면서.

 여러 밤을 자고 난 어떤 날 오후에 나는 오래간만에 아저씨 방엘 나가 보았더니 아저씨가 짐을 싸느라구 분주하겠지요. 내가 아저씨에게 손수건을 갖다 드린 다음부터는 웬일인지 아저씨가 나를 보아도 언제나 퍽 슬픈 사람, 무슨 근심이 있는 사람처럼 아무 말도 없이 나를 물끄러미 바라다만 보고 있는 고로 나도 그리 자주 놀러 나오지 않았던 것입니다.
 그랬었는데 이렇게 갑자기 짐 꾸리는 것을 보고 나는 놀랐습니다.
 "아저씨, 어데 가우?"
 "응, 멀리루 간다."
 "언제?"
 "오늘."
 "기차 타구?"
 "응, 기차 타구."
 "갔다가 언제 또 오우?"
 아저씨는 아무 대답도 없이 서랍에서 이쁜 인형을 하나 꺼내서 내게 주었습니다.
 "옥희, 이것 가져, 응. 옥희는 아저씨 가구 나문 아저씨 이내 잊어버리구 말겠지!"

나는 갑자기 슬퍼졌습니다. 그래서,

"아니."

하고 얼른 대답하고 인형을 안고 안으로 들어왔습니다.

"엄마, 이것 봐. 아저씨가 이것 나 줬다우. 아저씨가 오늘 기차 타구 먼 데루 간대."

하고 내가 말했으나 어머니는 대답이 없으십니다.

"엄마, 아저씨 왜 가우?"

"학교 방학했으니깐 가지."

"어디루 가우?"

"아저씨 집으루 가지 어디루 가."

"갔다가 또 오우?"

어머니는 대답이 없으십니다.

"난 아저씨 가는 거 나쁘다."

하고 입을 쭝긋했으나 어머니는 그 말을 대답 않고,

"옥희야, 벽장에 가서 달걀 몇 알 남았나 보아라."

하고 말씀하셨습니다.

나는 깡충깡충 방 안으로 들어갔습니다. 달걀은 여섯 알이 있었습니다.

"여스 알."

하고 나는 소리쳤습니다.

"응, 다 가지고 이리 나오너라."

어머니는 그 달걀 여섯 알을 다 삶았습니다. 그 삶은 달걀 여섯 알을 손수건에 싸놓고 또 반지에 소금을 조금 싸서 한 귀퉁이에 넣었습니다.

"옥희야, 너 이것 갖다 아지씨 드리구, 가시다가 찻간에서 잡수시랜다구, 응."

 그날 오후에 아저씨가 떠나간 다음 나는 방에서 아저씨가 준 인형을 업고 자장자장 잠을 재우고 있었습니다. 어머니가 부엌에서 들어오시더니,
 "옥희야, 우리 뒷동산에 바람이나 쐬러 올라갈까?"
하십니다.
 "응, 가, 가."
하면서 나는 좋아 덤비었습니다.
 잠깐 다녀올 터이니 집을 보고 있으라고 외삼촌에게 이르고 어머니는 내 손목을 잡고 나섰습니다.
 "엄마 나 저, 아저씨가 준 인형 가지고 가?"
 "그러렴."
 나는 인형을 안고 어머니 손목을 잡고 뒷동산으로 올라갔습니다. 뒷동산에 올라가면 정거장이 빤히 내려다 보입니다.
 "엄마, 저 정거장 봐. 기차는 없군."
 어머니는 아무 말씀도 없이 가만히 서 계십니다. 사르르 바람이 와서 어머니 모시 치맛자락을 산들산들 흔들어 주었습니다. 그렇게 산 위에 가만히 서 있는 어머니는 다른 때보다도 더한층 이쁘게 보였습니다.
 저편 산모퉁이에서 기차가 나타났습니다.
 "아, 저기 기차 온다."
하고 나는 좋아서 소리쳤습니다.
 기차는 정거장에서 잠시 머물더니 금시에 뻑 하고 소리를 지르면서 움직였습니다.

"기차 떠난다."
하면서 나는 손뼉을 쳤습니다. 기차가 저편 산모퉁이 뒤로 사라질 때까지, 그리고 그 굴뚝에서 나는 연기가 하늘 위로 모두 흩어져 없어질 때까지, 어머니는 가만히 서서 그것을 바라다보았습니다.

뒷동산에서 내려오자 어머니는 방으로 들어가시더니 이때까지 뚜껑을 늘 열어 두었던 풍금 뚜껑을 닫으십니다. 그러고는 거기 쇠를 채우고 그 위에다가 이전 모양으로 반짇고리를 얹어 놓으십니다. 그러고는 그 옆에 있는 찬송가를 맥없이 들고 뒤적뒤적하시더니 빼빼 마른 꽃송이를 그 갈피에서 집어내시더니,

"옥희야, 이것 내다 버려라."
하고 그 마른 꽃을 내게 주었습니다. 그 꽃은 내가 유치원에서 갖다가 어머니께 드렸던 그 꽃입니다. 그러자 옆대문이 삐걱 하더니,

"달걀 사소."
하고 매일 오는 달걀 장수 노파가 달걀 광주리를 이고 들어왔습니다.

"이젠 우리 달걀 안 사요. 달걀 먹는 이가 없어요."
하시는 어머니 목소리는 맥이 한푼어치도 없었습니다.

나는 어머니의 이 말씀에 놀라서 떼를 좀 써보려 했으나 석양에 빤히 비치는 어머니 얼굴을 볼 때 그 용기가 없어지고 말았습니다. 그래서 아저씨가 주신 인형의 귀에다가 내 입을 갖다 대고 가만히 속삭이었습니다.

"얘, 우리 엄마가 거짓부리 씩 잘하누나. 내가 딜걀 좋아

하는 줄 잘 알문성 생 먹을 사람이 없대누나. 떼를 좀 쓰구 싶다만 저 우리 엄마 얼굴을 좀 봐라. 어쩌문 저리두 새파래졌을까? 아마 어데가 아픈가 보다."
라고요.

(1935년)

아네모네의 마담

 티룸 '아네모네'에 마담으로 있는 영숙이가 귀걸이를 두 귀에 끼고 카운터 뒤에 나타난 날, '아네모네' 단골 손님들은 영숙이가 머리를 움직일 때마다 한들한들 춤을 추는 그 자줏빛 귀걸이의 아름다움을 탄복하였다. 아니 그보다도 그 귀걸이가 가져온 영숙이 자신의 아름다움에 황홀하였다.
 "아, 고것이 귀걸이를 달구 나서니 아주 사람을 죽이네그랴."
하고 한편 구석에서 차를 마시다 말고 수군거리는 사람도 있고,
 "어, 마담이 아주 귀걸이루 한층 더 뗴서 귀부인이 됐는걸, 허허허……."
하고 크게 웃는 사람도 있고 양주 두어 잔에 얼굴이 붉어진 신사 한 분은 돈을 치르러 와가지고,
 "그 귀걸이 참 곱다."
하면서 귀걸이를 만지는 체하며 영숙의 매끈한 뺨을 슬쩍 만지는 것이있다.

오늘 영숙의 가슴은 사탕 도둑질해 먹다가 들킨 어린아이 가슴처럼 조이고 불안스러웠다.

그는 몇 번이나 변소로 들어가서 콤팩트를 꺼내 그 똥그란 면경에 비치는 얼굴, 아니 그 귀걸이를 보고 또 보았다. 카운터 뒤에 나서 있는 때에도 크게나 작게나 손님들이 귀걸이에 대해서 무슨 말이고 하는 것이 들릴 때마다 그는 그 한들한들하는 귀걸이를 손으로 어루만지었다. 그리고 거리로 통한 출입문이 열릴 때마다 그의 얼굴은 금시로 홍당무같이 빨개지고 두 손끝을 바르르 떠는 것이었다.

문이 열릴 때마다 가슴이 내려앉는 것 같았다. 그는 기다리는 것이었다. 마치 자기 일생에 가장 큰 운명을 지배할 사건이 그 문을 열고 들어설 때를 기다리는 것처럼 조바심이 되는 것이었다.

문이 열릴 때마다 무슨 무서운 것이나 예기하는 사람처럼 힐끗 그쪽을 바라다보는 것이었다. 바로도 못 바라보고 힐끗 곁눈으로 도둑질해 보는 것이었다.

문이 방싯이 열렸다. 시꺼먼 사각모가 먼저 나타났다. 이어서 사각모 아래로 어떤 창백한 얼굴이 보였다. 문을 조심스레 미는 손이 보였다. 전문학교 학생의 제복이 보였다. 그 순간 영숙은 가슴이 내려앉았다. 그는 도망을 가듯이 고개를 숙이고 카운터 뒤로 뚫린 판장문 밖으로 나갔다. 귀걸이가 판장문에 부딪치어서 옥을 굴리는 듯한 쨍그렁 소리가 났다. 물론 그 소리는 영숙이 혼자서만 들을 수 있었다.

그 뒤는 바로 부엌이었다. 영숙이는 차 끓이는 화덕 앞을 지나 변소로 또 들어갔다. 변소 문을 안으로 잠그고 그는 잠시 두 손을 가슴에 대고 오도카니 서 있었다.
'어떡할까?'
하고 그는 스스로 물었다. 그는 콤팩트를 꺼내서 그 조그만 면경에 비친 콧잔등을 들여다보았다. 그는 무의식하게 분가루를 콧잔등에 두세 번 찰싹찰싹 두드리었다. 그러나 그가 콤팩트 면경을 꺼낸 목적은 거기 있는 것은 아니었다. 그는 살짝 고개를 돌려 똥그란 면경 앞에 나타나는 귀걸이를 보았다. 귀걸이가 한들한들 떨리었다.
'고만 빼고 말까?'
하고 그는 생각하였다.
그 순간, 그러나 그는 결심한 듯이 콤팩트를 핸드백 속에 홱 집어넣고 살그머니 카운터 뒤로 기어 나왔다. 그는 고요히 찻점 앞을 휘둘러보았다. 역시 저어편 그 구석자리에 그 학생은 와 앉아 있는 것이었다. 언제나 마찬가지로 그 학생은 지금 영숙이를 정면으로 바라다보고 있는 것이었다. 그 언제나 무엇을 열망한 듯한, 열정에 타고 넘치는 듯한 그 눈 모습으로!
영숙이는 얼굴이 화끈 다는 것을 인식했다. 그러자 귀밑에 달린 귀걸이가 찰싹찰싹 뺨을 스치는 것도 인식하였다. '귀걸이가 차기도 차다' 하고 그는 생각하였다.
축음기 소리판에서는 뚜뚜르두두, 뚜뚜르두두 하고 박자 잰 재즈가 숨이 찰 듯이 쏟아져 나왔다. 영숙이는 빨개진 자기 얼굴을 어둠 속에 감추고 서서 소리판을 한 장씩 한 장씩 골라내고 있었다. 여러 장을 제치고 나서 영숙이는 소리판 한 장을 들고 물끄러미 들여다보았다. 이 소리판 한 장! 영숙이에게 이상스러운 인연을 가져다 준 소리판 한 장이었다.

그것은 아마 약 한 달 전 일이었다. 하아얀 저고리를 입은 보이가 한 벌 접은 하아얀 종이를 영숙에게 전해 주던 것이! 그리고 보이는 고갯짓으로 저어편 한구석에 혼자 앉아 있는 어떤 제복 입은 학생을 가리키었다. 그 학생을 바라다본 영숙이의 첫인상이 '몹시도 창백한 얼굴' 이었다. 그 창백한 얼굴에서 반사되는 두 개의 시선, 그것이 영숙이를 이상스런 감정으로 인도하는 것이었다. 그 두 눈은 뚫어질 듯이 영숙이를 응시하는 것이었다. 그 눈 모습은 마치 몹시 사랑하는 애인을 건너다보는 순결하고도 열정에 찬 그러한 눈이었다.

영숙이는 얼른 그 시선을 피하면서 종이를 펴들었다. 그때 영숙이 가슴속에서는 무엇이 털썩 소리를 내고 떨어지는 듯싶었다. 그러나,

"슈베르트의 〈미완성 교향곡〉을 한 장을 틀어 주시면 고맙겠습니다."

오직 이것이었다. 영숙이는 다시 그 학생을 건너다보았다. 역시 열정에 찬 두 눈이 영숙이를 집어삼킬 듯이 바라보고 있는 것이었다. 영숙이는 그 소리판을 찾아서 축음기 위에 걸어 놓았다.

심포니의 조화된 멜로디가 담배 연기로 자욱한 방 안 구석구석에 울릴 때 그 학생은 잠시 빙그레 웃었다. 그 웃음은 창백한 탓이었던지 어째 몹시 구슬픈, 고적한 미소였다. 그러나 그 다음 순간 그 학생은 눈을 스르르 감았다.

영숙이에게는 이 학생의 얼굴은 어디서 한두 번 보았던 듯

한 낯익은 얼굴이었다. 어디서 보기는 분명히 보았는데 언제 어디서인지를 꼭 집어낼 수 없이 그러한 어슴푸레한 기억이었다. 아마도 그 학생이 찻집에를 더러 왔을 테니까 아마 이전에 무심히 몇 번 보았을 것이었다. 그러나 그 학생의 얼굴이 그렇게 창백하고 그 두 눈이 그렇게 열정과 애수에 차 있는 것은 이날 밤 비로소 처음 보는 듯싶었다.

영숙이는 가끔 곁눈으로 이 학생을 보았으나 그 학생의 마음은 심포니의 음악을 타고 허공으로 떠돌아다님인지 그는 눈을 감은 채 죽은 듯이 앉아 있었다. 소리판 한 면이 다 끝나고 스르르 턱 하고 멈추자 그 학생은 눈을 번쩍 떴다. 영숙이는 얼른 외면을 하고 축음기 바늘을 바꾸어 끼웠다.

그날 저녁 이후에 서너 번이나 영숙이는 보이를 통하여 그 창백한 얼굴의 소유자로부터 편지를 받았다.

'슈베르트의 〈미완성 교향곡〉'

오직 이 문구 하나뿐이었다.

그 학생은 매일 왔다. 매일 저녁 아홉 시쯤 되면 와서는 꼭 한구석에 마치 자기가 정해 논 자리라는 듯이 그 자리에 가 앉아서 홍차 한 잔 마시고는 두 시간 가량 앉아서는 정해 놓고 영숙이를 바라다보는 것이었다. 세상에 다른 아무 존재도 없이, 오직 영숙이만 있다는 듯이 그 두 눈은 영숙이를 바라다보는 것이었다. 애정과 욕망과 정열에 가득 찬 눈이었다. 그런데 영숙이는 첫날부터 이 시선이 반가운 것을 감각한 것이다. 어떤 때는 너무도 시선이 변치 않고 한 곳에만 머물러 있는 것이 어째 남의 주의를 사게 되지 않을까 하여 염려되는 때도 있있으나 그가 용기를 내이 그 학생 쪽으로 돌릴 때 잠시라도 그 학생의 시선이 딴 데로 옮겨진 것을 발견할 때는 어째서 서운한 생각이 드는 것이었다.

어떤 날 밤에는 한 번 그 학생이 들어오는 것을 보자 영숙이는 자진하여서 〈미완성 교향곡〉을 축음기에 걸어 놓았다. 역시 그 구석에 혼자 앉았던 그 학생은 이 낯익은 음악이 들려 오자 잠시 빙그레 웃었다. 역시 그 어딘가 구슬픈 빛이 감추어 있는 그런 웃음이었다. 영숙이는 얼굴뿐 아니라 제 전신이 빨갛게 물드는 것 같은 느낌을 얻었다. 혹 실없는 사내들이 가끔 농담을 걸기도 하고 돈 치르는 체하고 슬쩍 손목을 잡아 보기도 할 때에도 얼굴을 붉히지 않으리만큼 벌써 마담 생활에 익숙해진 영숙이었다. 그러나 이 말없는 시선 앞에서는 어쩐 일인지 전신이 수줍음으로 휩싸이는 것 같은 느낌을 억제할 수 없는 것이었다.

가끔 이 학생은 다른 학생 하나와 둘이서 올 때도 있었다. 둘이 와서도 그들은 남들처럼 이야기를 하지도 않고 둘이 다 벙어리 모양으로 우두커니 앉아서 한 학생은 담배를 피우며 천장이나 바라다보고 있고 이 학생은 역시 영숙이만 바라보는 것이었다. 그러다가 〈미완성 교향곡〉이 나오면 그는 역시 잠시 빙그레 웃을 뿐이었다. 이 빙그레 웃는 모양을 보면 영숙이는 몹시 기쁘기도 하고 몹시 슬프기도 한 야릇한 감정을 맛보는 것이었다. 그래서 이 빙그레 웃는 구슬픈 미소를 보기 위하여 어떤 날 밤에는 영숙이는 〈미완성 교향곡〉을 세 번 네 번씩 걸어 놓기도 하였다.

그 학생은 그렇게도 영숙이를 열정에 찬 눈으로 바라다보면서도 한 번도 다른 사람들처럼 영숙이와 수작을 건네 보는 일이 없었다. 아니 카운터에도 가까이 오는 일이 일체 없었다. 찻값도 반드시 보이에게 물고 가고 한 번도 친히 카운터에 와서 내는 법이 없었다.

영숙이는 그 학생의 이름도 기실 모르는 것이었다. 그러나 웬일인지 그 학생과 평범한 이야기라도 한 마디 주고받았으면 하는 욕망이 걷잡을 새 없이 끓어오르는 때가 가끔 있었다.

'왜 사내가 저렇게 용기가 없을까! 슈베르트의 〈미완성 교향곡〉만 자꾸 써보내지 말구, 내일 오후 두 시에 아무 데서 좀 만날 수 없을까요? 이렇게 왜 좀 못 써보낸담?'

하고 혼자 야속스럽게 생각한 때도 가끔 있었다. 사실 영숙이는 여러 사나이에게서 좀 만나자는 둥, 사랑의 여신이라는 둥, 나의 천사라는 둥 하는 문구를 늘어놓은 편지를 많이 받았다. 그러나 그는 한 번도 그 사나이들과 조용히 만나 본 일은 없었다. 그런데도 만일 이 이름도 모르는 학생이 그런 편지를 한 번만 보내 준다면 그는 곧 춤이라도 출 듯 싶었다.

요새 와서는 무슨 일인지 이 학생은 〈미완성 교향곡〉이 나오기만 하면 곧 상 위에 두 팔을 올려 놓고 그 속에 머리를 파묻고 죽은 듯이 엎디어 있는 것을 가끔 본 일이 있었다. 어쩐 일인지 영숙이에게는 이 학생이 그처럼 엎디어서는 소리 없이 울고 있는 것이라고 생각되는 것이었다. 소위 제 육감이라고 할까, 하여튼 그 학생은 남에게 말 못 하는 무슨 고민과 슬픔을 품고 있는 것이라고만 영숙이에게는 생각되었다. 그리고 그 고민의 원인이 영숙이 자신에게 있는 것이 아닐까 하고 생각되어서 퍽으나 송구스럽고 번민되는 것이었다.

'왜 나한테 모든 것을 털어놓고 이야길 못 할꼬?'
하고 영숙이는 가끔 초조하고 원망스런 눈으로 그 학생을 바라다보곤 하는 것이었다.

영숙이는 자기 자신도 인식하지 못하는 가운데 자연히 몸맵시에 대하여 더한층 주의를 하게 되었다. 그리고 어떻게 했으면 이 학생과 잠시라도 이야기를 해볼 도리가 없을까 궁리궁리하던 끝에 마침내 이 귀걸이를 사서 달고 나선 것이었다. 귀걸이를 끼고 나서면 조선서는 흔치 않은 일이라 필연코 그 학생도 '귀걸이가 곱다' 라든가, '얼굴과 어울린다' 라든가 하는 무슨 말이고 건네어 보게 될 것을 바랐던 것이다.

영숙이는 지금 자기가 골라 든 〈미완성 교향곡〉 소리판을 들고 방금 뱅글뱅글 돌고 있는 재즈가 끝나기를 기다리었다. 그 학생은 웬일인지 오늘 밤에는 벌써부터 상 위에 올려 놓은 두 팔 속에 머리를 파묻고 엎드려 있는 것이었다. 그와 함께 온 다른 학생은 담배를 피워 물고 앉아서 옆에 엎드린 친구를 무슨 불쌍한 동물이나 바라보듯이 딱한 표정으로 바라다보는 것이었다.

'자기 자신이 용기가 없으면 저 학생을 통해서라도 내게 말 한 마디 해주면 될 것을!'
하고 영숙이는 그 학생의 행동이 안타깝게 생각되었다.

그때 온 방 안 공기를 쩌렁쩌렁 울리던 재즈 소리가 뚝 끊이고 스르르스르르 턱 하더니 축음기가 멈추었다. 영숙이는 바늘을 갈아 끼우고 재즈 판을 들어내 놓고 〈미완성 교향곡〉을 걸었다. 그 학생이 인제 자기를 바라다보며 빙그레 웃을 그 창백한 얼굴을 연상하면서 영숙이는 판을 돌리고 그 위에 바늘을 얹어 놓았다.

곱고 조화된 음률이 방 안을 가득 채웠다. 영숙이는 고개를 돌려 그 학생을 바라다보았다. 귀걸이가 찰싹찰싹 그 뺨을 스치었다 ── 귀걸이가 매끄럽기도 매끄럽다 하고 그는 생각하였다.

웬일일까? 그 학생은 빙그레 웃어 보이기는커녕 두 팔 새에 파묻은 얼굴을 들지도 않는 것이었다. 영숙이는 이해할 수 없어서 멀거니 그 학생 쪽을 바라다보고 서 있었다.

잠시 동안의 시간이 흘렀다. 심포니의 음률은 방 안 구석구석을 신비경으로 변화시키는 것처럼 우아하고 신비스러웠다.

그러자 ──.

그것은 마치 일종의 벼락처럼밖에 더 생각되지 않았다. 영숙이는 그때 그 순간에 돌발한 괴이한 사건을 순서적으로 기억할 수는 없었다.

'그때 그래 무슨 일이 생겼어?'
하고 누가 물으면 영숙이는 도무지 그 갈피를 찾아서 이야기할 수가 없을 것이다. 도무지 예기치 못했던 돌발 사건이 생기는 때 사람의 신경은 놀라고 떨리어서 그 사건 진행의 참된 모양을 순서적으로 기억할 수는 없게 되는 것이다.

하여튼 영숙이가 맨 처음 본 바는 창백한 얼굴이었다. 상 위에서 번개처럼 획 올라오는 창백한 얼굴이었다. 그러고는 그는 무슨 고함 소리를 들은 것처럼 기억되었다. 마치, 고막을 찢을 듯이 강렬한 무슨 외침이었다. 그 고함 소리기 무엇

아네모네의 마담 57

이라고 말했는지는 조금도 기억이 나지 않았다. 그 소리가 그 학생의 입에서 뛰쳐나왔다는 것만이 기억이 되었다.

그리고 그 다음 순간 영숙이는 카운터 앞에서 우뚝 선 그 학생을 보았다. 성낸 호랑이처럼 씩씩거리는 그 숨소리를 똑똑히 들었다. 그러자 무엇이 와지끈 하고 깨지었다. 음악 소리는 뚝 끊기고 사람들의 비명 소리가 들리었다. 영숙이는 귀걸이가 찰싹찰싹 뺨에 와서 스치는 것도 감각하지 못할 만큼 어안이벙벙해지고 말았다.

그 뒤에는 한참 동안 혼란이 있었다. 사람들이 외치는 소리가 들리고 창백한 얼굴의 소유자와 함께 왔던 학생이 무엇이라고 온 방 안을 향하여 몇 마디 소리를 지르고, 그러고는 영숙이보고도 무엇이라고 한두 마디 했지마는 영숙이는 그 말을 깨달아 들을 수가 없었다. 그리고 그 다음 순간 영숙이는 한 학생에게 끌리어 문 밖으로 나가는 창백한 얼굴을 보았다.

한참 동안 와글와글 온 방 안이 끓었다. 영숙이는 넋을 잃은 사람처럼 교의 위에 한참을 주저앉아 있었다. 축음기에서 다시 음악 소리가 울려 나오는 것을 듣고야 비로소 영숙이는 정신을 수습하였다. 카운터 위에는 보이가 주워서 올려 놓은 깨어진 소리판이 여러 조각 놓여 있었다. 깨진 소리판은 슈베르트의 〈미완성 교향곡〉이었다.

한 두어 시간쯤 뒤에 아까 창백한 얼굴의 소유자를 억지로 끌고 나갔던 그 학생이 혼자서 다시 왔다. 그는 방 안을 한번 휘둘러보더니 카운터로 가까이 와서 카운터 위에 팔을 기대고 섰다. 마침 찻집 주인이 와 있었으므로 그 학생은 주인에게 소리판 값을 물었다.

"참으로 미안하게 됐습니다."

하고 그는 사과하였다. 아까 그 소란이 있을 때 앉았던 손님은 다 가고 새로 손님들이 들어온 고로 손님들은 아까 그 소란을 모르는 모양이었다. 그래서 아무도 이 학생의 이야기를 들으러 모여들지 않았다. 오직 보이만이 곁에 와 서서 귀를 기울였다.

"이야기를 대강이라도 들으시면 용서해 주실 줄 믿습니다. 아까 그 학생은 내 가까운 친구입니다. 아주 똑똑한 수재지요. 그런데 무슨 운명의 장난인지 그는 어떤 남편 있는 부인을 사랑하게 되었습니다."

이때 영숙이는 가슴이 몹시도 들렁거리는 것을 감각하였다. 그는 고개를 축음기 쪽으로 돌리고 서서 이 학생의 말을 한 마디라도 놓치지 않으려고 바싹 귀를 기울였다.

"그 부인은 하필 다른 사람이 아니고 바로 우리 학교 교수되는 이의 아내입니다. 언제 어디서 어떻게 기회가 되어서 서로 사랑하게 되었는지는 나도 잘 모릅니다. 또 지금 길게 이야기할 필요도 없겠지요. 하여튼 사람의 사랑은 순결하고 또 열렬하였습니다. 그러나 이러한 세상에 있어서 그 사랑은 언제까지나 비밀일 수밖에 없었습니다. 현 사회에서는 매음 같은 더러운 성관계는 인정하면서두, 집안 사정상 별로 달갑지 않은 혼인을 한 젊은 여인이 행이랄까 불행이랄까 남편 외의 딴 사람에게서 한 사람이 한 번만 가져 볼 수 있는 그 고귀한 첫사랑을 바칠 수 있는 대상을 발견할 때 우리 사회는 그것을 더럽다고 낙인해 버리고 조금두 용서치를 않으니까요! 그 사랑이 얼마나 순결하구, 얼마나 열렬한 것을 이해해 줄 수 있는 사회두 아니고 또 이해해 보려구 하지두 않은 사회니까요. 더러운 기생 오입은 하면서두 순결하고 고귀한 사랑은 그 사랑의 대상이 한 번 다른 사람과 결혼한 사람이라는 다만 한 가지 이유하에 기생 오입보담두 더 나쁜 일처럼 타매하구 비방하는 그런 우스운 사회니까요. 이거 설교가 너무 길어졌습니다."

새로 손님이 들어왔으므로 보이는 주문을 받으러 다녀와서 다시 가만히 서서 귀를 기울였다. 영숙이도 부엌으로 뚫린 조그만 문으로 커피 두 잔을 얼른 주문한 후 카운터에 몸을 기대고 서서 묵묵히 귀를 기울였다.

"두 분의 사랑은 퍽으나 불행했습니다. 더구나 약 한 달 전에 그 부인이 병환으로 병원에 입원을 하게 되었습니다. 떳떳한 사이 같으면야 아침부터라두 병원에 가서 살 수도 있으련만 두 사람의 사이가 그쯤 되고 보니 어디 내놓구 문병인들 갈 수가 있나요? 만일 이 사회에서 조금이라두 이 연애 관계를 알게만 된다면 이 사회는 통 떠들어 일어서서 그 부인을 무슨 파렴치한이나 되는 것처럼 타매할 것은 뻔한 일이니 어디까지든지 두 분의 사랑은 비밀 속에 감추어 두지 않을 수 없는 처지였지요."

영숙이는 자기도 모르게 몸을 떨었다. 그러고는 교의 위에 사뿐 내려앉아서 다시 귀를 기울이었다.

"문병두 한 번 못 가구 이 친구는 하루 종일 거리로 싸돌아다녔습니다. 아침마다 한 번씩 병원으루 전화를 걸어서 병의 차도나 물어 보고 그러구는 타는 가슴을 움켜쥐고서 헤매는 것이었습니다. 밤이 되니 잠 한숨 잘 수 있겠습니까? 나는 그의 마음을 좀 붙잡아 보려구 이리저리 많이 끌구 다녔지요. 그러다가 그 친구는 마침내 이 아네모네에 애착을 느끼게 되었답니다. 첫째 그는 여기서 슈베르트의 〈미완성 교향곡〉을 들을 기회가 있는 데 기뻐한 것이지요. 그 친구의 말에 의하면 이 슈베르트의 〈미완성 교향곡〉은 두 분 연인 사이에 가장 아름다운 추억을 실은 레코드인 모양입니다. 하루 종일 가슴속이 바작바작 타다가도 여기 와 앉아서 그 교향악 한 곡조를 듣고 있으면 지나간 날 아름다운 기억들이 마음속에 끓어오르고 마치 그 부인과 함께 어떤 아름다운 동산을 거닐고 있는 것 같은 그런 느낌을, 잠시나마 그런 아름다운 환영 속에 취할 수 있고, 또 어쩐지 병도 그리 중하지 않고 곧 나아질 것처럼, 마치도 그 음악의 선율이 그 부인을 어루만져 병을 쾌차시킬 것 같은 그러한 환영에 잠겨진다구요. 또 그뿐 아니라 저기 저 그림!"
하고 말하면서 그 학생은 영숙이 등뒤에 있는 벽을 가리키었다.

"저 그림은 그 유명한 〈모나리자〉가 아닙니까?"

영숙이는 힐끗 돌아다보았다. 거기에는 커어단 〈모나리자〉 그림이 걸려 있는 것이었다. 영숙이가 카운터 뒤에 서 있으면 바로 머리 뒤로 그 그림이 보일 것이었다. 영숙이는 또 한 번 몸을 떨었다. 귀밑을 살짝살짝 스치는 귀걸이가 '따갑기도 하구나' 하고 느껴지었다. 그 학생은 이야기를 계속하였다.

"그 친구는 저 〈모나리자〉를 바라다보기 위해 매일 여기 왔습니다. 교향악은 다른 찻집에서도 들을 수 있지마는 저 〈모나리자〉를 걸어 논 집은 이 서울 장안에 여기 한 곳밖에 없으니까요."

부엌에서 차가 나왔다. 영숙이는 그 차를 보이에게 넘겨 주고 또다시 말없이 앉았다.

"'모나리자!' 그 친구는 자기 애인을 '모나리자' 라고 불렀답니다. 애인의 얼굴이 저 그림과 같은 것은 아닙니다. 그러나 이상한 일로 얼굴 모습은 완전히 다르면서도 그 부인이 빙그레 웃을 때에는 꼭 저 〈모나리자〉를 연상시킨다구 합니다. 그래서 친구는 자기 방 벽에도 애인의 사진 대신으로 〈모나리자〉를 걸어 놓았더군요. 그러나 그 좁은 방 안에 앉아서 그 〈모나리자〉를 바라보면 가슴이 터져 오는 고로 밤마다 이곳으로 뛰쳐나와서 저 그림두 바라보고 또 그 〈미완성 교향곡〉두 듣구 이렇게 해서 그의 혼란한 마음을 위안시켜 왔던 것입니다."

저편에서 어떤 손님이 보이를 커다랗게 불렀다. 보이는 이야기가 더 듣고 싶은 모양이었으나 억지로 갔다.

"그런데, 그런데, 아까 저녁때에 입원해 있던 그 부인이 고만 세상을 떠났습니다. 거의 미친 사람처럼 된 내 친구를 겨우 이리루 끌구 왔었는데 그만 그 〈미완성 교향곡〉이 그의 가슴을 찢어 놓았나 봐요. 그래서 사정이 그만하니까 아까 그 행동은 용서해 주시기 바랍니다. 참으루 미안했습니다. 난 또 어서 가보아야 하겠습니다. 마음이 놓이지를 않으니……."

이튿날 밤.

찻집 아네모네에서는 언제나 그러한 것처럼 재즈 소리가 흘러나왔다. 방 안 공기는 어느새 담배 연기로 안개 낀 것처럼 자욱해 있었다.

"아, 그런데 이 마담이 웬 변덕이 그렇게 많단 말이야? 응, 어저께 귀걸이를 새로 낀 것이 썩 어울린다구 야단들이기에 한 번 볼려구 일부러 왔는데 그 귀걸인 어쨌소 그래?"
하고 어떤 사나이가 말했다.

영숙이는 아무 대답도 없이 빙그레 웃어 보일 따름이었다. 그 웃음은 어딘가 구슬프고 고적한 기분을 띤 웃음이었다.

(1936년)

추물醜物

　언년이가 아기를 뱄다는 일은 언년이 자신이 생각할 적에도 거짓부렁처럼 생각되었다.
　언년이를 한 번이라도 본 사람이면 누구나 다 언년이가 아기 뱄다는 소문을 들으면,
　"원 그것두 그래두 서방이 있는 게지, 하하."
하거나,
　"아니 세상에 그걸……."
하거나 하고 무슨 큰 기적이나 발견한 듯이 서로 권하고 웃었을 것이다.
　그처럼 언년이는 얼굴이 못생기디못생긴 추물이었다. 툭 불거진 이마가 떡을 두어 말 치리만큼 넓은데다가 그 밑에 툭 불거진 두 알의 왕방울 눈은 금붕어를 연상시키었다. 두 눈이 툭 불거진 사이로 콧마루는 아주 없는 셈이어서 이른바 '꺼꺼대 상판'인데다가 편편하게 내려오던 코가 입 바로 위에까지 와서는 몽톡하게 솟아오른 콧잔등이 좌우쪽으로 개발코가 벌룩벌룩하였다. 윗입술은 언청이가 되어서 왼편이

버그러졌는데 아랫니는 뻐드렁니가 되어서 언제나 입을 꼭 다물 수는 없는 형편이었다. 턱은 웬일인지 앞으로 쭉 내뻗치어서 고개를 숙인다고 해도 남보기에는 언제나 쳐들고 있는 듯이 보이는 것이었다.

　서양서는 언젠가 추물 대회를 열어서 가장 밉게 생긴 여자를 뽑아서 추물 여왕을 삼고 무슨 상을 주었다던가 어쩐가 하거니와 우리 언년이가 그때 그 대회에 참석할 수만 있었던들 여왕은 떼어 논 당상이었을 것인데 명색 없는 조선에 태어났기 때문에 그런 대회가 열렸던 것을 알지도 못하는 것이었다.

　조물주가 하도 할 일이 없어서 갑갑했던지 이런 실없는 장난질을 한 모양인데 그래도 그 얼굴에서 취할 데가 있다면 그 두 귀일 것이다. 자세히 보면 그 두 귀는 보통 귀 이상으로 곱게 생긴 귀이었다. 그러나 도리어 이것이 미운 얼굴의 조화를 깨뜨리어 그 얼굴을 더한층 밉게 만드는 것이었다. 차라리 그 귀가 넓적 편편하고 좀더 올라붙거나 좀더 내려붙거나 했던들 얼굴의 조화는 망치지 않았을 것이다.

　예수는 이천 년 전에 '사람을 외모로 비판하지 말라'고 가르쳤지만 '원수를 사랑하라' 한 그의 가르침이 지상 공문으로 내려온 것과 마찬가지로 이 진리의 가르침도 또한 시행되어 보는 일이 없는 것이었다. 역시 사람은 무엇보다도 먼저 외모를 보는 것이고 외모가 훌륭하면 속에는 개차반을 품고 다녀도 높은 사람이 되었고, 특히 여자에 있어서는 얼굴의 아름다움이 거의 그 일생을 결정짓는 가장 중요한 요소로 되어 있는 이러한 세상에서 추물인 우리 언년이는 불행할 수밖에 별수가 없었던 것이다.

 어려서부터도 언년이는 별명도 많았다. 토끼니, 꺼꺼대니, 개발코니, 황소니, 언청이니 하는 별명들로 불리었고 서울로 와서는 다시 원숭이니, 금붕어니 하는 새로운 별명을 더 얻었다. 사람은 어릴 때부터 벌써 불구자나 추물의 불행을 멸시와 놀림감의 가장 좋은 대상으로 삼는 잔인성과 비열을 누구나 가지고 있다. 아마 자기는 그래도 저것보다야 낫지 하는 일종의 열등감의 소유자가 만족을 얻는 데 희열을 느끼는 모양이다.

 물론 언년이는 아주 어려서부터 이 놀림을 받아 왔다. 그러나 어려서는 그녀가 자기 얼굴이 그처럼 못난 데 대해서 별로 큰 설움을 느끼지는 않았었다. 동무들이 하도 따라다니며 놀려 대면 한바탕 싸우고 나서는 잠시 훌쩍거리기도 했으나 오 분이 지나가기 전에 모두 잊어버리고 또다시 그 짓궂은 애들과 더불어 숨바꼭질도 하고 땅 재먹기도 하고 하는 것이었다.

 언청이가 된 입으로 음식을 먹는 것을 보고 '토끼새끼처럼 흐물흐물 먹는다' 고 할아버지가 머리를 쓰다듬으면서 웃음의 말씀을 하던 그 시절이 어느덧 지나가 버리고 동리 총각들이 꼴을 베다 말고 모여앉아서,

 "언년이 말이냐? 토끼처럼 흐물흐물 먹는 꼴이란!"
하고 박장대소를 하는 시절이 이른 때 차차 언년이는 자기 얼굴에 대한 관심이 갑자기 더럭더럭 자라 가는 것이었다.

 그러다가 그녀가 자기 얼굴이 그처럼 못난 것이 너무도 서러워서 차라리 죽어 버렸으면 하고까지 생각하게 된 때는 그

녀가 열여섯 살 나던 봄이었다.

　언년이가 물동이를 이고 오다가 먼발치로라도 그 총각이 보이면 혼자서 얼굴을 붉히고 다리가 허둥허둥하여 어쩔 줄을 모르게 되고 개나리꽃 울타리 안에 숨어 서서 앞길로 지나가는 그 총각을 몰래 도둑질해 내다보면서 불룩불룩하는 가슴을 두 손으로 누르고 있었던……그 총각의 입으로부터서,

　"흥! 꼴에다가! 우물에 가서 네 상판대길 비춰 봐라."
하는 싸늘한 비웃음을 받고 난 그날 밤에 언년이는 그 우물에다가 얼굴만 비춰 볼 것이 아니라 자기 몸 전체를 던져 버리고 싶어졌던 것이다. 그러나 그렇게까지 할 용기는 나지 않고 그냥 집 뒤 언덕을 타고 졸졸졸 흐르는 작은 시냇물 속에 비친 둥근 달에다가 그 미운 얼굴을 들이밀어 보고 보고 하면서 밤새도록 치마끈을 적시었던 것이다.

　언년이의 부모도 언년이를 시집보낼 일이 적이 걱정이 되었던 모양이었다. 그래서 꽤 일찍부터 매파를 내세워 먼 동리로 구혼을 시작했던 것이었다. 그들도 같은 동리 안에서는 언년이를 데려갈 총각이 없는 줄을 잘 알았기 때문에 먼 동리 모르는 곳으로 시집을 보낼 심산이었던 모양이었다.

　"그저 복스럽게 생겼쉐다. 남자루 태어났더라문 주원장이나 상산 됴자룡이가 됐을 상이디요. 그런데 네자루 태어났으니깐 집안 범절에 오죽하갓쉔까! 그까짓 상판이나 뻔뻔하문 멀합네까? 그저 후해야디요. 부잣집 맏메누리깜입넨다. 일년 내내 가야 고뿔 힌 번 안 셋구 이훕에 나맹선부틈 글쎄 밥

추물　67

짓구 농사하구. 하루같이 조밭 김을 흠차서 맸대문 그만 아니요? 어디 뿐인가요. 바누질을 또 어떻게 곱게 하는디! 칠골 아낙을 다 뒈봐야 언년이만큼 바누질하는 체니가 하나투 없디요. 자, 이걸 좀 보소. 이게 그 체니 솜씨웨다가래!"

이렇게 매파는 언년이를 묘사하는 것이었다. 그리고 언제나 언년이가 바느질한 저고리를 견본으로 가지고 다니면서 실물을 구경하라고 펴놓곤 하는 것이었다. 사실 언년이 바느질은 그 동리에서 유명할 만큼 고운 바느질이었다. 얼굴로 올 재주가 모두 손가락으로 갔는지. 누가 보든지 언년이가 바느질을 그렇게도 곱게 하리라고는 생각도 못 하리만큼 뛰어나는 바느질이었다. 물론 몇 해를 두고 밤을 새워 가며 배운 연습의 결과이었다. 언년이 어머니는 벌써부터 언년이의 살림 밑천은 오직 '일 잘하는 것'이라는 것을 간파했던지 아주 어렸을 때부터 심하게 언년이를 가르쳐 주었던 것이다.

언년이의 바느질 솜씨 견본인 그 저고리가 몇백 번이나 총각을 둔 집 안방에 펼쳐졌었는지는 오직 그 매파 늙은이 혼자만이 아는 일이다. 매파의 노력이 성공을 했는지 또 혹은 언년이의 바느질이 성공을 가져왔는지 하여튼 백 리나 밖에 있는 어떤 농가와 혼사는 성립되었던 것이다.

그러나 첫날밤에 언년이는 소박을 맞고 말았다. 첫날밤 신방을 뛰쳐나간 신랑은 언년이와는 마주 앉기도 싫어하였다. 언년이는 생과부로 있으면서 소처럼 일하였다. 사실 그녀는 소처럼 건강하였고 소처럼 꾸준했고 소처럼 누그러져 있었다. 기회만 주었더라면 소처럼 젖도 듬뿍 내었을 것을!

이리하여 언년이는 남편이 일본 오사카인가 어딘가로 간

다고 집을 나가 버린 후에도 시부모를 모시고 여러 해를 살았다.

아무리 황소 같기로니, 아무리 꺼꺼대거니, 아무리 개발코거니, 아무리 언청이거니 그녀도 젊음과 건강이 용솟음치는 한 개의 여자이었다. 날이 갈수록 그녀는 생애의 공허를 느끼고, 남편을 원망하는 마음, 사내를 그리는 마음, 미지의 새 세계를 그리워하는 마음이 자꾸만 늘어나는 것이었다.

"팔젤 고티야갔수다."
하고 사주쟁이 늙은이까지 탁 터놓고 이야기해 주었다.

언년이로서 팔자를 고친다는 오직 한 가지 길은 여러 해 전부터 서울 가 살고 있는 일갓집을 찾아가는 일이었다. 언제나 장날처럼 사람들이 득시글득시글 뒤끓는다는 서울로 가보면 그렇게 사람이 많다니까 자기의 미운 얼굴도 그리 유표스럽게 눈에 띄지도 않을 성 싶었고, 또 그렇게 떠들썩한 속에 묻혀 살게 되면 클클한 심화도 좀 나아지리라고 생각되었던 것이다.

그래서 언년이가 조그만 보따리를 한 개 꾸려 이고 시골 정거장에서 경성행 기차에 몸을 실은 것은 재작년 봄날이었다.

서울에는 창경원 벚꽃 구경이 한창이라고 사람 사태가 날 지경이었다. 정거장에 내리니 저고리에 빨간 헝겊 오라기들을 하나씩 꽂은 시골뜨기 남녀들이 하나 가득 차 있어서 어디로 가야 문을 나서는지 알 수 없었다. 그러나 다행히 봉네 어미(이 여사는 언년이의 사촌형뻘이 되는 사람이있다)가 정기

장까지 마중나와 주었기 때문에 고생 안 하고 찾아갈 수가 있었다.

언년이는 자기도 다른 사람처럼 빨간 헝겊 오라기를 하나 얻어 가슴에 꽂고 싶었으나 봉네 어미 수다 바람에 어리둥절한 채로 밖으로 끌려나오고 말았다.

"언년이, 서울 구경 첨이디! 너이 새수방한테선 상게두 아무 소식도 없니? 데건 관광단이야, 촌에서 꽃구경을 오누라구. 우리두 오늘 밤엔 창경원에나 가야디. 이 구름다리루 올라가야 돼. 넘어디디 말구, 발 아랠 잘 보라구, 응! 차푀 어드캤나? 꺼내 들구 있다가 주구 나가야 되니……."

서울 와 사는 지 오 년이 넘었건만 봉네 어미는 시골 사투리를 떼어 버리지 못한 것이었다.

"뎌게 데건 뎐차디! 이제 또 뎐찰 타구 한참 가야 우리 집이 돼. 데 집덜 말이가? 데까지꺼이 무어 큰가? 이제 두구 보라우. 참 훌륭한 집이 많디. 이제 차차 다 구경하디."

이 모양으로 서울 구경 첨하는 언년이보다 봉네 어미가 더 신이 나서 지껄이는 것이었다. '이 모든 훌륭한 것들을 나는 벌써 모두 다 잘 알고 있다' 하는 자랑스러운 마음이 언년이 앞에서 걷잡을 수 없이 발동되었기 때문이다. 아마도 봉네 어미로서는 이렇게 남 앞에서 뽐내 본 일이 일생에 한 번밖에 없었다고 말할 수 있었을 것이다.

그날 밤으로 언년이는 봉네 어미와 그 밖에 처음 보는 여자들 몇몇이 함께 창경원 벚꽃 구경을 갔다.

말이 꽃구경이지 사실인즉 사람 구경을 가는 것이라 하지만 하여튼 사람이 그렇게도 많이 한곳에 모인 것을 처음 보는 언년이 그저 입을 헤하니 벌리고 섰을 수밖에 없는 것이었다.

몇 해 전에 한번 예수쟁이 양고자가 왔다고 온 동리가 떠들썩할 적에 키가 구 척이나 되고 홀태바지를 입은 사람이 머리는 노랗고, 눈은 새파랗고…… 그야말로 그날밤 꿈자리가 다 사납도록 괴상스럽고 무서운 양고자를 한 번 본 일이 있는 언년이에게는 그 수없는 양고자 남녀들이 서로 맞잡고 (원 망측두 하디) 궁둥이를 들썩거리면서 돌아가는 그림이 하얀 휘장 위에 번뜩번뜩 나타나는 것도 참으로 이상스럽고 재미있는 구경이려니와 얼굴에 분을 하얗게 바른 처녀애들이 낮같이 밝혀 논 무대 위에 나타나서 나붓나붓 춤도 추고 카랑카랑 노래도 부르고 하는 광경이야말로 천상 선녀가 하강한 것이어니 하고 멀거니 바라다보고 서 있었다.

이렇게 정신이 팔려 바라다보고 서 있을 적에 갑자기,

"애고머니나!"

소리를 지르도록 놀라면서 몸을 흠칫하였다. 그때 그녀가 어떤 감촉을 받고 그렇게 소스라치게 놀랐는지 언년이 자신으로도 꼭 집어서 그 감촉을 묘사할 수는 없었다. 그저 한 손이 짜르르하는 것 같았다. 그것은 다만 한순간에 지나지 않는 것이었다. 그녀가 자기 몸을 돌아볼 적에는 벌써 그렇게 짜르르한 감촉을 준 원인이 어디 있었는지 알 수 없었다. 그녀는 손잔등을 가만히 다른 손으로 만져 보았다. 오늘 따라 그 손잔등은 몹시도 매끄러운 것처럼 느껴졌다. 그리고 그 어떤 억센 손에서 꼭 쥐어지는 그 짜르르한 감촉이 몹시 그리워지는 것이있다. 그녀는 가민히 손을 내려 치마폭에 쌌다. 그러나 그 몹시 짜르르한 감촉의 기대는 그녀의 온몸을 폭풍처럼 휩싸 버리는 것이었다.

이제 그녀는 무대 위에 나타나는 온갖 신선놀음에서 정신이 떠났다. 그녀의 눈은 그냥 한 무대 쪽을 쳐다보고 있었지마는 그녀의 전 신경은 손잔등으로 모이는 것 같았다. 아니 손잔등뿐 아니라 그녀의 전신의 피부로 전 정신이 집중되는 것 같았다. 슬쩍 누가 몸을 스치고 지나칠 때마다 그녀는 몸을 바르르 떨었다. 이렇게 정신이 피부로 집중되고 보니 그녀를 스치고 지나가는 사람은 퍽 많은 것을 느끼었다. 때로는 팔과 팔이 맞닿도록 일부러 옆에 바싹 다가서 보는 남자도 있었다. 또 때로는 남자의 숨결이 그녀의 귀밑으로 바싹 스치는 것을 감각할 수도 있었다.

언년이는 지금 자기가 어디에 있다는 것까지 잊어버리게 되었다. 어쩐지 자기는 지금 이 세상에서 가장 어여쁜 색시가 된 것처럼 생각되었다. 그리고 저편 어디서 세상에 둘도 없을 귀공자가 자기를 기다리고 있는 것처럼 생각되는 것이었다. 언년이 자기는 지금 큰정승의 외딸로 연당에서 글을 읽고 있고, 귀공자는 방금 담장에 드리운 무명필을 타고 넘어 들어오는 것 같은 환상을 느끼었다. 바로 그때,

"그 색시 맵시 곱다."

하고 바로 누가 귀밑에서 속삭이는 것이었다. 언년이는 그 자리에 자지러져 버릴 듯 싶었다.

"저리 좀 갑시다."

하는 속삭임이 또 뒤에서 나타났다. 그것은 무명필을 타고 넘어 들어온 귀공자의 부드러운 속삭임이었다. 언년이는 꿈

에 걷는 사람처럼 사람들 틈을 이리저리 피하여 빠져 나왔다. 그 귀공자가 어디서 그녀를 기다리고 있는가? 그것은 생각할 여지도 없었다. 오직 황홀한 환상 속에서 그녀는 사람이 적은 으슥한 곳으로 향하여 발을 옮겨 놓았다. 오직 바로 옆으로 어떤 사내가 따르고 있다는 것을 인식하면서.

　언년이가 전등불로 장식해 놓은 환한 꽃가지 아래 이르렀을 때 비로소 그녀는 자기 혼자임을 인식하였다.
　"에, 재수없다. 히히히."
하면서 두 남자가 급히 저편 어두움 속으로 사라지는 것이 보이었다. 바로 그 목소리는 조금 전에,
　"저리 좀 갑시다."
하던 그 귀공자의 목소리가 아니던가!
　그러나 바로 등뒤에서 이번에는,
　"얘, 여기 하나 있다. 님을 홀로 기다리는가, 허허허."
하는 소리가 나더니 검은 제복을 입고 사각모자를 쓴 청년 셋이 언년이를 둘러싸다시피 하고 모여들었다.
　그러나 바로 그 다음 순간,
　"에키!"
하더니 세 학생은 뒤로 물러섰다.
　"괴물일세, 괴물이야."
　"그 꼴에 그래두 바람은 들어서……."
　"하하하."
　세 학생은 이런 소리를 주고받으면서 저편으로 가버렸다.
　지금까지 아름다운 꿈속에 들었던 언년이의 환상은 산산이 부서지고 말았다. 그녀는 부지중 손으로 자기 얼굴을 민

지어 보았다. 특히 언청이 된 입술이 먼저 만져지는 것이었다. 자기는 정승의 딸도 아니요, 연당에서 임을 기다리는 미인도 아니요, 꺼꺼대요, 언청이인 추물로서 소박맞고 갈 데 없어서 서울로 올라온 자기인 것이었다.

그녀는 갑자기 그 웅성웅성하는 사람 떼가 미워졌다. 조금 전까지 선녀들처럼 보이던 그 분 바른 계집애들은 더한층 미웠다. 그녀는 이 수많은 군중으로부터 멀리멀리 떠나 버리고 싶었다. 그녀는 꽃나무를 떠나서 사람들 없는 어둑신한 곳을 향하여 달려갔다. 얼마 안 가서 밧줄로 막아서 더 못 가게 된 데에 이르러서 그녀는 풀밭에 펄썩 주저앉았다. 그러고는 하염없이 울었다.

"어머니는 나를 왜 낳았던고?"
하고 그녀는 자기를 세상에 낳아 준 어머니를 원망하였다.
"서울은 또 무얼 먹갔다구 왔던고?"
하고 자기 자신도 원망하였다.

언년이의 울음은 풀밭에서 '잃어버린 사람 수용소'로 옮겨 가고 다시 거기서 그 이튿날 아침에야 봉네 어미 집으로 옮겨 갔다. 그는 봉네 어미의 집 주소도 몰랐던 고로 봉네 아버지가 찾으러 올 때까지 수용소에 머물러 있지 않을 수 없었던 것이다.

"꽃구경이 훌륭하던가?"
하는 봉네 할머니 말에 언년이는,
'다시 꽃구경 가는 년은 개딸년이다.'
하고 혼자 속으로만 대답하였다.

"숙자 어머닌 남편 뺏길 염려는 통 놨구려."
"호호호, 그래두 일은 참 잘한다우."
"그래두 좀 웬만해야지. 그건 너무 못났어. 난 꿈자리 사나울까 봐 걱정인데!"
언년이가 일하고 있는 주인댁에 놀러 온 양장미인이 주인 아씨인 숙자 어머니와 이렇게 주고받고 하는 이야기를 언년이는 뜰 한 모퉁이에서 빨래를 하면서 모두 들었다. 언년이는 서울 온 지 두 달 만에 이 집 식모로 들어온 지 지금 며칠 안 되었다.
"흥, 내 원, 참 별 꼬락서닐 다 보갔네. 제가 도깨비처럼 채리구 댕기는 년이 남의 흉보구 있네. 상판대기나 빤빤하문 머이나 되나!"
안방의 화제가 언년이 자신을 중심으로 전개되었다는 것을 알게 되자 언년이는 혼자 이렇게 중얼거렸다.
"나두 첨엔 너무 꼴이 사나워서 그만 내보낼라구 그랬다우."
이것은 주인 아씨의 목소리였다.
"그래두 그이가(아마 남편을 가리키는 모양) 불쌍한데 두어 두라고 해서…… 그래서 두어 보니 일은 참 잘해요. 또 튼튼하구 부지런하구…… 또 그리구 며칠 봐나니깐 이제는 눈에 익어서 그리 과히 숭치도 않은걸."
"어디 시골서 왔대지?"
양장미인의 목소리.
"응, 시집가던 첫날밤……."
하더니 그 아래는 소곤소곤 잘 들리지 않고, 조금 있더니 하하하 히히히 호호호 하는 큰 웃음소리가 터져 나왔다.
"봉네 어머니가 모두 주둥이질을 해놔서……."
하고 언년이는 분노가 치밀어오르는 것을 겨우 참으면서 다시 혼자 중얼거리었다.
'일 잘해 줬으면 됐디. 상판타령들은 왜 하누!'
그러면서도 언년이는 이 끓어오르는 분노를 겉으로 발표할 수는 없었다. 그녀는 아무러한 모욕이라도 달게 받으면서 붙어 있어야 밥을 얻어먹을 수 있는 것을 지나간 두 달 동안에 너무나 역력하게 경험한 것이었다. 그것은 지나간 두 달 동안 그녀는 조금도 과장 없이 열일곱 집을 경유하여 마침내 이 집에까지 온 것이었다. 그녀는 식모로 들어간 지 하루나 이틀 만에 으레 쫓겨 나오곤 한 것이었다.
"글쎄 일이야 어떨는지 모르지만 이게야 꺼꺼대에다 언청이, 또 그 훙훙하는 말소리야 어디 들어 줄 수 있어야지."
해서 퇴짜놓는 아씨,
"언청이 된 건 그래두 괜찮은데 원숭이 밑구멍처럼 얼굴이 왜 그래?"
해서 내보내는 아씨,
"여보, 일보다두 손님들 오문 챙피해서 안 됐쉐다."
해서 내보내도록 아내에게 명령하는 사랑나리.
이리하여 언년이는 이틀 만에나 사흘 만에나 고작 오래야 닷새 만이면 다시 봉네 어미 집으로 어정어정 기어들곤 하는 수밖에 없었던 것이다.
무엇보다도 봉네 어미가,
"오죽하문야!"

하고 웃곤 하는 꼴에는 창자가 모두 비틀어지는 듯 싶어서 견딜 수 없는 노릇이었다. 그래서 이제는 어떻게 해서든지 다시는 봉네 어미 집으로 찾아들지 않도록 해야겠다고 마음을 다지고 또 다져 가면서 그녀는 주인에게 잘 보이려고 부지런히 일을 해주는 것이었다.

여름도 어느덧 다 지나가고 가을이 된 어떤 일요일이었다. 주인 내외는 방금 걸음발을 떼는 숙자를 데리고 문 밖으로 놀러 나간다고 나가고 언년이 혼자서 집을 지키고 있었다.

그녀는 아깝도록 곱게 하는 그 바느질로 주인 나리의 양말 구멍을 꿰매고 앉아 있었다.

그러나 이날에 한하여 그녀의 바느질은 조금도 곱게 되어지지 않았다. 마치 여름내 몸이 빨아들였던 더위를 한목에 발산해 버리려는 듯이 그녀의 전신은 열정으로 끓어오르는 것이었다.

"일생을 혼자 지내리라, 혼자 지내리라!"
하고 결심하는 것은 매일 저녁 자리에 누울 때마다 있는 일이었다. 그러나 몸뚱어리의 자연스런 욕구는 그렇게 쉽사리 눌려지는 것은 아니었다. 여름내 그녀는 이 욕구와 싸워 온 것이었다. 푹푹 찌는 더운 방에서 빈대와 씨름하느라 밤을 밝히면서도 가끔 주인 내외가 나란히 누웠을 생각이 머리에 떠오르면 그녀는 한참이나 멀거니 두 손에 머리를 파묻고 앉아 있는 것이었다.

빨랫감으로 주인 나리의 옷이 나오면 어떤 때 그녀는 몰래 그 남자 옷을 힘껏 움켜쥐어 보는 때도 있었다. 어떤 때는 밥상을 들고 가다가 주인 나리의 숨결이 갑자기 높아지는 것 같은 환각이 생기어 쓰러질 뻔한 때도 있었다. 그렇다고 언년이가 이 주인 나리에게만 욕정을 느끼는 것은 아니었다. 때로는 매일 물을 길러 오는 그 텁석부리 물지게꾼이 몹시 그리운 밤도 있었다. 또 어떤 때는 비옷 장수, 사랑에 간혹 찾아오는 남자 손님, 심지어 어떤 때는 대변 퍼가는 늙은이를 그리워하는 때까지 있었다. 또 때로는 생전 처음 보는 남자와 한자리에 자는 꿈을 꾸고 소스라쳐 깨는 때도 여러 번 있었다.

'내가 이다지도 음탕한 년인가?'
하고 혼자 얼굴을 붉히고 저 자신을 책하는 때가 많았다. 그러나 콧구멍만한 뜰 하나를 격한 안방에서는 지금 주인 내외가, 하는 생각이 들 때마다 그녀는 싸늘한 벽을 안아 보려고 팔을 허우적거리는 것이었다.

가을이 되면서 언년이는 더한층 이 욕구의 비등을 억제할 수 없는 것이었다.

이날도 그녀는 양말을 꿰매고 앉아서 특히 한가한 틈을 타는 이 악마의 유혹 앞에 몸을 떨고 있었다. 남자의 양말을 손에 잡기만 해도 온몸의 근육이 떨리는 듯 싶었다.

이때다.
"대문 열우!"
언년이는 자기 귀를 의심하였다. 분명 남자의 목소리였다. 더구나 귀에 익은 목소리였다.

그녀는 벌떡 일어섰다. 그러나 웬일인지,
'대문을 열면 큰 죄를 저지른다.'
하는 예감이 그녀를 붙잡았다. 그녀는 주저주저하였다.

대문이 덜컹덜컹한다.

"대문 열어요."

또다시 그 목소리다. 언년이는 자기 자신도 무엇을 하는지 모르게 고무신을 짝짝이 끌면서 나가 대문 빗장을 덜컥 빼었다.

대문이 열리자 텁석부리 영감은 물지게를 모로 돌리면서 대문 안으로 들어섰다. 언년이는 공연히 혼자 부끄러워서 고개를 숙였다. 그러고는 금시에 또 서운해지고 허전해졌다.

"오늘은 퍽 일르우."

하고 언년이는 물지게꾼을 따라 부엌으로 가면서 태연하게 말을 건넸다. 텁석부리는 그 소리를 들었는지 못 들었는지 아무 소리 없이 독에다 물을 주룩주룩 부어 넣더니 빈 지게를 지고 마당으로 나왔다.

"주인들은 모두 어디루 갔나?"

하고 텁석부리는 혼잣말하듯 말하였다.

"오늘 공일이라구 문 밖으로 소풍나간다구 애기꺼정 데리구 나갔다우."

"문 밖으로? 그럼 쉬 안 들어오시겠군!"

하고 텁석부리는 또 혼잣말하듯이 중얼거리었다.

"저녁꺼정 자시구 들어오신답데다."

"흥, 혼자 집보기 무섭지 않은가?"

텁석부리는 역시 혼잣말하듯 중얼거리면서 대문께로 갔다. 텁석부리는 대문을 열고 빈 지게를 한 통 밖으로 먼저 내보내고 몸이 반쯤 대문 밖으로 나가더니 금시에 몸이 다시 안으로 들어왔다. 그러더니 물지게를 도로 들여디가 대문 안에 벗어 놓고서 대문을 닫고 안으로, 바로 제 집 대문 빗장 지르듯이 빗장을 질렀다. 언년이는 이때까지 여우에게 홀린 사람처럼 멀거니 보고만 있다가 텁석부리가 아주 안으로 대문을 잠가 버린 것을 보고서야 갑자기 정신을 차린 듯,
"왜 그라우?"
하고 눈을 크게 뜨고 바라보았다. 텁석부리는 아무 소리도 없이 언년이를 향하여 벙굿 웃어 보였다. 언년이는 오직 그 싯누런 이빨을 알아볼 수 있을 따름이었다. 언년이는 갑자기 몸을 날려 달아났다. 고무신이 한 짝 벗겨져서 땅에 구르는 것도 깨닫지 못하고 언년이는 단숨에 자기 방까지 뛰어들어갔다.
'이 이야기 맨 시초에 말한 아기 뱄다는 것은 곧 언년이가 텁석부리 물지게꾼의 씨를 배 안에 키우고 있었다는 것이다.'
일요일 낮에 그 일이 있은 후로 텁석부리는 영 부지거처가 되고 말았다.
집에 물이 없어서 '그 망할 놈의 텁석부리 영감'을 애가 타게 찾아다니는 것으로 외면에는 보였으나, 기실 언년이 내심에는 남모르는 초조와 절망과 비애가 차 있는 것이었다. 그러나 텁석부리는 다시 나타나지 않았다. 물은 다른 지게꾼에게 사 먹기로 교섭이 확정되어 문제는 귀결되었지만 언년이 가슴속 비밀은 귀결을 못 짓고 있었다.
그 일요일 밤새도록 언년이는 얼마나 그날 낮에 생겼던 일을 되풀이해 생각해 보았으며, 또 얼마나 장래에 대한 단꿈을 꾸어 보았던고! 언년이는 이전부터 그 텁석부리는 홀아

비라는 말을 어디선가 들어서 알았던 고로 이미 이만큼 일이 된 이상 그와 행랑살이라도 살림을 오붓하게 한번 차려 보리라 하는 달콤한 공상에 담뿍 취해 있었던 것이다. 그런데 이틀이 못 가서 그 꿈은 산산이 부서져 버리고 만 것이었다.

"그 망할 놈의 뒤상."

하고 언년이는 혼자 욕을 하면서도 그래도 가끔 가다가 집이 비고 혼자서 집을 보고 있게 되는 날은 속으로 은근히 또 그 일요일처럼,

"대문 열우."

하는 텁석부리 목소리가 금시에 들려 올 듯도 싶어서 안절부절을 못하는 때가 많았다. 그러나 날이 자꾸 흘러서 첫눈이 내리게 된 때 언년이는,

'이제는 그 뒤상을 다시 찾을 도리는 영영 없구나. 나를 버리구 갔구나.'

하는 사실을 확실히 인식하게 되는 그와 동시에,

'그 망할 녀석이 씨를 내 속에 넣어 주었고나.'

하는 인식이 또한 부인할 수 없는 사실로 되고 말았다.

새로운 한 생명이 자기 몸 속에서 나날이 자라나고 있다는 인식을 얻게 되자 언년이는 때로는 몹시 기쁜 또 때로는 몹시 우울한 감정이 교차되는 것을 금할 수 없었다. 그 새로운 생명의 아버지를 생각할 때에도 어떤 날은 몹시 그립게 생각되었고, 또 어떤 날은 몹시 원망스럽게 느껴지고 또 어떤 때는 아주 막 미워서 앞에 보인다면 얼굴에 침이라도 뱉어 줄 것처럼 서두를 때도 있었다. 그러나 차차 다시 봄이 되면서 수인 아씨의 입으로부터,

"참 이상한 일두 다 있지. 다른 사람이라면 꼭 애기를 뱄다구 하겠는데, 원 그럴 리두 없구. 알 수 없는 노릇이야!"
하는 소리를 듣게끔 되어서는 언년이는 세상 만사에 모두 흥미를 잃고 오직 절반 이상을 자란 어린애의 출생을 기대하는 초조스러움과 일종의 공포에 가까운 감정이 그녀의 가슴에 가득 차 있는 것이었다.

인제 그녀는 텁석부리가 다시 나타난다는 기대도 단념해 버리고 일편단심 뱃속에서 자라나는 어린것에 대하여 전 정신을 바쳤다. 그녀는 남들이 아비 모르는 아이를 낳았다고 비웃을 것도 두려워하는 바 아니었다. 자기도 다른 여자들처럼 아기를 낳을 수 있다 하는 이 기쁨은 넉넉히 그런 조소를 코웃음쳐 버릴 만큼 강한 것이었다.

그러나 그녀는 차차 이 장차 낳을 어린아기에 대한 여러 가지 세세한 조목을 붙여서 생각하기에 이르렀다. 그리하여 마침내 그녀는 밤마다 남 몰래 냉수를 떠놓고 칠성님께 빌기를 시작하였다.

그녀가 칠성님께 비는 조목은 대개 아래와 같았다.

그녀는 아들은 싫다 하였다.

꼭 딸을 점지하시되 그야말로 오래 전부터 주워들은 대로 물찬 제비 같고, 돋아 오는 반달 같고, 양귀비 뒤 태도 같은 그러한 일색을 보내 줍시사고 비는 것이었다.

그녀는 세상에서 가장 어여쁜 딸을 낳아 보고 싶었던 것이다. 그것은 이 매정한 세상에 대하여 언년이로서 보낼 수 있는 오직 하나의 복수일 것이라고 그녀는 생각하는 것이었다. 한 동리서 자라면서 어렸을 때부터 곱기 자랑을 하고 다니던 이쁜이보다도 더 고운 딸, 봉네보다도 더 고운 딸, 주인집 딸 숙자보다도 더 아름다운 딸을 낳고 싶었다. 그렇게 고운 딸을 낳아 가지고,

'자, 보아라.'

하고 봉네 어미 앞에 내밀고 싶었다. 주인 아씨 앞에 내대고 싶었다. 온 세상에 광포하고 싶었다. 그리만 된다면 그녀가 이때까지 이 세상에서 받아 온 온갖 조소도 모두 잊어버릴 수 있다고 생각되었다. 자기 자신이야 아무리 불행한 일생을 보냈더라도 세상에서 제일 어여쁜 처녀의 어머니 되는 자랑만 가질 수 있다면 넉넉히 위안이 되고도 남음이 있으리라고 생각하였다. 지금 그녀에게 있어서 이 세상 희망이라고는 오직 그것 하나밖에 없다고 단정하였다. 그녀의 온 장래가 여기에 결정지어진다고 생각하였다.

기적을 비는 마음! 그것은 우리 못나고 천대받고 조롱받고 무능하고 또 눌림받는 인간들의 공통된 기원인 것이다.

이러구러 어느덧 열 달이 차매 언년이는 봉네네 집 건넌방 윗목에 그렇게도 칠성님께 빌었던 딸을 순산하였다.

"에미나이루군."

하는 봉네 어미의 탄식 소리는 언년이의 귀에는 음악보다 더 좋았다.

딸이다! 내 일생에 자랑이 될 어여쁜 내 딸이다. 내 일생 받아 온 천대와 조롱을 속해 줄 내 딸이다.

이렇게 생각하매 그녀는 자연 눈물이 흘러내림을 금할 수 없다.

그녀의 눈물을 달리 해석한 봉네 어미는,
"아들이 쓸 데 있나? 딸이 더 됴티."
하고 위로를 해주었다.
"어디 봐."
하고 언년이는 봉네 어미가 깜짝 놀라리만큼 크게 소리를 버럭 질렀다.
그러나 봉네 어미가 쳐들어 주는 새 생명을 바라다보는 순간 언년이는,
"억!"
하고 외마디 소리를 지르면서 눈을 감았다. 봉네 어미는 아기를 다시 옆에 뉘면서,
"제 에미 고대루군."
하고 웃음 섞인 목소리로 말하는 것이었다.
언년이는 앞이 캄캄해지는 것 같았다. 온갖 기대, 온갖 꿈, 온 생애가 그냥 산산이 부서져 버리는 것을 느끼었다.
그렇게도 백 날을 칠성님께 빌어서 낳은 딸이, 그렇게도 세상에 둘도 없이 어여쁜 딸이 되라고 상상하였던 것이 낳아 놓고 보니 언청이였던 것이다.
"언청이가 언청이를 낳았다. 하하하하!"
이렇게 세상이 언년이 들으라고 소리소리 지르는 것 같았다.
언년이는 그래도 자기 눈이 잘못 보지나 않았나 하여 다시 고개를 돌려 옆에 누워서 발깍거리는 어린 살덩이를 들여다보았다. 그녀의 눈앞에 뚜렷이 나타나는 새로운 생명은 언년이의 일생을 부끄러움을 속해 줄 희망이 아니라 그 부끄러움

에 새로운 부끄러움을 끼얹어 주는 한 개의 절망이었다. 아무리 바라다보아야 그 얼굴이 그 얼굴이었다. 눈도 못 뜨고 발깍거리는 아직 채 자리도 안 잡힌 그 얼굴이언만 윗입술이 둘로 갈라진 언청이는 너무도 뚜렷하였다. 더 자세히 들여다보면 콧마루도 언년이 모양으로 없었다. 더 자세히 보면 턱도 유난히 앞으로 삐죽 내민 것처럼 보이는 것이었다. 보면 볼수록 언년이 자신과 똑같이 생긴 것처럼 보였다.

그녀는 고개를 돌렸다. 생각하면 생각할수록 분하고 원통한 일이었다. 밖에서 간간이 사람들의 떠드는 소리와 웃는 소리가 들려 오면 그때마다 모두 언년이 자기와 또 어미를 닮고 세상에 새로 나온 이 새 생명을 조롱하고 비웃는 소리처럼만 생각되는 것이었다.

"추물이 추물을 낳았다!"

"하릴없이 판에 박아 낸 거야."

"호호호호!"

언년이는 손으로 두 귀를 막았다. 그러나 그 조롱 소리는 더욱더 크게 그녀의 귀에 들려 오는 것 같았다. 눈을 감으면 웃는 얼굴들의 환영이 보였다.

봉네 어미의 웃는 얼굴! 숙자 어머니의 웃는 얼굴! 숙자 아버지의 웃는 얼굴! 텁석부리 물지게꾼의 싯누런 이빨!

그러고는 갑자기 밤에 혼자서 흘러내리는 냇물가에 앉아서 미운 얼굴을 물 속에 어른거리는 달 속으로 비춰 보고 또 비춰 보면서 끝도 없이 울고 있는 처녀의 환영이 나타났다.

'저것이 자라나면 또 그러한 쓰라린 인생을 되풀이할 것이로구나.'

"차라리 애기 적에 가거라!"
하고 그녀는 혼자 중얼거렸다.

그녀는 가만히 옆에 있는 바느질 곱게 된 저고리를 들어 이 바둥거리는 아기를 푹 덮어 버렸다. 그러고는 그 억센 손으로 말랑말랑하는 살덩이를 지그시 눌러 보았다. 누르고 누르고 누르면서 저도 모르게 중얼거리는 것이었다.

"뒈데라, 뒈데라, 뒈데라!"

갑자기 아기의 발깍 소리가 그쳤다. 언년이는 몸서리치면서 얼른 손을 떼었다. 바느질 곱게 된 저고리를 바라다보니 그 밑에 덮여 있는 아기가 그처럼 밉게 생긴 아기라고는 생각되어지지 않았다. 그녀가 지나간 반 년 동안 꿈꾸던 그런 아주 이쁜 아기가 바로 그 아래 누워 있을 것처럼만 생각되는 것을 금할 수 없었다. 그 저고리가 달삭달삭하였다. 그러나 언년이는 그 저고리를 다시 들치고 그 아래 누워 있는 아기 얼굴을 다시 들여다볼 용기는 나지 않았다. 그녀는 고개를 돌렸다.

"그래두 자라나문 좀 나아디갔디……그래두 체니티가 나문 좀 고와디갔디!"

하고 그녀는 중얼거렸다.

"그래두 좀 크문…… 그래두 좀 크문야 설마……."

하고 되풀이하고 또 되풀이하면서 언년이는 불어 오른 자기 젖을 두 손으로 꾹꾹 눌렀다.

젖을 짜고 또 짜면서 그녀는 긴장이 탁 풀리는 것을 느끼었다. 온몸이 몹시 피곤함을 느끼었다. 그녀가 누운 자리가 젖에 젖어서 끈적끈적해지는 것을 겨우 감촉하면서 그녀는 손을 더듬더듬하였다. 매끈매끈하는 아기의 살을 그 억센 손에 감촉하면서 그녀는 스스로 잠이 들었다.

(1936년)

인력거꾼

1

 밤 새로 두 시에야 자리에 누웠던 아찡이 아직 날이 채 밝기도 전에 졸음 오는 눈을 비비면서 일어났다. 잠자리라는 것이 되는 대로 얼거리해 놓은 막살이 속에 누더기와 짚을 섞어서 깔아 놓은 돼지우리 같은 자리였다.
 그 속에서는 그야말로 돼지처럼 뚱뚱한 동거자가 아직도 훙훙거리며 자고 있는 것을 억지로 깨워 일으켜 가지고 아찡이는 코를 힝 하니 풀어서 문턱에 때려 뉘면서 찌그러진 문을 열고 밖으로 나왔다.
 잠자던 거리가 깨기 시작하는 때이었다. 상해 시가의 이백만 백성이 하룻밤 동안 싸놓은 배설물을 실어 내가는 꺼먼 구루마들이 요란한 소리를 내며, 잔돌 깔아 우두럭투두럭한 길 위로 이리 달리고 저리 달리고 하는 것이 아찡이 눈앞에 나타났다. 동편으로 해가 떠오르려고 하는 때이다. 일찍 일어난 동릿집 부인들이 벌써 나무통으로 된 대변통들을 부시느라고 길가에 쭉 나서서 어성버성한 참대 쑤시개로 일정한 리듬을 가진 소리를 내면서 분주스럽게 수선거렸다. 아찡이

와 뚱뚱보는 한꺼번에 하품과 기지개를 길게 하고 바로 그 맞은편에 있는 떡집으로 갔다. 거리로 향한 왼편 구석에 널빤지 얼거리가 있고, 그 얼거리 위에 원시적 기분이 농후한 꺼면 질그릇 속에 삐죽삐죽하게 콩기름에 지져 낸 유자꽤(조반죽 반찬 하는 떡)가 담뿍 꽂히어 있고, 그 옆에는 방금 구워 놓은 먹음직스런 쪼빙(떡)들이 불규칙하게 담겨 있는 위로는 벌써 잠코 밝은 파리 친구들이 날아와서 윙윙거리면서 이 떡 저떡으로 돌아다니면서 먹고 싶은 대로 실컷 그 고수하고 짭짤한 맛을 빨아들이고 있었다. 이 선반 바로 뒤에는 사람의 중키나 되리만큼 높이 쌓인 가마가 놓여 있고 그 가마 밑 네모진 아궁이에다 지금 떡 굽는 사람이 풀무를 갖다 대고 풀덕풀덕해서 불을 피우고 있고 가마 위 나무뚜껑 아래에서는 길죽길죽하게 빚어서 한 편에 깨알 몇 알씩을 뿌린 쪼빙들이 우구구하면서 뜨거운 진흙 위에서 모래찜들을 하고 있었다. 그것들이 모래찜을 실컷 해서 엉덩이가 꺼머죽죽하게 되면, 그 손톱이 세 치씩이나 자란 떡장수의 손이 들어와서 한 놈씩 한 놈씩 잡아다가 앞에 놓인 선반 위 파리 무리의 잔치터 위에 던져 주는 것이었다. 바로 이 떡가마 왼편에 기다란 부뚜막을 가진 가마가 걸려 있고 그 위에서 지금 유자꽤들이 오그그하면서 콩기름 속에서 부어 오르고 있었다. 그리고 역시 행길 쪽으로 향한 이편 한 모퉁이에는 네모 반듯한 부뚜막 위에 보름달만큼씩이나 둥근 서양철 뚜껑을 덮은 깊다란 물솥들이 네다섯 개 줄줄이 걸려 있고 부뚜막 바로 한복판에는 직경이 두 치나밖에 안 될 쇠통이 뚫려 있어서 가 마시기가 이따금씩 그 조그맣고 뚱그런 뚜껑을 열고는 바로 그 부뚜막 안쪽에 쌓아 둔 물에 젖은 석탄 가루를 한 부삽씩 쭈르르 쏟곤 하는 것이었다. 그리하면 그 구멍 속으로부터는 까만 연기와 붉은 불길이 힐끗힐끗 밖으로 내치미는 것을 서양철 뚜껑으로 덮어 막아 버리고는 놋으로 만든 물푸개를 바른손에 들고 왼손으론 이편 솥뚜껑을 열고는 부글부글 끓는 맹물을 퍼서는 저편 솥 속으로 쭈루루 붓고는 또다시 왼편 솥 속 물을 퍼다가 바른편 솥 속에 넣고 이렇게 쭈룩쭈룩 소리를 내면서 분주스리 퍼 옮기고, 쏟아 옮기고 하다가는, 엽전 두어 푼이나, 나뭇조각 물표 서너 개씩을 가지고 와서 빙 둘러섰는 아가씨들과 할머니들의 서양철 물통(오리주둥이 같은 것이 달린 것), 혹은 세숫대야, 혹은 쇠 주전자, 혹은 사기 주전자 등에 엽전 두 푼에 물푸개 하나씩, 그 절절 끓는 물을 담아 주는 것이다.

아쩡이와 쭈러우(돼지)라는 별명을 가진 동거자 뚱뚱보는 어두컴컴한 부엌 속으로 들어가서 둥그런 탁자를 가운데 놓고 뒷받침 없는 걸상에 뺑 둘러앉은 때문은 옷 입은 친구들 틈에 끼어 앉아서 떡 두 개씩과 꺼룩한 미음을 한 사발씩 먹고서는 쩔렁쩔렁하는 전대 속에서 동전을 여섯 푼씩 꺼내서 탁자 위에 메치고 코를 힝힝 아무데나 풀어 붙이면서 거리로 나왔다.

둘이서는 잠잠히 걸었다. 조약돌을 깔아서 볼통볼통한 좁은 골목을 지나 나와서 전찻길을 끼고 한참 올라가다가 다시 조그만 골목으로 조금 들어가서 인력거 세놓는 집 앞에 다다랐다. 벌써 수다한 인력거꾼들이 와서 널쩍한 창고 속에 줄줄이 세워 둔 인력거를 한 채씩 끌고 나갔다. 아쩡도 거의 해져서 나들나들한 종이로 둘둘 싸 둔 대양大洋 오십 전을 인력거세 하루 선금으로 지불하고 어둑신한 창고로 들어가서 제 차례에 오는 인력거는 한 채를 들들 끌고 거리로 나아왔다. 그는 잠깐 우두머니 서서 분주스럽게도 왔다갔다하는 군중을 바라다보다가 인력거 뒤채를 부득부득 밀면서 나아오는 뚱뚱보에게 이렇게 말했다.

"오늘 어째 신수가 궁해. 어젯밤 꿈이 숭하더라니!"

뚱뚱보는 이 말대답할 사이도 없이 벌써 맞은편 거리에서 오라고 손짓하는 서양 여자를 보고 설마 남에게 빼앗길세라 줄달음질쳐 가서 인력거 앞채를 내려놓고 그 여자를 태웠다.

아찡이는 절반이나 잊어버려서 무엇이었는지 잘 생각도 안 나는 꿈을 되풀이해 생각해 보려고 애를 쓰면서 정거장 쪽으로 향해 갔다.

마침 남경서 떠난 막차가 새벽에 북정거장에 닿았다. 제섭원齊燮元이가 노영상盧永祥이를 들이친다는 풍설이 한창 돌 때인데 이번 차가 아마 마지막 차일는지도 모른다는 염려로 소주蘇州서, 곤산昆山서 쓸어 밀리는 피란민들이 넓은 정거장이 찢어져라 하고 밀려나왔다. 정거장 정문이 있는 곳에는 벌써 그 동안 각처에서 몰려든 피란민들의 잃어버린 짐짝으로 가득 채워 있어서 교통 단절이 되어 버렸고, 좌우 옆문으로 쏠려 나오는 군중이 문간에 수직하고 있는 군인들의 몸수색을 당하면서 이리 밀치우고 저리 밀치우고 흐늑흐늑하였다.

아찡은 이 기회를 안 놓치려고 이리 기웃 저리 기웃하며 기회만 엿보고 서 있었다. 아니나 다를까 저편 한 구석으로 늙은 할머니 한 분, 젊은 색시 한 분, 또 돈푼이나 있어 보이는 젊은 사내 하나가 고리짝, 참대궤짝, 바구니 등 수십 개의 짐짝을 겨우 검사를 마친 후 시멘트 길바닥에 쌓아 놓고 어쩔 줄을 몰라 안달을 하고 있는 것이 보이었다. 아찡은 곧 그곳으로 뛰어가려다가,

"이놈아."

하고 외치는 순사의 고함 소리에 눌려서 한편으로 물러서면서 아까운 듯이 그쪽만을 바라다보았다. 짐은 산더미처럼 쌓아 놓고 촌계 관청식으로 두리번두리번하기만 하던 사내가 마침내 짐짝들을 여인네더러 보라고 맡기고 인력거를 부르려고 정거장 구외로 나왔다. 아찡은 인력거를 내던지고 번개처럼 이 사내에게로 달려들었다. 벌써 네다섯 다른 인력거꾼들도 달려와서 이 젊은이를 에워쌌다.

"오데로 가오? 어데요? 여관으로요?"

젊은 사람은 어찌 해야 좋을는지 모르겠다는 모양으로 한참이나 어릿하다가 겨우 상해 말은 아닌 어떤 다른 지방 사투리로 사마로四馬路까지 얼마에 가겠느냐고 물었다.

"사마로까지 육십 전만 내슈."

하고 한 인력거꾼이 즐거운 듯이 웃으면서 말했다.

젊은이는 딱하다는 듯이 잠시 망설이더니,

"이십 전에 가면 가구 그렇잖으면 그만둬."

하고 중얼거리었다. 인력거꾼 서넛이 펄쩍 뛰면서 한꺼번에 외쳤다.

"이십 전이라니, 어델, 우린 그렇게 에누리 없어요."

"그자 촌놈이다. 상해 말은 할 줄도 모르는 모양이다."

하고 인력거꾼 하나가 외쳤다. 그래서 그들은 이 시골뜨기를 잔뜩 곯려 먹으려고 그냥 육십 전을 내어야 한다고 떠들었다. 얼마 동안 승강이 계속되다가 값은 마침내 매 인력거에 사십 전씩(보통 때 값의 4배)에 작정이 되었다. 아찡이도 새벽부터 이게 웬 떡이냐 하고 새벽부터의 운수를 웃고 떠들며 서로 축하하는 동무 인력거꾼들과 섞여서 정거장 구내로 들어가서 고리짝을 한 개 들어 내왔다. 아찡은 큰 고리짝 한 개와, 또 어제 먹다 남은 것인지 생선 대가리 같은 것을 주워 싼 조그만 보 꾸러미 한 개를 인력거 위에 올리어 놓고 앞장을 서서 줄곧 달음질해 나아갔다.

사마로에 즐비한 여관들은 여관마다 피란민으로 가득 차 있었다. 그래 그들은 이 여관 저 여관으로 한참이나 왔다갔다하다가 마지막에 겨우 어떤 좁고 더러운 여관으로 가서 그것도 남은 방이 없다고 해서 응접실에 그냥 있기로 하고 겨우 짐을 풀어 놓았다. 인력거꾼들은 그 동안 미리 흥정한 장소까지 와가지고도 여기저기를 한참이나 끌려 다녔다는 것을 핑계로 해가지고 세상이 떠나갈 듯이 싸고 덤벼들어 떠들어 낸 결과로 마침내 각 인력거꾼 앞에 대양 일 원씩을 떼내었다. 아찡은 그의 손바닥에 놓인 번들번들 빛나는 은전 일 원짜리 한 푼을 눈이 부신 듯이 바라보면서, 저고리 앞자락으로 흐르는 땀을 훔치었다.

그가 인력거 채를 질질 끌면서 다시 큰 거리로 나아올 때 혼자서,

'이게 웬 호박인구? 꿈자리가 사나우문 생시엔 되려 신수가 좋은 법인기?'

하면서 속으로는 좀 있다 밤에 방장이네게로 가서 한잔 할 기쁨을 예상하면서 그 번들번들하는 큰 돈을 허리춤 전대에 잘 간수하였다.

　참말로 그날은 특히 운이 좋았던지 큰 거리에 척 나서자 마침 가랑이 넓은 바지를 입고 팽갱이 같은 모자를 쓴 미군 하나를 만나서 태우고 팔레스 호텔까지 가서 해군들 보통 버릇으로 그냥 막 집어 주는 돈을 받아서 헤어 보니 이십 전짜리 은전이 한 푼, 동전이 열두 푼이었다.

　그는 너무나 좋아서 벙글벙글 웃으면서 전차 궤도를 건너 인력거 정류소로 들어가서 차를 내려놓고 그 살대 위에 편안히 걸터앉아서, 행상하는 어린애를 불러 동전을 여섯 푼 던져 주고 쪼빙을 두 개 사서 맛있게 먹었다.

　해가 벌써 오정이나 되었으리라구 생각되는데 앞자리에 앉았던 인력거가 다 풀려 나가고 마침내 아쩡이 차례에 이르렀다. 방금 팔레스 호텔 문지기인 인도인이 망치를 휘두르면서,

　"인력거꾼"

하고 부르는 소리를 듣고 달려가려고 일어서다가 아쩡은 그만 벌떡 나가자빠졌다. 아쩡이 바로 뒷자리에서 참새 눈깔 같은 눈을 도록도록 하며 앉아 있던 뽀죽이가 번개같이 아쩡 옆으로 뛰어나가서 손님을 태우려고 달려갔다.

　아쩡이는 저도 모르게 "에쿠쿠" 하고 신음하였다. 뒷자리에 차례로 앉았던 다른 인력거꾼이 빵 둘러서면서 눈이 둥그레서 아쩡이를 내려다보았다. 아쩡이는 겨우 몸을 일으켜 인력거 채 위에 걸터앉으면서 "으륵" 하고 아까 먹었던 쪼빙

두 개를 그대로 토해 버렸다. 머리가 휑하고 온몸이 노곤해 들어왔다. 오 분, 십 분, 십오 분! 그는 다시 제 기운을 차려 보려고 노력했으나 소용없는 일이었다.

 의아스런 눈으로 바라다보고 있던 동료들 중에, 그 중 나이 많이 먹은 곰보 영감이 마침내 가까이 와서 아찡이의 싸늘하게 식은 손을 주물러 주면서 말했다.

 "여보게, 요 골목을 돌아 들어가서 사천로 청년회로 가문, 돈 안 받구 병 보아 주는 의사 어른이 계시다네. 그리 가보게. 그저께 우리 장손 녀석이 갑자기 아프대서 거기 가서 약 두 봉지 타 먹구 나왔다네. 어서 가보게."

 아찡이는 무의식하게 고개를 끄떡이었다. 아마도 이 곰보 영감 말대로 하는 것이 좋을까 보다 하고 흐릿하게 그는 생각하였다. 그러나…… 글쎄 어젯밤 꿈이 불길하더니…… 그는 마치 꿈속에서 길을 걷는 사람처럼 벌떡 일어나 남경로 南京路로 뛰어들어갔다.

2

 그가 어떤 모양으로 어떻게 여기까지 왔는지를 기억할 수가 없었다. 하여간 이 사람 저 사람에게 물어 보아 가며, 핀잔을 먹어 가면서 여기까지 찾아는 왔다. 방 안에는 자기 이외에도 서너 노동자들이 먼저부터 와서 아무 말도 없이들 서로 번번이 쳐다들만 보고 앉아 있었다. 한 사람은 어디서 무엇에 치있는지 그냥 피가 뚝뚝 흐르는 팔을 추켜들고 "효,

호" 하면서 부들부들 떨고 앉아 있었다.

아찡이는 한참 동안이나 벽을 기대고 반쯤 누워 있다가 차차 정신이 드는 것을 깨달았다. 인제는 정신은 똑똑해졌는데 몸이 그저 사시나무 떨리듯 와들와들 떨리고 멎지를 않았다.

의사님은 어디를 갔나?

그곳 하인 비슷한 사람 하나가 비를 들고 들어왔다. 아찡은 거의 본능적으로,

"의사님 어데 가셨수?"

하고 물었다. 하인은 아무 대답도 없이 비로 방바닥을 두어 번 긁적거리고 나더니 기지개를 하면서,

"규칙이 의사님이 새루 두 시가 돼야 오우! 갔다가 두 시에들 오라구. 두 시 전에는 의사님이 안 오시는 규칙이야."

하고는 다시 방을 쓴다. 아찡은 비가 가는 곳마다 풀썩풀썩 일어나는 먼지를 흠뻑 맞으면서, 잇몸이 딱딱 마주 붙어서 떨리는 소리로 다시 물었다.

"지금 몇 시쯤 됐소?"

"열두 시."

하고 그 하인은 마치도 시간을 따로 외워 가지고 다니기나 하듯이 빨리 거침없이 대답했다.

두 시간! 그러나 여기서 기다릴밖에 없었다. 지금 아무 데도 갈 기력이 없다. 왜 이다지도 몸은 자꾸만 떨릴까?

아찡이 한참 동안 정신 없이 있다가 다시 정신을 차린 때에는 떨리는 증세는 모두 없어지고, 그저 머리를 몽둥이로 얻어맞은 듯이 띵할 뿐이었다. 팔 부러진 사람은 아직도 그냥 "호호" 하고 앉아 있고 다른 사람들은 일체 상관없다는

듯이 천장들만 치어다보고 앉아 있었다.

　흐리멍덩한 아찡의 귀로는 바깥 길 위로 뿡뿡 쓰르르하며 오고 가는 자동차 소리들이 어디 멀리서 들려 오는 소리같이 들렸다. 그는 침묵이 무서워졌다. 그래서 그는 이 답답한 침묵을 깨뜨리는 것이 자기의 책임이나 되는 것처럼,

　"지금 몇 시나 됐을까요?"

하고 공중을 향하여 물었다. 천장만 쳐다보던 사람들이 잠깐 얼굴을 돌려 표정 없는 흐리멍덩한 눈동자로 바라다볼 뿐이요, 누구 하나 말대답하는 이가 없었다. 아찡은 무서운 생각이 나서 몸을 부르르 떨었다.

　── 글쎄 어젯밤 꿈자리가 사납더라니!

　문이 열리면서 깨끗이 양복을 입고 금테 안경을 쓴 뚱뚱한 신사 한 분이 들어왔다. 아찡이는 직감으로 이 사람이 의사 어른이려니 하고 벌떡 일어나면서,

　"의사 나리님, 제가 오늘 갑자기……."

하고 말을 건넸더니, 그 신사는

　"아니오, 아니오, 의사는 아직 한 시간이나 더 있다가야 오십니다. 좀더 기다리시오."

하고 대답하고 안으로 들어가 버렸다. 그러나 조금 후에 그 신사는 다시 나타났다. 아픈 몸과 가슴을 가진 노동자들의 멀건 눈들이 이 젊은 신사의 일거일동을 멀거니 바라다보았다.

　이 신사는 좀 뚱뚱하고 퍽 쾌활스런 사람이었다. 그는 조그마한 세 다리 교의에 펄썩 주저앉으면서 구둣발로 마룻바닥을 한 번 **쿵쿵** 구르고 나서,

"당신들 의사 뵈러 왔소? 좀더 기다리시오. 아, 당신은 팔을 다쳤구려, 무슨 일 하오? 또 당신은?"
하면서 이 사람 저 사람 번갈아 보면서 대답은 쓸데없다는 듯이 남이 미처 대답할 사이도 없이 혼자 주절대었다.

그러나 그도 입을 다물고 한참 동안 다시 침묵이 계속되었다. 그래서 표정 없는 여러 눈들이 신사의 몸을 떠나서 다시 천장으로 향하려 하는 때에, 신사가 다시 버룩버룩하면서 말을 꺼냈다.

"세상은 고해이지요. 죄 때문이외다. 아담 이브가 한 번 죄를 진 이후로 그 죄악이 왼 세상에 관영해서 세상이 이렇게 괴로움 많은 세상이 되었습네다."
하고는 가장 동정이나 구하는 듯이 군중을 한 번 쭉 둘러보았다. 군중의 얼굴은 일체 '무슨 소린지 모르겠다' 하는, 그러면서도 약간 호기심에 끌린 표정이 나타난 것을 그는 간과한 모양이었다.

"당신들은 기도를 해본 적이 있소?"
하고 신사는 일동에게 물었다. 아무도 대답하는 이는 없었다. 모두 신사의 얼굴만 열심히 바라다볼 뿐이었다. 신사는 잠깐 말을 멈추었다가,

"기도함으로 죄 사함을 얻습니다. 요한복음 3장 16절에 말하기를 '하나님이 세상을 이처럼 사랑하사 독생자를 주셨으니 누구든지 그를 믿으면 멸망하지 않고 영생을 얻으리라' 했습니다. 하나님의 독생자 예수 그리스도가 우리의 죄 짐을 지시고 골고다에서 십자가에 못박혀 죽으셔서 그 피로 우리 죄를 속해 주셨습니다. 그래서 누구든지 예수를 믿으면 세상

에서는 이렇게 괴롭다가도 죽은 후에는 천당에 가서 금거문고를 뜯고 천군천사와 함께 하나님을 찬양하면서 생명수가의 생명과를 먹으면서 살아가게 된답니다."
하면서 절반이나 설교하듯 혼자 흥분해서 한참 내리 엮고는 다시 한 번 일동을 둘러보더니, 벌떡 일어나며 눈을 하늘을 향하여 올려 뜨고,
 "오! 사랑하시는 하나님이시여, 이 불쌍한 무리들을 굽어 살피사 당신의 거룩한 성신의 불로 그들의 죄를 태워 버리고, 그들의 마음을 감동시키사 하나님을 믿게 하시오며, 풍성하신 은혜를 베푸소서."
하더니 다시 눈을 내리떠 군중을 둘러보면서,
 "여러분 오늘부터 예수 품안으로 들어오시오. 예수 말씀하시기를 '내 멍에는 가볍고 쉬우니라' 하셨습니다. 이 세상 괴로움을 모두 잊어버리고 예수만 믿었다가 이 다음 죽은 후에 천당에 가서 무궁한 복락을 같이 누립시다."
하고 끝내고는 그만 불쑥 나가 버렸다.
 소 눈깔같이 우둔한 눈으로, 이 흥분한 신사의 머리짓 손짓을 열심으로 바라보던 눈들은 다시 일제히 어딘가 보이지 않는 곳을 물끄러미 바라보면서 각기 입으로는 약속했던 듯이 한숨을 내쉬었다.
 아찡이는 열심으로 그 신사의 말을 들었다. 그러나 그는 그것이 모두 무슨 소리인지 잘 알아들을 수가 없었다. 무슨 '죽은 후에는 무궁한 복락을 누린다'는 소리를 들을 때에는 '그렇게 되었으면 오죽이나 좋으랴' 하고 속으로 부러워했다. 그러니 지금 세상이 아담과 이브의 죄 때문에 괴롭게 되

었다는 소리는 미련한 생각에도 믿어지지가 않았다. 자기 같은 인력거꾼들은 모두 아담 이브의 죄의 형벌을 받는 중이려고 하려니와 그러면 어찌하여 자동차를 타고 다니는 양귀자들이나 또는 자기도 가끔 인력거에 태우는 비단옷 입은 색시들은 아담 이브의 죄 형벌을 받지 않고 잘사는지 알 수 없는 일이었다.

　신사가 나아간 후에도 아찡이는 한참이나 그 신사가 하던 말을 알아들은 대로 되풀이해 보았다. '세상에서는 괴롭게 지나다가 일후 죽은 후에 천당에 가서는 금거문고를 타고……' 죽은 후에 금거문고를 타려면 살아서는 왜 꼭 고생을 해야 되는가? 죽은 후에 천군천사와 함께 노래 부르면서 잘살려고 하면 왜 살아서는 매일 뚱뚱한 사람을 인력거 위에 태우고, 땀을 흘려야 하며 발길에 채여야 하고 '홍도아째' 순사 몽둥이에 얻어맞아야만 되는가? 죽은 다음에 생명과를 배부르게 먹으려면 살았을 적에는 어찌하여 남 다 먹은 아침 죽 한 그릇도 맘대로 못 먹고 쪼빙과 미음으로 요기를 하여야만 되는 것일까? 이것을 아찡이는 아무리 생각하여도 깨달을 수가 없는 것이었다……. 그 신사가 말한 바 그 소위 그 천당이라는 데는 그러면 우리 같은 인력거꾼들만이 몰려가는 데일까? 그렇다면 양귀자들과 양복 입은 젊은 사람들과 순사들은 죽은 후에 어떤 곳으로 가는가? 그들도 예수만 믿으면 천당으로 가는가? 만일 그들도 천당으로 간다면 그들은 이 세상에서 고생이라곤 아니했으니 그것은 불공평하지 않은가? 옳다. 만일 천당이라는 데가 있다면 거기서는 필시 우리 이 세상 인력거꾼들은 아까 그 사람이 말한 모양으로 금거문고나 타고 생명과를 배불리 먹고 놀고 이 세상에서 인력거를 타고 다니던 사람들은 모두 인력거꾼이 되어서 누더기를 입고 주리고 떨면서 인력거를 끌고 와서 우리를 태워 주게 되나부다! 그렇다. 그리만 된다면 나도 한 번 그들을 "에잇끼놈" 하고 소리 지르면서 발길로 차고, 동전 서 푼 던져 주고, 예수 만나보려 대문 안으로 들어가게 될 터이지. 정말 그럴까…… 하고 그는 혼자 흥분하여졌다. 그래 그 신사가 아직 있으면 천당에도 인력거꾼이 있느냐고 물어 보고 싶었다. 만일 그렇다고만 하면 그는 이제라도 어서 속히 죽을 것이었다. 그래서 그 좋은 천당으로 한시바삐 갈 것이다. 그는 호기심에 끌려서 미닫이 칸 막은 안방에서 무슨 책인지 웅얼웅얼하면서 읽고 있는 하인에게 말을 건넸다.

"여보, 영감님, 영감님두 예수 믿수?"

웅얼웅얼하던 소리가 뚝 끊이고 잠시 가만 있더니,

"네, 왜 그러우?"

한다.

"천당에두 인력거꾼이 있답데까?"

"인력거꾼? 홍, 천당에도 인력거꾼이 있으문 천당이 좋달 게 무얼꼬. 없어요."

눈만 멀뚱멀뚱하고 앉아 있던 다른 사람들도 빙그레 웃었다. 피가 뚝뚝 듣는 부러진 팔을 들고 앉았는 사람만이 아무 것도 귀찮다는 듯이 그냥 물끄러미 팔만 들여다보고 앉아 있었다.

아찡이는 낙망했다. 천당에는 인력거꾼이 없다! 그러면 역시 고생하는 놈은 우리들뿐인 것이다. 돈 많은 사람들은 세상에서나 천당에서나 늘 즐거운 것뿐이니!

그는 그런 천당에는 가기가 싫었다. 천당에 가서도 낮은뎃사람이 위로 가고, 위엣사람이 아래로 가지지 않는다고 할 것만 같으면 그런 데까지 일부러 다리 아프게 찾아갈 필요는 조금도 없는 것이었다. 차라리 괴롭더라도 이 세상에서나 쪼빙이나마 잔뜩 먹고 몸이나 성해서 한 달에 한 번씩 이십 전짜리 갈보네 집에나 가서 자면 그것이 더 행복스러운 일이라고 그는 생각하였다.

몸이 퍽 거뜬해진 것처럼 생각되어서 아쩡이는 오지도 않는 의사를 기다리기가 싫어져서 그만 밖으로 나와 버렸다. 그런데 그가 분주스런 거리로 이 사람 저 사람 피하면서 걸어 나갈 때 홀로 큰 고독을 깨달았다. 아쩡이는 갑자기 이 세상 밖에 난 것같이 생각이 되어서 슬퍼졌다. 지나가는 사람, 지나오는 사람들이 모두 희미하게 멀리 딴 세상에 사는 사람들 같고, 자기는 지구 밖 어떤 곳에 홀로 서서 이 사람 떼를 바라다보는 것처럼 생각되어졌다. 그는 이것이 흉조라고 생각되어 몸을 떨었다.

그는 정신 없이 다리가 움직여지는 대로 걸었다. 팔레스 호텔 앞에 버리고 온 인력거는 기억에 나오지도 않았다. 그 인력거를 잃어버린 제 앞에 어떠한 비참한 일이 오리라는 것조차도 인식하지 못하였다. 저도 모르게 제 집 쪽으로 걸어오다가 건재 약국에 들어가서 감초 가루약을 동전 서 푼어치 사들고 그냥 걸어갔다.

아쩡이 얼마나 오래 걸었던지 제 집 동구 밖에까지 왔을 때 동구 밖에 울긋불긋한 기를 늘인 책상 뒤에 앉아 있는 안경 쓴 점장이를 발견하였다. 아찡이는 저도 모르게 그리로 끌리어갔다.

전대에서 이십 전짜리 은전 한 푼을 꺼내어 점장이 앞에 던져 주고 우두커니 서서 점괘를 기다리고 있었다. 점장이는 누런 안경 속으로 그 큰 두 눈을 휘번덕거리면서 아찡이의 아래위를 한 번 훑어보더니 자그마한 상자 속에 손을 넣어 돌돌 말린 종이 한 장을 꺼내서 펼쳐 읽어 보고는 책상 밑에서 커다란 장지책 한 권을 꺼내 들고 세 치나 자란 시커먼 엄지 손톱으로 장장 들쳐 가면서 고개를 끄덕끄덕하며 몇 곳 읽어 보더니 책을 덮어놓고서 책상 위에 놓인 유리판에다가 먹붓으로 글자를 넉 자를 써서 아찡이 앞에 쑥 내밀었다. 아찡이가 그 글자를 알아볼 리가 없었다. 점장이는 가장 점잖을 빼면서 관화가 조금 섞인 듯한 영파 방언으로 점의 해석을 길게 늘어놓았다. 이러쿵저러쿵 중언부언한 해석을 다 모아 보면 대략 이러한 뜻이었다.

……아찡이가 지금은 전생의 죄값으로 고생을 하지만 인제 얼마 안 있으면 돈 많이 모으고 잘살게 되리라는 것이었다.

3

아찡이는 정신 없이 제 방 안으로 들어가서 꼬꾸라졌다. 그는 몸을 떨었다.

몸이 나시 으스스하고 구역이 나기 시작하였다. 아찡의 눈앞에는 그의 전 생애가 한 번 죽 나타났다. 어려서 시골서 남의 집 심부름하던 때로부터 상해로 굴러 들어와서 공장에 들어갔다가 거기서 쫓겨나서는 이내 인력거를 끌게 된 것……그것이 벌써 팔 년이라는 긴 동안이었다.

팔 년 동안 인력거를 끌던 신산한 기억이 다시금 생각났다. 애스톨 하우스 호텔에서 어떤 서양 신사를 태우고, 오 리도 더 되는 올림픽 극장까지 가서 동전 열 푼을 받아 들고 너무나 억울해서 동전 두 푼만 더 달라고 빌다가 발길에 채던 생각이 났다. 또 언젠가는 한 번 밤이 새로 두 시나 되어서, 대동여사에서 술이 잔뜩 취해 나오는 꺼울리(조선 사람) 신사 세 사람을 다른 동무들과 함께 한 사람씩 태우고 불란서 조계 보강리까지 십 리나 되는 길을 끌고 가서 셋이서 도합 십 전짜리 은전 한 푼을 받고 너무도 기가 막혀서 더 내라고 야단치다가 그 신사들에게 단장으로 얻어맞고 머리가 터져서 급한 김에 인력거도 내버리고 도망질쳐 달아나던 광경이 다시 생각났다. 그러고는 또다시 언젠가 한번 손님을 태우고 정안사로 가다가 소리도 없이 위로 달려온 자동차에게 떼밀리어서 인력거를 부수고 다리까지 뻔 위에 자동차 운전수의 발길에 채고 인도인 순사에게 몽둥이에 매맞던 일도 새삼스럽게 다시 생각이 났다.

길다면 길고 멀다면 먼, 또는 짧다면 또 짧은 팔 년 동안의 인력거꾼 생활! 작은 일, 큰 일, 눈물난 일, 한숨 쉰 일들이 하나하나씩 다시 연상되어서 그는 어린애처럼 엉엉 울었다. 그러다가 그는 갑자기 목이 갈한 것을 느끼면서 몸을 일으키려 하다가 온몸에 쥐가 일어나는 것을 감각하여, "끙" 소리를 지르며 도로 엎으러지고서는 다시 아무것도 인식하지 못하게 되고 말았다.

4

종일 인력거를 끌다가 새벽녘에야 집으로 돌아와서 아찡의 시체를 발견하고 공보국에 보고한 뚱뚱보를 따라서 공보국에서 순사와 의사가 검시를 하러 이 더러운 방으로 들어왔다.

의사는 방 안에서 검사하고 영국인 순사부장은 중국인 순사 통역을 세우고 뚱뚱보에게 여러 가지를 물어서 조그만 수첩에 적어 넣었다.

"아찡이가 언제부터 인력거를 끌었지?"

"글쎄 똑똑히는 모릅니다. 이 집에 같이 있게 되기는 바루 삼 년 전부터이올시다. 그때 제가 인력거를 처음 끌기 시작하면서부터 함께 있게 되었사와요."

"그래 똑똑히는 모른단 말야?"

"네, 네, 아찡이 제 말로는 이 노릇을 시작한 지가 금년까지 팔 년째라구 말을 합디다만 나리!"

순사부장은 알았다는 듯이 고개를 끄덕끄덕하더니 안에서 검시하고 나오는 의사를 향해 웃으면서 영어로 이렇게 말했다.

"무얼요, 저 죽을 때가 다 돼서 죽었군요. 팔 년 동안이나 인력거를 끌었다니깐요. 님보다 한 일 년 일쩍 죽은 셈이지만, 지난번 공보국 조사에 보면 인력거 끌기 시작한 지 구 년 만에는 모두 죽는다구 하지 않았습니까?"

의사는 고개를 끄덕거리면서,

"흐흥! 팔 년으로 십 년, 그저 그 이내지요. 매일 과도한 달음질 때문으로……."

5

공보국에서 온 일꾼들이 아쩡이의 시체를 거적에 담아 실어 가지고 간 후, 뚱뚱보는 한참이나 멀거니 앉아 있다가 벌떡 일어나서 밖으로 나갔다.

그날 오후 두 시에 사람들은 그 뚱뚱보가 역시 아무 일도 없다는 듯이 인력거에 손님을 태우고 기운차게 달리고 있는 것을 볼 수가 있었다. 그는 아까 순사부장과 의사와의 회화를 못 알아들은 것이 그에게는 다행이었다. 오 년이나 육 년 후에 그도 아쩡이의 뒤를 따르게 될 것을 모르므로 뚱뚱보는 껑충껑충 아스팔트 매끈한 길 위를 기운차게 달리는 것이었다…… 마치도 한 백 년 더 살 것같이…….

(1935년)

열 줌의 흙

  카운터 앞 둥글의자는 하나도 비어 있지 않았다. 그러나 식탁들의 앞뒤에 놓여 있는 네모난 의자들은 거의 비어 있었다.
  카운터에서 제일 가까운 네모꼴 의자에 나는 주저앉았다. 카운터 앞 둥글의자가 하나라도 비면 얼른 뛰어가 차지하려는 속셈으로.
  카운터 앞에 앉으면 아주 간단하고 값싼 음식 —— 햄버거 하나와 커피 한 잔 정도 —— 을 주문하고도 마음의 부담을 느끼지 않는 것이었다.
  카운터 위에 놓여 있는 설탕과 크림은 얼마든지 공짜로 커피에 타 먹고도 돈은 육십 센트만 지불하면 되는 것이다.
  메부리코 남자 사동 하나가 내게로 가까이 왔다.
  "혼자시군요. 저쪽 자리로 옮겨 앉으셔요."
라고 그는 명령조로 말했다.
  "자식 건방지군. '미안하지만' 소리는 빼먹고…… 팁은 바라시노 마, 사식."

이라고 나는 생각했다.
 화가 난 나는 일어섰다──곧장 밖으로 나가 버리려다가 나도 모르는 사이에 나는 두 사람만 마주 앉을 수 있는 조그만 식탁 앞 의자에 앉고 말았다.
 그리고 나는 안심고기 비프스테이크를 주문했다. ── 철 없는 만용. 나의 이런 망발에 내 돈지갑이 움찔할 것을 나는 알고 있었다.
 그간 내가 사먹을 수 있었던 최고의 식사는 질기기 한이 없는 한 달러짜리 스테이크뿐이었다. 브로드웨이 5가 뒷골목에는 값싼 스테이크 전문 식당이 있었다.
 별안간──내 가슴은 설레기 시작했다. 카운터 뒤에서 손님들 접대를 하고 있는 두 젊은 여급들의 모습이 내 눈에 띄었기 때문에.
 그들 중 하나는 금빛 머리털에 파란 눈을 가진 미인이었고, 다른 하나는 머리칼이 까만 여자였다. 머리만 까만 것이 아니고 얼굴도 까맸다.
 이 검둥이 여자의 움직임을 내 눈은 짓궂게 따랐다. 손님들의 머리 사이로 잠깐씩 나타나곤 하는 그녀의 옆 얼굴, 혹은 정면을 나는 볼 수 있었다.
 그녀의 머리털과 얼굴이 까맣기는 했지만 얼굴 형태는 아프리카산이 아니라고 내게는 보였다. 현대 인도인들의 얼굴 색깔보다는 좀더 검었지만 틀림없이 옛날 코카서스족의 후예라고 생각했다.
 미국인들의 나이를 옳게 판정하는 데 나는 서투르지만 그녀의 나이는 스물 정도로 보였다. 매력 있는 여자였다.

왠지는 모르겠으나 그녀의 모습이 내 가슴속에 거의 죽었던 불씨를 소생시켜 주는 것이었다.
 이태 전에 날 버리고 가버린 한국 여성에 대한 원망과—— 그리고 또 억제하기 힘든 그리움.
 내 끈덕진 시선을 인식하기라도 했는지 카운터 뒤 검둥이 여자는 약간 경계하는 눈초리로 날 힐끗힐끗 보곤 했다.
 그녀의 모습에 너무 황홀해진 나는 내가 애초 이 조그만 식당으로 들어오게 된 참된 이유를 거의 잊어버릴 뻔했다.
 이 식당은 작기는 해도 사람이 많이 다니는 분주한 네거리 한 모서리에 있기 때문에 영업이 꽤 잘 되리라고 생각되어 동정을 살피려고 나는 들어온 것이었다. 직업을 찾아 헤매고 있었던 나였다.
 내가 주문한 음식은 빨리 왔다—— 손님이 별로 많지 않으니까.
 그러나 내가 식사를 반쯤 했을 때 식당은 손님들로 가득 찼다. 자줏빛 모자에 금빛 솔을 단 터키 모자를 쓰고, 자줏빛 코트가 아니면 아라비아식 저고리를 입은 남자들과 그들의 아내들이 좌석 절반 이상을 차지했다. 식당 윈도에 크게 써 붙인 '귀족님들 환영'이라는 표지가 마력을 십분 발휘한 모양이었다—— 아니 표지의 마력이 없었다손 치더라도 미국 각 지방에서 일시에 모여든 이만여 명의 인파가 이 구석진 식당에까지 침투하지 않을 수 없었을 것이었다.
 거의 백 년 전 바로 이 뉴욕 시에서 발족된 '슈라인 협회' 연차회의가 다시 이 시에서 개최되고 있다는 뉴스가 연일 신문에 대서특필로 보도되고 있었다. 종교단체는 아니라 하지만 협회의 각종 직위의 명칭은 회회교 것을 따르는 단체였다.

단순히 사회사업 —— 주로 무료병원 설립과 운영 —— 과 회원 간의 친목을 목적으로 한다는 이 단체의 대표 이만여 명이 맨해튼 섬의 브로드웨이와 동서 5가 중심으로 집단 유숙하고 있는 만큼 그들의 여파가 동 27가에 있는 이 식당에까지 흘러오는 것은 당연한 일이라고 볼 수 있었다. 더구나 모두가 다 돈 많은 부자들인데다 축제 기분에 들뜬 그들이 돈을 물쓰듯 쓰는 것도 이상할 건 없었다.

이 식당에 손님이 많아지자 서비스가 더디어 손님들이 오래 기다릴 수밖에 없었다.

'시간제 웨이터들이 소용되겠군…… 부엌에서도 손이 더 필요할 거고.'

라고 나는 생각했다.

손님들이 계속 밀려드는 것을 보는 나는 얼른 먹어 치우고 자리를 비워 줘야 하겠다고 마음먹었다. 출입문 바로 안 한 옆에 있는 데스크로 가 식사값을 치르면서 나는,

"몇 시쯤 식당문을 닫습니까?"

하고 회계원에게 물어 봤다.

"새벽 두 시…… 당분간은."

"지배인 좀 만나 뵐 수 없을까요?"

"왜요? 직업 구하려고?"

"예."

"그럼, 낸시를 만나셔요, 그녀가 주인이니까."

"어디 계신가요, 그분이?"

"바로 저기."

하면서 회계원은 카운터 뒤에 있는 검둥이 여자를 가리켰다.

"지금은 몹시 바쁘니까 새벽 한 시쯤 다시 들러 보는 게 좋겠지요."

새벽 한 시라면 여섯 시간을 기다려야 할 판이었다. 나는 거리에 나섰다.

거리거리에서는 '슈라인' 회원들이 진탕치게 놀고들 있었다. 최고급 요정에서의 만찬, 행진하는 밴드, 먹고 마시고, 구경하려고, 모여드는 숱한 군중 앞에 자랑스런 만족감을 느끼며.

이와 거의 때를 같이하여 흑인촌 할렘에서는 평등권을 달라고 외치는 검둥이 폭도들과 흰둥이 순경들이 치고받고 때리고 체포해 가고 도망가고 하는 사실에는 아랑곳없이.

구경꾼들 속에 나도 휩쓸렸다. 오늘 밤만은 이곳 저곳 자동식 식당들을 순례할 필요가 없어졌기에. 오늘 저녁에는 참으로 오래간만에, 정말 오래간만에 나는 저녁을 배부르게 먹었던 것이다.

아까 그 식당에 들어가기 전까지 하루 종일 나는 커피 석 잔과 쇠젖 두 잔으로 요기했었던 것이다. 자동식 식당을 두루 찾아다니면서 돈 주고 사 먹는 커피나 우유보다도 식탁 위에 놓여 있는 공짜 설탕과 크림을 더 많이 내 뱃속에 집어 넣는 것이었다.

한 주일 전 어느 날, 나는 진종일 냉수로 배를 채우고 다녔었다. 자동식 식당 한쪽에 있는 공짜 얼음 물통으로 가서 유리집에 물을 빚아 가지고는 남들치럼 그 지리에서 쭉 들이켜고 가는 것이 아니라, 나는 식탁으로 컵을 가지고 갔다.

　식탁 위에 있는 공짜 설탕을 듬뿍 타 마시곤 했었던 것이다── 여러 자동식 식당을 순회하면서.

　재수 좋은 날에는 자동식 식당에서 남들이 먹다 남기고 간 음식을 훔쳐(?)먹을 수 있었다. 빵 쪼가리, 파이 조각, 샐러드 두어 숟갈, 때로는 고기 조각도 먹을 수 있었다── 이 식탁 저 식탁으로 옮겨 다니면서── 빈 그릇 치우는 여급들과 단거리 경주를 하면서.

　훔쳐먹었다고?

　글쎄, 자동식 식당 식탁에 남아 있는 음식── 손님들이 사 먹고 남기고 간 음식의 소유자는 과연 누구일까?

　쓰레기통이 주인이지, 물론. 그런데 '배'라는 이름으로 알려진 내 뱃속 쓰레기통은 쇠로 만들어 은박 입힌 쓰레기통보다는 훨씬 고급이 아닌가. 더구나 쇠로 만든 쓰레기통은 음식물을 소화 못 하는 데 반해 내 뱃속 쓰레기통은 소화할 수 있는 것이 아닌가── 소화가 너무 빨리, 너무 잘 되는 것이 나에게는 원망스러운 쓰레기통이었다.

　십여 년 전, 그러니까 1951년에 나는 한국 부산 근방 미군 주둔군 식당 쓰레기 버리는 덤핑 그라운드를 매일 배회하는 수백 명 어린이들 중의 하나였었다. 우리가 뒤져 먹는 음식은 '꿀꿀이죽'이라는 고상한 명칭으로 알려져 있었다. 이름은 그랬지만 음식 자체는 정말 기름졌고 맛이 별미였다.

　한 해 동안 내 배는 꿀꿀이죽 수십 톤을 거뜬히 소화했었다.

인적이 드문 샛길을 걸으면서 나는 아까 식당 회계원이 하던 말을 되새겨 봤다.

'식당 규모가 작긴 하지만, 젊은 검둥이 여성이 어떻게 그걸 운영해 나갈 수 있을까. 아프리카족의 혈통이라고는 보이지 않았는데…… 하여간 새벽 한 시 뒤에 가 만나 보면 알게 되겠지.'

그러나 그때까지에는 아직 네 시간이 남아 있었다. 더구나 걷고 있는 나는 자주 흐르는 땀을 주체할 수 없었다. 손수건 한 개가 추할 만큼 더러워졌고 퀴퀴한 냄새가 났다── 새 손수건은 지닌 게 없는데.

영화관 하나가 내 시야에 들어왔다. 영화관 출입문 밖 공중에 걸려 있는 전등 장치에 크게 나타나 있는 상영중인 영화 제목──그것이 날 유혹했다.

어둑신한 영화관 안은 에어컨디셔너가 돼 있어서 서늘했다.──거의 추울 정도로.

은막에 비치는 누드 콜로니(나체굴) 순례 천연색 영화가 내 눈에는 어디보다도 더 서늘하게 보였고, 내 관능을 몹시 뜨겁게 만들어 줬다.

두 차례 계속 앉아 나는 누드 영화를 감상했다──육체적인 욕망을 정신적으로 만족시키면서.

새벽 한 시 조금 지나 나는 아까 그 식당으로 다시 갔다. 식당은 한 절반 비어 있었다. 회계원 모습도, 남자 웨이터들의 모습도 보이지 않고 두 여급만── 낸시를 포함한── 남아서 손님들 접대를 하고 있었다.

열 줌의 흙

카운터 앞에 자리잡은 나는 커피 한 잔을 주문했다. 커피를 졸금졸금 천천히 마시면서 용기를 북돋운 나는 낸시에게 말을 걸었다.

"일거리가 혹시 없을까요? 접시 닦기라든지…… 아무거나……."

"일본인이십니까?"

하고 낸시가 나에게 물었다.

"아니오."

라고 나는 대답했다.

"그럼, 중국인?"

"아니오."

"아, 그럼 한국인?"

"그렇습니다…… 그런데 난 놀란 걸요. 내 국적을 단 세 번 만에 알아맞히는 미국 사람을 만난 건 오늘이 처음입니다. 미국인들 대다수는 한국이라고 불리는 나라가 이 지구상에 있는지 없는지도 모르던데……."

낸시는 빙그레 웃었다 ── 말없이.

그녀의 미소 ── 그 미소가 내 가슴을 철렁하게 했다.

이태 전까지 미소로 날 그렇게도 즐겁게 해주었던, 그리고 지금 와서는 나에게 견딜 수 없는 고통과 자학과 분노를 주고 있는 한 한국 여성의 미소와 낸시의 미소가 너무나 비슷했다.

"미국 시민이신가요?"

그녀가 물었다.

"아닙니다. 공부하려고 유학 온 학생이에요…… 삼 년 전에⋯⋯ 난 지금 직업을 구하고 있어요⋯⋯ 결사적으로."
 "글쎄요. 단 한 주일 가량만의 임시 일자리라도 가져 보겠습니까?"
 "좋습니다."
 "그럼 묻겠는데, 하루 여덟 시간⋯⋯ 새벽 세 시까지 일하고, 한 시간 임금은 아, 잠깐⋯⋯ 예, 칠십오 센트입니다. 고맙습니다. 또 오세요⋯⋯ 실례했어요, 미스터⋯⋯."
 "헨리라고 불러 주세요. 그냥 쉽게 한국 이름을 가르쳐 드리면 기억하시기가 귀찮으니까요. 기억할 노력조차 안 했다가 다시 만나면 영락없이 찰리라고 부르더군요. 찰리는 질색이어요⋯⋯ 헨리라고 부르세요."
 낸시는 깔깔 웃었다.
 "미리 말씀드려 둘 것은 임금은 한 시간에 한 달러입니다."
 "좋습니다."
 "숙소는 어디지요?"
 "하룻밤 방세 두 달러짜리 싸구려 방이 있는 호텔들은 모두 다 내 숙소지요."
 눈을 동그랗게 뜨는 낸시는 잠시 날 노려봤다.
 "그럼 부탁드려요⋯⋯ 지금 당장 일 시작할 수 있으셔요, 헨리?"
 "좋습니다."
 "그럼 시작할까요. 부엌에 일이 산더미처럼 쌓여 있으니까요. 아 잠깐, 샌드위치를 좀 만들어 드릴게 잡숫고 시작하지요⋯⋯ 나두 배가 고프니 우선 좀 먹어야겠어요."

열 줌의 흙 115

한 주일이 퍼뜩 지나갔다. 그리고 식당 영업이 한산하게 됐다.

낸시가 금방 해고 통지를 내게 내릴 것 같게만 생각되는 내 마음은 초조하고 우울했다.

오늘 밤부터 식당문은 열한 시에 닫기로 한다고 낸시가 선언했다. 내 마음속 결정은 이미 내려 있었다. —— 내일부터는 또다시 한없이 걷는 내 발걸음으로 포장되어 있는 도로들을 뜨겁게 해줄 것이요, 따라서 나는 자동식 식당들에나 드나들면서 쓰레기로 내 배를 채우지 아니치 못하게 될 신세를.

"나하고 얘기 좀 할까요, 헨리."
라고 낸시가 말했다.

예기는 했지만 막상 '해고 선언'이라고 생각되자 내 가슴은 떨렸다.

그러나 나는 "좋습니다"고 말할 수밖에 없었다.

"잠깐 기다려 줘요, 문 닫을게."

그녀는 나를 자기 자가용 자동차에 태웠다. —— 내 숙소까지 바래다 준다는 것이었다. 그러나 차를 몰기 시작하자 내 숙소가 어디냐고 묻지도 않는 그녀는 앞만 내다보며 센트럴 파크 중간 길을 몰고 있었다.

"헨리, 난 당신의 신상에 대해 좀더 자세히 알고 싶은 게 있어요."
라고 그녀는 불쑥 말했다. 눈은 앞만 보면서.

나는 얼른 말을 꺼내지 못했다.

컬럼비아 대학교 근처 가로수 그림자 아래에 그녀는 차를 멈췄다. 나더러 차 안에 그냥 남아 있으리라는 뜻으로 내 어깨를 살짝 두드린 그녀는 차에서 내렸다.

보도로 올라가 파킹 미터에 동전을 집어넣은 그녀는 차께로 도로 왔다.

차를 다시 타는 그녀는 차 안 전등을 껐다. 가로등 불만 비치는 어스름한 차 안에서 그녀는 자기의 머리를 내 어깨에 기댔다.

"자, 헨리, 당신 얘길 죄다 들려주셔요."

나는 어리둥절해지고 거북하기 그지없었다.

"왜 무슨 턱에 내 사생활을 캐려고 드는 거지요? 지금 당장 이 내 마음을 가득 채우고 있는 생각은 다른 무엇보다도 언제쯤 내가 해고당하는가 하는 공포예요."

"그러셔요? 그럼 당신 가족에 관한 얘길 해주셔요. ……당신이 어떤 분이란 걸 내게 다 알려 주시면…… 당신이 훌륭한 분이라고 생각하게 되면 당신은 그냥 계속 우리 식당에서 일하시도록 제가 붙들겠어요…… 좀더 좋은 조건 밑에서…… 내가 그 식당 주인이라는 걸 알고 계시지요."

그녀의 말, 그리고 가까이 느끼는 그녀의 체온, 둘 다 내 신경을 자극시켰다. 언뜻 내 마음에 깊은 상처를 남기고 가버린 미스 송이 날 다시 찾아와 지금 내 품에 안겨 있는 것이 아닌가 하는 착각을 나는 느꼈다 ── 화해하자고 온 것인지, 날 더 괴롭히려고 온 건지는 알 수 없는 노릇이지만.

낸시를 꼭 껴안아 주고 싶은 충동을 나는 느꼈다.

나는 군침을 꿀꺽 삼켰다.

"그다지 신경 쓰실 필요는 없어요, 헨리. 고향이 어디지요?"

"북한 평양 근처에 있는 한 촌락에서 태어났지요."

"그래요? 그 동리 이름이 뭐지요?"

"이름 대봤자 당신네 귀엔 치치푸푸로밖엔 더 안 들릴 텐데 뭘 그러시오."

"그래두 말씀해 보세요."

"정 원한다면 내 말 듣고 한 번 기억해 보려고 애써 보세요······ 칠골."

"아······ 칠골······ 북한······ 평양서 가까운 칠골······ 부모님 다 거기 사시나요?"

"몰라요, 난."

그녀는 몸을 떨었다.

한숨을 길게 쉬고 난 그녀는,

"소련군이 그 지방을 점령할 때 당신은 도망쳐 나왔다, 그 말씀이군요."

라고 말했다.

한국에 대한 그녀의 너무나 풍부한 지식에 나는 놀랐다. 미국서 이런 사람을 만난다는 것은 정말 뜻밖이었다.

"낸시, 참 난 놀랐습니다. 당신은 한국에 대해서 아는 것이 참 많은데, 어떻게 그렇게······."

"당신 혼자 남한으로 내려왔나요?"

하고 그녀는 물었다 — 내 물음은 대답 않고.

"그래요. 참 잘 맞혔어요······ 당신의 한국에 대한 지식 훌륭합니다. 놀랐습니다, 낸시. 호기심을 끄는구려······ 다른 미국인보다 당신은 너무나 다르니까······."

잠시 동안의 침묵이 흘렀다.

"결혼하셨나요, 헨리?"

하고 그녀는 불쑥 물었다.

나는 그녀를 포옹했다. 그녀를 미스 송으로 착각하고.

낸시는 내 포옹에 순순히 응했다.

그녀의 입술에 내 입술을 갖다 댔다.

조용히 그녀는 내 키스를 음미하는 것이었다. 서로 꼭 껴안고 입술을 마주 댄 채 우리들은 오래 앉아 있었다.

"제 집으로 가보실 순 없으셔요, 헨리? 우리 할아버지를 좀 만나 보시게."

라고 낸시가 속삭였다.

"왜 하필 할아버지?"

"제가 할아버지 한 분만 모시고 사니까요. 우리 식구는 단 둘…… 한국에서 오신 분이 그일 찾아봐 주시면 그이는 무척 기뻐하실 거예요."

"왜?"

"할아버지께서 말씀드릴 거예요."

낸시의 아파트먼트 실내장치에 호되게 놀란 나는 정신을 잃고 그녀가 무얼 하고 있는지 인식하지 못했다.

오동나무로 짠 옛날 한국식 장롱들 —— 물론 모조품이었지만 궤를 짠 기술은 진짜 뺨칠 정도였다. 자개 박은 나전칠기들. 한국산 인형들—— 장식품인 성춘향과 이몽룡이가 나란히 서 있는 인형.

꿈을 꾸는 것이 아닌가 하고 나는 생각했다. 이 환상이 스러져 없어질 시간적 여유를 주기 위해 나는 오랫동안 눈을 감고 있었다.
"자, 시원한 거 좀 드셔요, 헨리."
하는 것은 낸시의 목소리였다 —— 분명. 나는 눈을 떴다. 내 눈앞에는 낸시가 분명 서 있었고, 번지 잘못 찾은 가구도 그대로 엄연히 놓여 있었다.
"조금 기다리시면 우리 할아버지 만나 보시게 될 거예요…… 그이 침실로 들어가야 만나 볼 수 있어요."

너무 놀란 나는 우뚝 섰다. 침대 머리맡 기둥에 등을 기대고 반쯤 일어나 앉아 있는 노인. 얼굴에는 주름살밖에 남은 것이 없는 것 같은 늙고늙은 할아버지 —— 한국인에 틀림없는 늙은이였다.
"자네, 날 만나려고 와주어서 참 고맙네."
라고 그이는 한국말로 말했다.
"자, 여기 이 의자에 앉으라구…… 난 턴디신명께 감사 감사하네…… 내 간절한 소원을 풀어 주셨으니꺼니. 내 듣기에 자넨 칠골 출신이라구…… 나로 말하면 칠골에서 오 리 떨어데 있는 조그만 촌에서 나서 거기서 자랐는데…… 헨리, 여보게, 자네 성은 뭔가?"
목소리가 저음이긴 했으나 건강한 음성이었다.
"황가올시다."
"응, 황씨. 칠골에는 황씨가 많이 살고 있디…… 모두 좋은 사람이야. 나는 고가 성을 가진 사람일세…… 칠십여 년 전에 미국으로 왔어."

눈을 가늘게 뜬 그는 얼마 동안 나를 눈여겨봤다. —— 마치 내 인품을 저울질해 보기나 하는 듯이.

낸시를 보려고 내가 뒤를 돌아봤으나 그녀는 방 안에 없었다.

온통 주름살투성이인 노인의 얼굴이 구겨졌다. 그이 딴엔 미소를 띠우는 모양이었다. 그리고 그는 말을 이었다.

"흠, 자네 합격권 내에 들었네. 자네가 우리 낸시를 좋아한대디. 사랑하나? 허긴 자네가 낸시를 사랑하건 말건 그건 상관이 없어. 자네는 개와 결혼해야 되니꺼니…… 그애는 자네가 좋다고 그랬으니, 턴생연분이디. 턴디신명은 남네 짝 지어 주는 데 실수를 절대 안 하서…… 밤이 이미 너무 깊었구. 자네가 피곤할 것두 난 알구 있어. 허디만 내 얘길 끝꺼정 들어 줘야 되네. 난 언제 죽을지 모르는 몸이니꺼니…… 지금 당장 내가 죽어두 난 한이 없어…… 이 행복한 순간에 죽어문 더욱 좋디……."

이때 노인의 말은 중단됐다.

소반에 찻종과 찻잔 둘을 담아 든 낸시가 방 안으로 들어온 것이었다.

"아, 인삼차!"
라고 노인은 말했다.

'인삼차'라는 말만으로도 그의 생기가 한결 돋우어지는 것 같았다.

"자, 이 차 같이 마시자구. 인삼차 마시문 기운이 소생되디. 나로서는 자초지종 자세히 이야기할 기운이 소생될 거아…… 음, 침 좋고, 뜨근하구 향기룹구……."

열 줌의 흙 121

낸시는 밖으로 나갔다.

"어디꺼정 니야기했더라? 응, 그렇디. 내가 미국에 온 건 칠십여 년 전이었어. 낸시는 내 외손녀인데 걔 어멈은 한국 네자야…… 내 사랑하는 딸 정옥이…… 그리고 낸시의 아범은 흰둥이, 아, 아니디, 뒤늦게 아니끼니 그 개새끼는 사실 백인과 흑인 간의 튀기였어…… 그놈의 잘못을 바로잡기에는 너무 늦게 사실이 발견됐디…… 칠십여 년 전 나는 처음엔 하와이꺼정 왔어. 거기서 사탕농당 일을 했다. 십여 년 동안 참 열심히 일했디…… 하루두 쉬딜 않구. 그래 삼천 달러의 미국돈을 데툭할 수 있었거든…… 그 당시에는 삼천 달러문 큰 부자였디. 그래서, 그래서, 난 한국 네자한테 당갤들구 싶었어. 이십여 년 전에 소위 사진 결혼이라는 게 성행했었다는 사실은 자네두 아마 들은 적 있을 거야. 미국 한인협회가 주관해서 한국에 사는 체니들과 미국에 와 사는 한국 총각들이 서로 사진을 교환해 보구 피차 좋으문 짝을 지었디. 내가 받아 본 첫 체니의 사진에 난 홀딱 반해 버렸어…… 칠골 사니 사는 체니. 그리구 그녀도 내 청혼을 데격 받아들였거덩…… 물론 내 사진을 보구 나서 결덩지어겠디. 그녀가 미국꺼정 오는 네비와 혼인 비용 전부 다 내가 치렀디. 그때 그녀의 나이가 열여덟이었어. 나보다 십오 년이 젊은. 난 지독히 행복했었디. 그녀가 내 가슴에 못을 박고 떠나가 버리기 전까지는 말야. 도무지 두 달밖에 더 안 난 애기, 우리 정옥이, 즉 낸시의 어머니를 버리구 그년이 어떤 놈팽이하구 함께 도망가 버린 거야. 그 뒤 난 일을 더 열심히 했어…… 나와 또 제 어린 딸을 버리구 도망간 화냥년에 대한 분노감을 억누르려고 그리구 또 내 눈동자같이 소중하고 귀여운 딸 정옥에게 온갖 사랑을 다 쏟으며 일을 열심히 했어. 하와이가 싫어던 나는 미국 본토로 이사 와서 조그만 골동품 상점을 개업했디. 돈 참 끔찍이 많이 벌었디⋯⋯ 재혼은 아니허구⋯⋯ 계집들 믿을 수가 없었거든. 내 온갖 정성을 내 딸 정옥이에게만 쏟아 걔는 건강하게 자랐고 학교에 가서는 공부도 무던히 잘했고 또 날 끔찍이 따랐어. 그러는 동안 정옥이는 아주 예쁜 체니가 됐디. 그런데 말이디, 우리 정옥이가 열여덟 나는 해에 그 애가 내 가슴에 또 못을 박아 줬단 말이야⋯⋯ 걔 어미가 박은 못보다 백 배나 더 큰 못을⋯⋯ 어떤 흰둥이 놈팽이에게 꾀임받은 정옥이가 그놈하구 나 몰래 도망을 갔단 말이야. 나는 미칠 것 같았어. 허지만 이듬해 봄에 걔가 임신둥이란 편질 받고는 내 마음의 얼음이 풀렸어. 우리 조상들 풍습에 따라 걔더러 친정에 와서 해산하라는 편지를 띄웠디. 그런데, 그런데 우리 정옥이가 낳은 딸이, 그 딸이 검둥이였어⋯⋯ 낸시. 내 딸 정옥이가 검둥이를 낳은 걸 본 내 사위녀석은 제 처가 흑인하구 간통했다는 터무니없는 트집을 잡아 정옥이를 버리구 가버렸어⋯⋯ 영 가버렸단 말야⋯⋯ 검둥이 피가 실은 그 녀석의 피인데두 말야⋯⋯ 아, 나무아미타불 아, 아⋯⋯."

노인은 경련을 일으켰다.

놀란 나는 낸시를 부르려고 했다. 그러나 노인이 소리를 질렀다.

"아니야, 아직 낸시는 불러들이나마나 괜찮아⋯⋯ 인삼차, 인삼치니 힌 간 더 띠러 주게⋯⋯ 응, 응, 좋아⋯⋯ 자

넌 참 착해."

인삼차 한 잔을 단숨에 들이켠 노인은 말을 계속했다.

"자, 보라구, 나 아무렇디두 않아. 그 불쌍한 년…… 내 딸 정옥이 말일세…… 그녀는 목 매고 자살해 버렸어. 자기의 결백을 증명하기 위해. 그걸 본 나는 미칠 것 같았어. 허지만 한편 그녀의 행동이 자랑스러웠어. 한국 여성만이 감행할 수 있는 떳떳한 일 아닌가. 그때 낸시는 난 지 두 달밖에 안 된 젖먹이였어. 고아가 된 낸시를 내가 극진히 키웠디…… 긴 얘기를 줄여 말하면 이렇네. 낸시가 무럭무럭 자라고 있는 모습을 볼 때 어떻게 해서든지 걔는 고향으로 데리고 가 훌륭한 한국 남자와 짝을 지어 주고 싶었단 말야…… 내 재산은 몽땅 다 걔에게 물려줄 테니까 지참금은 어마어마하디. 허지만 겉으로 보기에는 검둥이에 틀림없는 체니가 내 고향땅에 가서 우리 나라 사람과 어떻게 어울려 살 수 있을까 하는 염려가 날 괴롭혔어. 자네도 아다시피 우리 나라 사람은 대개 튀기는 싫어하구 또 자꾸 놀려 주지 않는가. 이 생각이 날 여러 해 동안 괴롭혔어. 그러다가 말일세, 1945년부터 난 새로운 희망을 품기 시작했다네…… 그해 가을에 미군이, 흰둥이와 검둥이의 혼성 부대인 미군이 남한에 진주했디 않나. 해방된 조국에서 오는 신문들을 읽어 보니까니 남한에는 흰피 검은피가 섞인 튀기들이 많이 생겼다구 했더군…… 그래 검둥이인, 겉으로만 검둥이인 내 손자딸 낸시도 고향에 가문 꽤 어울리리라고 나는 생각하게 됐어. 특히 그녀의 외할아버지인 나를 아는 사람들이 혹시 여태 살아 있으문 그녀 대우를 잘해 주려니 하는 생각이 들었어…… 더군다나 그녀가 한국인의 아내가 되는 경우 남편 테면을 봐서라두 그녀를 아껴 주리라구 나는 생각했어. 지금 내 수중에 오만 달러가 있네…… 그거 다 낸시의 것, 아니 그녀와 그녀의 남편, 물론 한국 남자의 공동 소유가 되디. 여보게 헨리, 아니 황 군 명심해 두게, 자네가 바로 낸시를 아내로 삼아 데리고 고향 땅으로 갈 그 사람이야. 적당한 한국인 남편을 물색하기 위해 낸시는 거의 일 년간 식당에 나가 일을 했네. 식당을 차리는 게 좋겠다구 생각한 건 바루 나야…… 만국에서 모여드는 각계 각층의 사람이 제일 자주 들르는 데가 식당이거덩."

노인은 단추를 눌렀다.

낸시가 들어왔다.

"낸시야, 그 화분 이리 가지고 온!"

하고 노인이 외손녀에게 말했다.

낸시가 들고 오는 조그만 화분에는 파란 풀이 자라고 있었다.

"여보게 황 군, 여기 자라난 이게 뭔디 아나?"

나는 머리를 저었다.

"조야, 조. 바로 한국 흙에 심은 한국 조란 말야. 수백 년 동안 우리 선조는 대대손손 한 뙈기 땅에 해마다 조를 심고 거두어 왔다네…… 내가 집을 떠나 미국으로 올 적에 그 땅 흙 여남은 줌과 좁쌀 씨 여남은 톨을 가지고 왔거덩. 내가 이 미국에서 미국인들의 돈을 긁어모으는 것처럼 이 흙은 미국 거름을 받아 가며 해마다 조를 길렀디…… 칠십여 년 내리. 고향 농도의 소유자는 우리 아비지기 이니고 디주였디. 그러나 이 화분에 담긴 흙은 내 꺼야, 나의 분신. 그런데 말이디, 이 흙과 낸시를 내 고향으로 데리고 가줄 사람은 바로 자네야. 나두 물론 고향으로 가서 뼈를 묻고 싶지만 난 먼 여행을 하기에는 너무 늙었고 몸이 쇠약해. 자네와 낸시와 흙이 지금 당장 돌아가더라도 이북 땅으로 곧 갈 수는 없다는 걸 나두 잘 알구 있디. 허지만 난 이렇게 생각해. 너희들이 당분간 남한에 살고 있다가 북한이 해방되는 날 선두에 서서 고향으로 달려갈 사람은 자네 아닌가. 내 고향은 자네 고향에서 오 리 안팎에 있어. 자네 고향으로 가거덩 큰 농장을 사라구. 돈은 물론 넉넉히 있으니까니. 그래 가지구 이 화분 속에 칠십 년이나 갇혀 있었던 흙을 그 농토에 부어 섞으라구. 이 흙 속에는 내 혼이 깃들여 있으니까니. 농토가 자연 비옥해질 거야…… 자, 너희 둘 다 이리 가까이 오너라. 내 늙은 몸이 이상 더 지탱할 수 있으리라고 생각되지 않아…… 세월은 자꾸 흐르고 지금 당장 이 자리에서 나 자신이 너희들 짝을 지어 주련다. 너희 둘 손을 포개 쥐어라…… 응, 그렇게. 좋다. 자, 너희들의 포개 쥔 손을 내 손이 이렇게 겹으로 포개 쥔다. 아, 잠깐…… 나 인삼차 한 잔 더."

나는 꼬리 아홉 개 달린 여우에게 홀린 것 같은 기분이었다. 여우의 홀림으로부터 벗어날 수 있는 단 하나의 방도는 날이 새는 데 있다고 우리 할아버지는 말씀하셨다.

"음, 참 좋다. 그 인삼차…… 자, 너희들 손을 다시 포개 쥐어라. 그렇디, 그렇게."
라고 말하는 노인의 목소리는 떨렸다.

"아, 아, 너희들의 손 참 따스하구나. 너희 둘이 지금 부부가 됐다는 걸 난 턴디신명께 품고한다."

노인의 두 눈에는 눈물이 흥건히 괴었다.

"턴지신명이 너희들의 부부됨을 인정하고 축복해 주실 거다…… 지금 난 죽어도 안심하고 눈을 감겠다. 선조에 대한 나의 임무를 잘 수행하고 나서 죽는 나는 세상에 여한이 없다…… 난 기쁘기만 하다…… 정말 됫새 기뻐……."

노인은 혼수상태로 들어갔다 —— 주름살투성이인 얼굴에 만족하는 미소를 띤 채.

(1967년)

대학 교수와 모리배

대학 교수는 우울했다. 통분했다.

지구라고 부르는 땅덩이 위에는 별 괴물이 다 살고 있었다.

소위 만세 일계萬世一系의 천황天皇을 신이라고 맹신하고, 신풍神風의 힘을 빌려 이 지구 위에 사는 전 인류를 정복해 한 손아귀에 넣을 수 있다는 미신에 감쪽같이 속아 전 생명과 전 재산을 아낌없이 희생하는 어리석은 대중이 어떤 섬에 살고 있었다.

이 섬 현해탄 저쪽 반도에 살고 있는 식민지 사람들은 그런 엉터리 미신을 절대 믿지 않으면서도 통치자의 압력에 못 이겨 끽 소리 못 하고 통치자의 꼭두각시로 만족하고 있는 바보였다.

또 태평양 건너쪽 대륙에는 원자력의 절대성을 믿고 핵무기만 사용하면 일본이라는 섬나라는 문제없이 패배시킬 수 있다고 믿는 '문명인'이 살고 있었다.

결국 이 제삼자가 전쟁에 이기고 그 덕에 한반도 사람들은 해방되었다.

아! 감격의 눈물은 쉴 새 없이 흐르고 만세 소리는 천지를 진동시켰으며 만백성의 가슴은 희열로 가득 차게 되었다. 4개국 연합군이 함께 한반도에 진주하여 일본군 무장 해제만 하고는 즉시 물러갈 거고 독립국 건설은 기껏 한 반 년쯤 걸리겠지 하고 생각하는 삼천만 명 민중 중의 이 대학 교수도 한 사람이었다.

청천벽력이라는 문구는 많이 들어 왔지만, 삼팔선을 기점으로 미국·소련 양국 군대가 한반도를 분할 점령한다는 소식이야말로 정말 청천벽력이었다. 우물 안 개구리였던 대학 교수는 너무나 달콤했던 꿈에서 너무나 싱겁게 깼다.

해방되었다고 너무나 감격했던 정비례로 대학 교수의 우울은 신경 쇠약에 걸릴 정도로 심각하게 됐다.

정신적 타격만이 아니었다. 사십 평생에 처음 맛보는 굶주림.

하기는 그가 중학, 전문학교 재학시 고학을 했기 때문에 배도 많이 곯아 봤으나 그때 배고픔은 자기 혼자 겪는 것인 동시에 학업을 닦기 위한 잠정적인 고생이라는 생각으로 자위할 수 있었다.

그러나 지금에는 자기 혼자뿐 아니라 가족까지 굶기는 고통, 생활 방도의 무능을 자각하는 그는 삶에 대한 공포심과 자포 자기감에 사로잡혀 있는 것이었다.

일전에는 한 대학에서 강의하는 동료 하나가 일부러 찾아와서 대학 교수 집어치우고 담배 밀조 공장을 차려 놓으면 자본 얼마 안 가지고도 벼락 부자가 될 수 있다고 권고했었나. 사본금은 장서 몇 권만 내다 필면 넉넉하다고 하며, 농담이 아니라 진담이니 한 번 해보자고 간곡히 권하는 것이었다.

한참 동안 그 친구 얼굴을 빤히 바라보던 그는,

"나는 담배를 끊었소."

하고 딴전을 해보내고 말았다.

눈이 내린다.

방은 얼음장처럼 차다.

대낮에도 이부자리를 펴고 쓰고 앉아 있어야만 견딜 수 있었다.

아내는 안 나오는 젖꼭지를 어린것에게 물려 봤으나 아기는 투정만 했다. 아기를 내려놓고 부엌으로 내려간 아내는 한 손에는 미국제 통조림 우유 가루통, 한 손에는 숟갈과 사발을 들고 방 안으로 도로 들어왔다.

그녀의 두 손이 유난히 교수의 눈에 띄었다. 북덕 갈고리 같이 되어 버린 손, 옴두꺼비 등처럼 돼버린 손등! 교수가 그녀와 결혼할 때 신랑 자신이 무엇보다도 가장 홀렸던 것이 신부의 아름다운 손이었고, 그의 친구들도 그녀의 손에 찬사를 아끼지 않았었다.

결혼식 때 주례 앞에서 그녀의 무명지에 결혼 반지를 끼워 줄 때 사모 관대하고 족두리 쓰고 하는 구식 결혼식이 아니고 서양식인 바에야 서양식 그대로 그 붓끝 같은 손가락에 키스를 할 수 있었으면 얼마나 좋을까 하는 생각에 그의 입술이 달았던 기억이 아직 남아 있었다.

그런데?

교수의 눈이 둥그레졌다.

결혼 반지가 보이지 않기 때문이었다. 그녀의 손이 북덕갈고리같이 된 후에도 무명지에는 반지가 언제나 빛나고 있었다. 낮이나 밤이나, 아무리 궂은 일을 할 때에도 그 반지는 그녀의 손가락에 낀 채였었다. 그 반지는 교수와 아내의 사랑의 상징, 백년 해로하겠다는 맹세를 인 찍은 고리, 죽을 때까지, 아니 죽어서 무덤 속에 묻힐 때까지, 그녀의 몸이 한 줌 흙으로 환원한 뒤에까지 그 반지만은 녹슬지 않고 썩지도 않고 영원토록 광채를 발하게 될 물건이 아닌가!

그의 가슴이 섬찍했다. 남편의 표정이 그녀의 눈에 어떻게 띄었는지 우유 타려던 손이 치마 속에 숨겨져 오들오들 떨고 있었다.

교수는 고래고래 소리지르고 싶은 충동을 억누르느라고 몸을 푸들푸들 떨면서 후닥닥 일어나 밖으로 나갔다. 한 달 이십 퍼센트의 금리金利를 토색하는 옆집 고리대금업자 노파의 피둥피둥한 모습이 퍼뜩 그의 눈앞에 어른거렸다.

이날 해질 무렵 눈이 두 자나 쌓인 남산 꼭대기 난간에 홀로 기대어 서 있는 자기 모습을 그는 발견했다. 어떻게 해서 거기까지 올라오게 되었는지 저 자신도 몰랐다. 술취한 것이 절대 아니었다. 술을 입에 대본 것은 까마득한 옛날이었다. 재작년까지만 해도!

고요한 밤에 어린것들을 옆에 나란히 눕혀 놓고 강의 준비를 하던 시절, 정치적 자유와 학문하는 자유는 물론 거부되어 있었지만 그래도 이럭저럭 입에 풀칠은 할 수 있었다. 마치 동화에 나오는 고양이처럼, 자유를 찾으려고 주인집을 뛰이니기 돌이디니디기 며칠 못 가서 굶는 자유보다도 구속반으면서도 목숨을 이어 가는 것이 상책이라고 자각하고 도로 주인집으로 기어들어왔다는 그 고양이처럼.

그 당시 정세로 보아서는 단지 하나의 희망적 관념이기는 했지만, 언제든 일본이 망하는 날이 오려니 일맥 광명을 마음속 깊이 간직하면서 자기가 죽을 때까지 이 민족의 젊은이들에게 절름발이 교육이나마 베푸는 데 자긍심을 가지고 있었고 그것이 자기 일생의 임무라는 자각을 가지고 그날그날을 참고 견디어 왔던 것이었다.

그런데 오늘? 해방, 자유, 독립의 환상을 그리며 미친 듯이 감격했던 그날부터 이태가 지나지 않은 이때 긴긴 밤에 전깃불이 일 초도 안 들어오고, 초 한 자루 값이 40원. 40원이 아쉬워서 촛불조차 못 켜고 어둡고 추운 방에 우두커니 앉아서 팔랑개비처럼 한곳으로만 도는 정신적 혼돈을 되풀이하면서 헤아릴 수 없는 분노와 자포 자기. 몸이 떨리고 허기증이 나고. 담배 꽁초라도 있었으면!

외국 군대보다도 더 썩어 빠지고 비루해진 동족을 마구 저주해 주고 싶은 심정으로 그날그날을 보내는 그였다. 소위 지도자라는 것들이 자기의 민중을 이렇듯이 무자비하게 속이고 착취하고 걷어차 버린 전례가 역사상 또는 지리상 어디 언제 또 있었던가?

정작 나이보다 십 년이나 더 늙어 보이는 아내! 시집올 때에는 그래도 남부럽지 않을 정도로 마련해 가지고 와서 아끼고 아끼던 물건들을 해방 직후부터는 곶감 뽑아 먹듯이 뽑아 먹고 난 이때, 결혼한 이래 20여 년 간 현모양처로 자타가 인정해 온 그녀의 도톰한 입에서 결국,

"남들은 다 공공연한 도둑놈들이 됐는데 당신 혼자 그 알뜰한 절개를 지켜 무슨 소용이우? 누가 당신 충렬비 세워 준답디까!"

하는, 쌓이고 쌓였던 포달이 급기야 둑 무너진 홍수처럼 쏟아져 나오고야 말았었다. 이 말이 그에게 무척 야속스럽게 생각되었으나 다시 생각해 보면 꼬챙이같이 여윈 아내와 자식들을 앞에 놓고 체면이니 양심이니 하고 잠꼬대하고 있는 자기 자신이 정말 쓸개 빠진 바보라고 생각되기도 했다. 이만큼 이 고결한 교수가 타락해 버린 것이었다.

박 교수라는 이는 소학교에 다니는 딸을 시켜 학과 파한 후 미국 담배 행상을 하게 해 아버지가 대학에서 받는 월급보다 몇 배나 되는 큰돈을 벌어들이고 있다는 말을 들은 지 벌써 오래건만, 자기는 자기 딸을 그런 데로 내세울 만한 용기도 주변도 없는 것을 스스로 타매하는 것이었다.

눈 맞아 가며 남산 꼭대기에 서 있는 교수는 될 수 있는 대로 공허한 머리를 가지려고 애쓰면서 발 아래 깔린 서울 시가지를 내려다봤다. 거리거리는 명암明暗의 모자이크인 양 사방이 고요하고 사람은커녕 개 한 마리 얼씬 안 하고 잠들어 있는 것 같았다.

눈만 펑펑 쏟아지고 있었다.

바로 옆에 인기척을 느끼는 교수는 본능적인 공포를 깨달으면서 본능적인 방어 태세를 취했다. 두껍고 값진 외투를 입은 비대한 사나이 하나가 그의 옆으로 바싹 다가서며 유심히 얼굴을 들여나보는 것이있다.

"아, 이거!"
하고 그들 둘이 한꺼번에 놀라고 반가운 소리를 냈다.
"자네 웬일인가?"
"자넨 또 웬일인가?"
"참 별 데서 다 만나네. 세상이 좁긴 좁아. 나두 별놈이거니와 자네도 별놈일세. 지금이 어느 때라구 이런 곳을 혼자 유유히 산책하고 있다니."
"피차 일반이지, 뭐야."
"고민, 심각한 고민, 또 그리구 걷잡을 수 없는 죄의식, 절망, 환멸, 그것들이 사람에게 이런 괴이한 행동을 하도록 만드는 거야."
"나 역시 마찬가지……."
"아니, 자네는 고민할 건덕지가 없는 사람이라는 걸 난 잘 알구 있어. 해방 덕택에 지금 당당한 교수로 승급됐을 뿐 아니라 자유롭게 가르칠 수 있게 되고."
"빛 좋은 개살구지, 아무것도 아냐. 자네야말로 원래 수단도 좋고 활동가니까, 지금 한몫 잘 보겠네그려."
"그렇구말구, 한몫 톡톡히 잘 보지. 모리배, 전형적인 모리배!"
"모리배라니? 무슨 말을 그렇게……."
"흥, 원래 고지식한 학자님이라 모리배라는 문자도 못 들었나 보군. 왜 요새 신문마다 때리는 모리배라는 족속이 있지 않나."
침묵.
한참 뒤 모리배가 다시 입을 열었다.

"고민, 절망, 환멸! 이것이 모리배의 심정이야. 자네들 유의 모순된 생활을 나도 대강 짐작은 해. 그러나 자네들 같은 책버러지 꽁생원들은 이러니저러니 해도 아직 양심을 견지하고 있다는 사실을 나는 믿고 탄복하고 존경하고 있어. 이런 혼란 중에서도 건국의 기둥이 될 동량들을 가꾸어 내는 위대한 사명을 어깨에 지고 있는 자네들이 아닌가. 나 같은 놈이야 참말로 인제 인종지말(제일 못난 사람)이 다 됐지. 나 같은 놈 신문에서 아무리 욕을 해도 눈썹 하나 까딱 않고 모리에만 급급하고 있는 게 사실이지. 그러나 말이지, 모리배보다도 더 진짜 악질은 탐관오리들이야. 똑바로 말하자면 탐관오리는 제일 더러운 쓰레기통이요, 모리배는 정정 당당한 상인이지. 탐관오리는 법률상으로 보나 도덕상으로 보아 틀림없는 죄인이지만, 모리배는 권력자가 억지로 제정해 놓은 법률에는 위법 행동을 하고 있다고 볼 수 있지만 하나님 앞에서는 범죄자가 절대 아니란 말야. 내 말 알아듣겠나? 장사꾼이란 언제나 어디서나 무슨 수단 방법으로든지 싸게 사서 비싸게 파는 것이 상도덕이거든……."

침묵!

양담배를 꺼내 미제 라이터로 불을 피워 문 모리배는 교수에게도 한 대 권했다. 교수는 담배 끊었던 맹세를 파계하고 말았다.

"후우! 여보게, 내가 무슨 수단이 좋아서가 아니라 술 잘 먹고 돈 잘 쓰고 계집 소개 잘해서 돈푼이나 꽤 벌었지. 그렇다고 내가 돈 버는 것만으로 만족하고 있다고 생각하나? 흥, 만속! 여보게, 내가 이 눈 내리는 밤중에 술도 안 먹고 맑은 정신으로 이 꼭대기까지 혼자서 올라오게 된 동기를 이해해 줄 수 있겠나? 여보게, 저 아래 눈 속에 싸여서 깨끗해 보이는 지붕들을 지금 이 시각에 모두 떠들고 볼 수 있다면 그 안에서는 술, 돈, 계집이란 삼위 일체三位一體가 난무하고 있을 걸세. 노상 그 삼위 일체 속에 파묻힌 내가 돈, 돈을 벌면서도 문득 내가 이로 인하여 내 영혼이 영원한 벌을 받게 되려니 하는 공포를 느끼곤 한다네. 왜 우리 학교 다닐 때 구약 성경 배우지 않았나. 소돔과 고모라! 소돔과 고모라가 유황 불 세례를 받기 바로 일 초 전까지도 술과 돈과 계집에 도취되어 있었다고 성경에 씌어 있지. 그런데 말일세, 지금 이 서울 장안에 그래 의인義人 열 사람이 있을까? 천사는 소돔 성내에 의인 열 사람만 있어도 그 의인들의 덕을 살펴서 만 사람의 죄를 용서하고 멸망시키지 않겠다고 그랬지. 그런데 바로 자네가 열 사람 의인들 중 하나란 말야. 그러니까 이 서울 안에 자네 같은 사람이 단 열 명만 있으면 우리 같은 모리배도 그 덕에 하나님의 진노를 면하고 살아갈 수 있단 말야. 난 그걸 진심으로 감사해."

모리배는 지폐 한 뭉치를 꺼내 교수의 포켓에 틀어넣었다. 교수는,

"아니, 이게 무슨 짓인가? 날 모욕하는 건가!"

하고 분개했다.

"모욕이라니, 천만에. 여보게, 오해하지 말게. 이것이야말로 나로서는 아무런 악심 없이 정정당당하게 돈을 써보는 유일한 기회야. 지옥에 빠진 나로서. 무어라구? 옹졸한 소린 제발 말아 줘. 소위 지도자들 또는 관리들은 이 돈뭉치 열 개

스무 개도 더 되는 뇌물을 안겨 주어야만 서류에 도장을 찍어 준단 말야. 그 개자식들하고 술자리에 앉아서 하루 저녁 쓰는 돈의 십분지 일도 못 되는 적은 돈일세. 그러나 제발 거절하지 말아 줘. 지금 나는 아무런 사심 없이 조건 없이 깨끗하게……."

말을 채 끝내지 않은 모리배는 휑하니 언덕 아래로 뛰어 내려갔다.

교수는 얼이 빠져 산 아래로 천천히 걸어 내려갔다.

무조건 그 돈뭉치에는 매력이 있었다. 어서 집으로 돌아갈 궁리. 그 돈을 가지고!

결혼 반지를 도로 찾다가 낀 아내의 손가락이 그의 눈앞에 어른거렸다. 전찻길에 다다르니 막 전차가 정류장에 서 있었다. 승객들은 목숨내기로 이리 밀고 저리 밀리면서 아우성치고 있었다.

얼결에 만용이 솟은 교수는 사람 떼를 뚫고 결사적으로 전차에 올라탔다.

교수는 단숨에 집에까지 뛰어갔다. 구두 벗을 경황도 없이 방 안으로 뛰어들어서는 그는 숨찬 목소리로,

"여보, 이 돈!"

하고 소리치면서 손을 포켓에 넣었다.

"앗!"

무서운 고함 소리.

소매치기!

"어, 어, 소매치기, 아, 아!"

그는 소리질렀다.

아내는 놀란 눈으로 남편이 쑥 내민 빈손을 바라봤다.

이를 부득부득 가는 대학 교수는 펴든 빈손을 언제까지나 언제까지나 내리지 못하고 선 채 몸을 와들와들 떨었다.

(1946년)

붙느냐 떨어지느냐

"떨어지느냐? 붙느냐?"

중이 염불하듯 무의식중에 자꾸 되풀이해 중얼거리고 있는 자신을 철규는 발견했다.

중학교 교정은 인파로 흐늑흐늑했다.

수험생들뿐 아니라 부모 형제 자매 친척들, 남녀 노소 모두 다 긴장한 모습으로 웅성거리고 있었다.

시험장 안으로 아들 수남이를 들여보낼 때까지는 온 정신이 자기 아들 하나에게만 팔려 있었기 때문에 어른들도 꽤 많이 왔구나 하는 막연한 생각을 하고 있었다. 그러나 가슴마다 수험표를 단 학생은 하나도 보이지 않게 되자 보호자 수가 수험자 수보다도 더 많다는 것을 확인할 수가 있었다. 하기는 철규 자신도 애 업은 아내까지 데리고 온 것이 사실이었고, 사람들이 주고받는 이야기를 들어 보면 수험생의 가족은 물론 사돈의 팔촌까지도 다 몰려나온 것처럼 보이는 축이 수두룩했다.

일전에 본 일이었다. 어떤 고등학교 교기를 단 버스 여러

대가 줄지어 달리는 것을 그는 보았었다. 학생들이 단체로 소풍을 가는 것이려니 하고 생각했는데 옆사람 말을 들으니 대학 입학 시험을 치르는 졸업생들을 응원하기 위하여 고등학교 3학년 생도들이 대거 출동한다는 것이었다.

 철규는 일정 때 전문학교 입시에 합격된 경험의 소유자였는데, 그 당시에는 입시 응원이라는 것이 없었었다.

 '응원' 하면 운동 경기에 국한되어 있었다.

 그런데 대학 입시장과는 달리 중학 입시장에는 출신교 학생들 대신 학부형 모자매들이 거의 통틀어 응원하러 온 것이었다.

 시험이 시작되자 첫째 시간분인 '국어·자연' 고사 문제가 게시판에 나붙었다.

 모두들 게시판으로 몰려갔다.

 철규는 깜짝 놀랐다. 신문면만큼이나 큰 시험지 여섯 면이나 되는 거창한 문제인데, 고사 시간은 단 60분간으로 되어 있는 것이었다. 얼른 쭉 훑어보니 '자연' 난欄에 가서는 '냉장고', '시험관', '도표', '라이터' 등 그림까지 그려져 있었다. 이 그림들 중 철규 자신도 잘 알고 있는 물건은 '라이터' 하나뿐이었다. '라이터'는 그가 몇 해째 늘 주머니에 넣고 다니면서 하루에도 수십 차례씩 사용해 온 물건이었다. 그러나 이 시험 문제인 '라이터의 불이 켜지는 이치'에 대해서는 그것을 그가 알아볼 생각을 해본 일도 없었고 지금 갑자기 생각나지도 않는 것이었다.

 그는 라이터를 꺼내 들고 잠시 노려봤다. 담배에 라이터 불을 대는 그는,

"우리 수남이가 이런 것까지도 배웠을까?"
하고 혼자 물어 봤다.

그는 다시 국어 문제 나붙은 것을 들여다보면서 풀어 보기 시작했다. 답을 쓰는 것이 아니라 아라비아 숫자에 동그라미를 치는 시험이란 그에게는 난생 처음이었다. 그래도 억지로 떠듬떠듬 해보니 열네 문제 중 그가 통 모를 문제가 열두 개나 되었다.

저절로 한숨만 나갔다.

갑자기 사람들이 웅성거리면서 무엇인지 앞을 다투어 사고 있었다. 고등학교 교복을 입은 학생 몇이 등사판에 찍어낸 시험지 비슷한 것을 팔며 돌아다니는데, 날개돋친 듯이 팔리는 것이었다. 한 장에 30환. 올바른 대답을 표시한 답안을 등사해 판다는 것이었다. 얼결에 철규도 한 장 샀다.

첫 시간 시험이 끝나자 수험생들이 우르르 몰려나왔다. 모두 시험지를 그냥 들고 나오는 것이었다. 답안지만 감독 선생에게 바치고 시험지를 각자 가지고 나오는 것이었다.

수남이를 골라잡는 일이 여간 힘드는 것이 아니었다. 수험생들 모두가 다 나이가 비슷하고 복장도 같고, 생김새도 모두 영리하게 보였다——이 영리한 어린이들 중 절반만이 붙고 나머지 절반은 떨어지게 마련이라니, 그것 참——하고 생각하는 철규는 수남이가 꼭 붙을 수 있으리라는 자신을 잃었다.

겨우 찾아낸 수남이를 붙들고,

"잘 치렀니?"

하고 묻는 철규의 목소리는 떨렸다.

"그저 그렇지요."

하고 대답하는 수남이의 태도가 신통치 않았다.

바로 옆 수험생 하나는 그의 아버지의 물음에,

"아주 쉬웠는걸, 뭐."

하고 자신 만만한 대답을 하는데.

가정 교사인 듯한 젊은이들은 자기네가 맡아 과외 지도한 수험생을 붙들고 딴 데로 가서 시험지를 펴놓고, 시험장에서 대답한 대로 표를 해보라고 하기도 했다.

그런데 수남이의 손에는 시험지가 쥐어져 있지 않은 것을 철규는 발견했다.

"넌 시험질 어떻게 했니?"

철규가 물었다.

"그까짓 건 들고 나와 뭘 해?"

하고 수남이가 톡 쏘는 것이었다.

아버지의 마음속에서는 부아가 끓어올랐으나 꾹 참았다. 그가 샀던 답안지를 보이면서 그는,

"그럼 여기서 맞는 걸 골라 보려무나."

하고 달랬다.

"싫어."

하면서 아들은 고개를 저었다.

아버지는 분을 참느라고 이를 악물었다.

둘째 시간분인 '사회 생활과 산수' 문제가 게시판에 나붙은 것을 보니 부피가 첫째 시간분에 비해 적어 보이지가 않았다.

그 중에서도 더구나 누구나 다 어렵게만 생각하는 수학 문제가 서른 개나 되니 이 짧은 시간에, 철규는 기가 막힐 따름이었다.

수남이가 산수에는 재주가 있다는 말을 아내에게 누차 들어 오기는 했지만.

장사 일 때문에 철규는 아침 일찍 집을 나갔다가 밤 늦게야 돌아가곤 했었으므로 수남이의 공부하는 모습을 보는 일이 드물었던 것은 사실이었다. 6학년생이 될 때까지는 말이다.

수학 문제를 풀어 보려고 철규는 애썼으나 정신이 산란해진 탓인지 문제 자체의 의미조차 얼른 포착할 수가 없었다.

"야, 시험지 받아 들 때 덤비지 말구 침착하게 해야 한다."

하고 아들이 시험장으로 들어가기 직전에 그가 한 번 더 주의해 줄 때 수남이는,

"골백 번도 더 들었어요. 알아요."

하고 대답했었다. 그렇지만 이렇듯이 문제가 많고 까다로운 인쇄물을 받아 드는 수남이가 과연 침착성을 유지할 수 있을까가 적이 의심되었다. 철규 자신도 이렇게 떨리기만 하는데.

둘째 시간분 시험이 끝나자 철규는,

"산수 다 풀었니?"

하고 아들에게 다급하게 물어 봤다.

"시간이 모자라서 세 문제 못 했어요."

하고 말하는 수남이는 울상이었다. 아버지의 가슴은 철렁했다.

"산수는 다 했어요."
"반도 채 못 했어요."
"어려워요."
"쉬워요."
"학교에서 배워 주지 않은 문제가 난 걸 어떻게 풀어요?"
등등 여러 수험생들의 목소리가 가까이서 멀리서 들려왔다.
 남이야 어쨌든 간에 수남이만은 잘 치렀으면 하는 생각에 철규의 마음은 사로잡히고 말았다.

 수험생을 포위한 가족들이 교문이 메일 정도로 나가기도 하고, 교정 여기저기에서는 마치 피크닉이나 온 양 점심 보자기를 펴고 마호병 마개를 열고 기울이기도 했다.
 철규는 수남이와 아내를 데리고 점심 사먹으려고 교문 밖으로 나섰다. 마침 고등학교 제복을 입은 학생들 몇이 지나가다가 그 중 하나가 수남이의 가슴에 달린 수험 번호 카드를 보고는,
"흥, 사팔뜨기구나!"
하고 흉보고 지나갔다.
 이 사팔四八을 가지고 바로 어제 철규는 아내와 말다툼한 일이 있었다. 수남이가 받아 온 수험번호가 48번인데, 그것은 사사사死死死, 죽을 사死자가 세 번이나 겹친 것이어서 크게 불길한 징조라고 아내가 호들갑을 떠는 데 대해 철규가 벼락 같은 고함을 질렀던 것이었다.
 바로 얼마 전에는 수남이가 지원하는 중학교에 수험 신청서를 낼 때 신청 번호가 땡이라고 기뻐 날뛰었던 그녀였다.

"학문은 도박이 아니야."
하고 그는 아내에게 호통쳤었던 것이었다.
 꼭 같은 48을 아내의 해석과는 또 달리 해석하여 멀쩡한 수남이를 눈 병신이라고 놀리고 지나가는 학생 뒤에다 대고 철규는,
"홍, 숫자 풀이에는 모두들 천재인 족속이야."
하고 소리질렀다.
 그는 기억하고 있었다. 6·25동란 때 일만 보더라도 그해가 단기 4283년이라고 하여 국민학교 학생들까지도 그 숫자를 거꾸로 부르면서 이해에는 38선이 이사移徙를 가니까 통일이 된다고들 떠들었다. 이 숫자 풀이가 엉터리였었다는 것이 사실로 증명되자, 소위《정감록》권위자로 자처하는 늙은이들은 그 책에 사천팔왕四天八王이라는 문구가 있는데 그것을 파자破字하면 사이팔팔四二八八년에는 일토一土가 된다는 뜻인만큼 그해에는 통일이 틀림없다고 예언하는 것을 철규 자신이 직접 들은 일이 있었다.
 어렸을 적부터 미신의 허위성을 직접 발견한 철규는 온갖 미신에 대해서 불신 정도가 아니라 적개심을 품어 온 것이었다. 그의 할아버지는 동네방네 소문난 관상쟁이 겸 점장이였었다. 그는 집에 가만히 앉아서 돈을 자꾸 벌고 있었으나 그와 한 방에서 사는 철규는 할아버지의 속임수를 샅샅이 꿰뚫어 알고 있었다. 어린 소견에도 남을 속여 돈을 버는 할아버지가 밉기 그지없었다.
 그가 중학교 재학 시절, 옆집 젊은 여자에게 무당이 내렸나. 아침까지 멀쩡했던 여인이 갑자기 솥기지를 들고 무어라

고 외우면서 춤을 추며 돌아가는 꼴을 보는 철규는 놀라기도 하고 무섭기도 해서 그 여인에게 정말로 무당이 내리는 줄로 생각했었다. 이 새로 내린 무당은 여기저기 매일같이 잘 팔렸다. 그러나 며칠 못 가서 이 무당 놀음은 순전한 연극이라는 것을 철규는 간파했던 것이다.

　재래적인 미신에 반감을 가진 그는 예수교 교회에 나가기 시작했다. 그러나 반 년이 채 못 가서 그는 예수교와도 절교하고 말았다. 어떤 장로가 안수 기도로 병을 고치노라고 하며 나서자 교회당은 삽시간에 불구자 병신 환자들의 집합소로 돌변하는 것을 그가 목도했기 때문이었다. 환멸을 느낀 그는 모든 종교, 모든 미신에 대해 거의 광적인 적개심과 반발심을 품게 되었던 것이다.

　바로 어제 오후 일이었다.

　"수험생에게는 시험 치르는 날 아침 엿을 먹여 보낼 것이요, 미역국을 먹여 보내서는 절대 안 됩니다."

하는 충고를 여러 사람들에게서 받았다. 말 같지 않아 실소 失笑하면서 그는 그 자리를 물러났다.

　다방에 들른 그는 석간 신문을 사 읽었다. 소위 십만 선량을 꿈꾸는 입후보자들 덕분에 요새 관상쟁이 점장이 사주쟁이들이 돈더미 위에 올라앉았다는 기사가 실려 있었다. 더구나 해괴한 것은 KNA 비행기로 납북된 사람들의 가족들도 점장이 집을 뻔질나게 드나들었다는 기사가 나 있는 것이었다.

　"흥, 꼴 좋다. 점장이가 그렇게 용하다면 비행기가 납북되리라는 것은 왜 예언하지 못했노!"

하고 중얼거리면서 그는 일어섰다.

반발심을 억제하지 못하는 그는 몸을 부르르 떨었다.

집으로 돌아가는 길에 그는 일부러 시장에 들러 미역 한 타래를 샀다. 멋도 모르는 점포 주인은,

"축하합니다. 아드님인가요, 따님인가요?"

하고 말하면서 싱글벙글하는 것이었다.

'애기 난 것이 아니구 내일 시험 치르러 갈 아들놈에게 끓여 먹여 보내 어디 미끄러지나 보려고 그러는 거요' 하고 말하고 싶었지만 아무 말 않고 그냥 미역을 들고 점포 밖으로 나왔다.

집에 다다르자 아내와 일대 정면 충돌이 있었다. 아내가 엿을 사왔기 때문이었다.

시험 공부 마지막으로 하는 수남이에게 방해가 되지 않기 위해 그들 부부는 뒤 언덕 위로 올라가 승강이를 했다. 결국 미역국도 엿도 먹이지 않기로 타협이 이루어졌다.

셋째 시간분인 '실과·음악·보건·미술' 시험 문제는 철규를 더한층 당황케 했다. 여러 가지 기발한 문제들 중 특히 '책꽂이' 만드는 문제는 그 문제의 뜻부터도 그에게는 통하지 않았다.

"이거 뭐, 목수 시험을 보는 건가?"

하고 그는 투덜거렸다.

그리고 또 악보! 오선지에 그린 콩나물! 음악이란 감상도 제대로 못 하는 그는 손만 아니라 발까지 번쩍 들고 말았다.

어느 날 밤 일이었다. 술이 대취해 가지고 통금 시간 거의

대서 집으로 돌아온 철규는 아들이 그냥 공부하고 있는 옆에 쓰러져서 잠이 들고 말았다. 얼마나 잤는지 갈증을 느껴 깨보니 그새 전등불은 나갔고 아들은 촛불을 켜놓고 공부를 계속하고 있었다.

"아버지, 석전제는 어느 달 어느 날이야?"
하고 수남이가 묻는 것이었다.

"석전제가 무언데?"
하고 철규는 아들에게 되물을 수밖에 없었다. 국민학교 생도인 아들이 일정 때 전문학교를 졸업하고 나서 밥벌이하기 20년도 더 된 아버지에게 물어 보는 낱말을 그 아버지가 이해하지 못해 되물어 보는 일이 이번이 처음이 아니었다. 아들이 집에서 숙제 공부하고 있는 옆에 함께 있어 본 일이 아주 드문 그였으나, 이렇게 되물어 본 일은 수백 번 이상이었을 것이다.

그럴 때마다 수남이는 으레 했던 버릇대로,
"아버진 참, 그것두 몰라. 공자孔子의 탄생을 축하하는 일이 석전제야."
하고 말했다.

──석전제가 무엇이라는 것을 아는 것만도 용한데 그 날짜까지 기억해야 할 필요는 어디 있을까 하고 철규는 생각했지만 그 생각을 수남이에게 알려 주지는 못했다.

"글쎄, 날짜는 나두 모르겠다. 모를 건 꼭 표해 두었다가 내일 학교 가서 선생님께 물어서 꼭 외도록 해라."
하고 그는 말했다.

'꼭 표해 두었다가 내일 학교에 가서 선생님께 물어서 꼭 외도록 해라' 하고 수남이에게 그가 말한 것은 이루 헤아릴 수 없도록 많았었던 것을 회상하는 그는 —— 국민학교 선생이 되려면 백과 사전이 돼야겠군 —— 하고 다시금 생각했다.
　마지막 시험까지 끝내고 나온 수남이에게,
　"그래 자신 있게 치렀니?"
하고 묻고 싶은 생각은 굴뚝 같았으나 그는 그것을 꾹 참았다. 수남이의 대답을 듣기가 무서워서였다.
　그러나 그가 지나간 일 년 동안 수남에게 사준 시험 준비용 서적 부피가 그의 눈앞에 아련히 나타났다.
　《학력 수련장》《전과 지도서》《실력 공부》《입학 시험 문제집》《예능 · 보건 · 실과 완성》《방학 공부》《하기 완성》《모의 시험 문제》《모의 고사》 등등, 또 그리고 수남이가 매일 밤 한 시 두 시까지 앉아서 동그라미 치고, X자 긋고, 써 넣고, 지워 버리고, 계산하고 하던 수십 권의 《4291년 중학교 입시를 위한 필답고사 예상 문제집》, 부피가 두꺼운 책, 얇은 책, 책, 책. 수남이의 책상에 쌓이고 쌓인 책들은 을지로 1가 건물들의 축소판처럼 보였다. 또 그리고 겨울 방학이 시작되면서부터 5학년용 교과서 공부를 다시 해야 된다고 해서 아내가 인근 친척집들을 싸돌아다니며 5학년 교과서 빌려 오느라고 고생 고생하던 일!
　또 그리고 밤마다 집에서 붙들고 씨름해 온 숙제, 숙제, 숙제!
　"다 못 해가면 선생님한테 매맞아."
하고 우겨 대는 수남이는 모의 고사와 숙제가 겹치는 날마다 밤을 새우다시피 했었다.

수남의 얼굴은 노래 가고 신경질이 날로 늘어 갔다.

국민학교 5학년까지는 계산에 넣지 않고 6학년 일 년 동안만 수남이의 머릿속에 간직해 놓은 수십 억 낱말을 가지고서 물론 자신만만하게 시험을 치렀겠지 하고 철규는 스스로 위로했다.

아버지는 수남이의 눈치만 살폈다. 명랑한가? 우울한가? 어찌 보면 우울해 보이고 어찌 보면 명랑해 보이기도 하여 도무지 종잡을 수가 없었다.

집에 다다르자 수남이는 곧장 자기 책상께로 갔다. 책상 위에 겹겹이 쌓여 있는 참고서, 모의 시험 문제집, 실력 공부 책들뿐 아니라 교과서까지 전부 포개서 한아름 가득 든 그는 문 밖으로 나갔다. 책 한아름 들고 뜰 아래 변소로 들어간 그는 쉿쉿 소리를 지르면서 책들을 깡그리 변소 속으로 내동댕이치는 것이었다.

"얼마나 지긋지긋했으면 저렇게 발광까지 할까? 쯧쯧쯧!"
하고 철규는 혀를 찼다.

이튿날 아침 늦잠 자는 수남이를 깨우지 않고 철규는 상점으로 나갔다. 수남이를 데리고 학교로 면접하러 가는 일은 아내에게 맡기고.

이 상점 저 점포들에서는 모두 중학교 입학 시험 이야기뿐이었다.

"우리 딸년은 아마 백육십 점쯤 딴 모양이더군요."
하고 한 사람이 말했다.

"하, 그거 참 잘 치렀구만요. 그럼 댁 애기는 붙었소. 찰떡같이 붙었어요. 그 끝수면 평균 팔십이 퍼센트나 되니까. 우리 녀석은 백 점도 채 못 딴 모양이던데."

하고 또 한 사람이 말했다.

철규는 어안이벙벙했다. 그는,

"아니, 몇 점 땄는걸 어떻게 벌써 알아냈소?"

하고 겅둥대고 물었다.

"오늘 아침 신문 여태 안 읽었소?"

한 사람이 물었다.

"신문이라니?"

"자, 여기 있소. 이것 보슈. 고사 문제뿐 아니라 답안, 그리구 매 문제 점수까지 다 나지 않았소."

철규는 신문을 들여다봤다.

"으음! 백구십오 점 만점이군요."

그가 말했다.

"그런가요? 아니, 난 매 과목 백 점 만점으로 보고 총 만점 사백 점이라고 가정하고 우리 애 점수를 계산해 봤더니 이백한 팔십 점 되던데요."

하고 한 사람이 말했다.

"사백 점 만점치고 이백팔십 점이라. 가만 있자, 그럼 칠십 퍼센트 가량 되는구먼요."

"칠십 퍼센트면 붙을 수 있을까요?"

"글쎄, 아슬아슬하군요."

"뚜껑을 열어 봐야 알지요, 그 전에 어떻게 알 수 있나요."

"문제는 몇 점에서 끊느냐가 문제지요."

"오늘 신문을 보니 모집 정원은 이만 삼천 명밖에 안 되는데 지원자 수는 심민 칠친 명이라고 했습니다. 그러니까 일만 사천 명은 미끄러지는 것이지요."
"지원자 수가 정원에 미달되는 학교도 더러 있을 거라고들 하던데요."
"시골서 육천 명이나 올라왔다는데요."
"시골뜨기들은 왜 와가지고 우릴 골탕 먹일까, 내 원."
그 동안 신문을 들고 듣고만 앉아 있었던 철규는 신문을 접어 주머니에 넣으면서 자리를 떴다.
집에는 수남이도 아내도 맏아들도 없고 식모 혼자 있었다.
그는 기다렸다.
마음만 더 초조해졌다.
신문을 방바닥에 펴놓고 들여다봤으나 글자들이 소리소리 아물아물할 뿐 의미를 포착할 수 없었다.
담배만 연이어 피웠다. 혀가 깔깔해졌다.
수남이와 아내가 돌아오자마자 철규는 신문을 수남이에게 보이면서,
"너 여기 이걸 보구 몇 점이나 땄을는지 계산해 보아라."
하고 말했다.
"그건 해보면 뭘 해요? 이 점수 본다구 붙구 떨어지구 하나요."
"이 자식아, 애비 속 태우지 말구 한 번 해봐!"
"여기 해봐야 소용없어요."
"에이, 망할 자식. 참 별 괴짜로군."
"괴짠 누가 정말 괴짜요, 당신이 괴짜지."
하고 아내가 가시를 올렸다.
"어째서?"

하고 철규는 고함쳤다.

"미역을 사들고 오는 사람이 괴짜가 아니구 뭐요."

"듣기 싫어."

어느새 수남이는 밖으로 나갔다.

"그놈 눈치가 어떻습디까?"

하고 철규는 목소리를 재간껏 부드럽게 해 아내에게 물었다.

"붙을 자신이 있길래 만판 천하 태평이겠지요."

"붙을 자신이 있어서 그러는 건지, 자신이 통 없으니까 자포 자기해서 그러는 건지 어떻게 아우?"

"구 단위區單位 고사 성적은 꽤 좋다고 그러던데요."

"누가?"

"수남이가 그러지 누가 그래요."

"제기랄 것. 이차 시험 제도는 왜 갑자기 없애 놓구 남 애를 이처럼 태우게 할까?"

하고 탄식하는 철규는 재작년에 중학교에 겨우 입학한 맏아들 생각을 하는 것이었다.

"이차 시험은 없어도 특차가 있답디다."

하고 아내가 말했다.

"누가 그래?"

"모두들 다 그러지요. 수남이에게 엿을 못 먹이게 한 괴짜두 안심은 안 되는 모양이군. 안심 안 되면 호적 초본이나 빨리 한 벌 더 해와요."

이튿날 아침 일찍 철규는 구청으로 갔다. 사람들이 득시글거렸다. 특히 여인네들이 절대 다수였다.

―― 맏놈 때에는 이차 시험 치르는 학교가 많아서 덕을 봤

었는데, 이번엔 특차 학교 하나밖에 없다니 이거 큰 일 아닌가! 그러나 그때에는 개 담임 선생이 하라는 대로 하지 않고 공연히 내가 고집 피웠기 때문에 일차 시험에서 떨어졌지만, 이번엔 담임 선생의 소견에 따랐으니까 염려 없겠지——하고 철규는 생각하고 있는데 옆에 서 있는 사람 하나가,

"매사는 불여 튼튼이지요. 그런데 그 무시험 입학이라는 것 때문에 금년에는 이런 혼란이 일어났지요."
하고 말하는 것이었다.

"그렇구말구요. 무시험 입학 때문에 시골 학교와 변두리 학교들이 과외의 덕을 입고 우리만 골탕먹구 있지요. 그런데다 그 무엇이라더라, 뭐 상관 회귀곡선相關回歸曲線이라는 것 때문에 무시험 전형이 전적으로 불공평하게 됐대요."
하고 한 사람이 맞장구치는 것이었다.

"변두리 국민학교에서는 수秀 하나에 삼천 환씩 주고 샀답데다. 시내 일류 중학에 무시험 입학하려고······."

이런 대화를 들으면서 줄지어 서 있는 철규의 머리는 더욱더 혼란해지기만 했다.

지원서 접수 마지막 날 오후에 철규는 수남이의 지원서를 특차 중학교에 제출했다. 지원자 수가 삼천여 명에 달했다는 소리를 듣고도 탄식하는 것 외에 별 도리가 없는 그였다.

합격자 명단 발표하기로 예정된 전날 밤, 철규는 몸을 뒤챌 뿐 잠을 들지 못했다. 아내도 잠 못 드는 모양이었다.

시험 치른 그날 밤부터 수남이는 잠에 취해 있었다. 마치 지나간 일 년 동안 밀진 잠을 한꺼번에 보충하려는 듯이.

철규는 그날 새벽 일을 회상하고 있었다. 아직 동도 트기 전이었는데 수남이가 잠꼬대를 했던 것이었다. 제 잠꼬대에 가위눌려 잠을 깬 수남이는,

"엄마아, 나아 떨어졌어!"

하고 말했다.

"아니야, 너 꿈꾼 거야. 꿈 해몽은 반대로 하는 법이니까 넌 꼭 붙었다."

하고 어머니가 말했다.

"꿈?"

하고 수남이는 의심난다는 듯이 물었다.

"그래, 그래, 네가 꿈을 꾼 거야. 그런데 꿈에 떨어지곤 어쨌니?"

어머니의 목소리였다.

"엄마랑 나랑 자꾸자꾸 울었어."

"아버지는?"

"아빠는 없었어."

철규의 가슴은 뭉클했다.

그날 오후의 일이었다. 길 건너 상점 주인은 중학교에 아는 선생이 있어서 전화를 걸어 보았노라고 철규에게 말했다. 아직 채점이 다 끝나지 못했는데 밤 새워서라도 채점을 끝내고 이튿날 아침 일찍 뜯어 일람표를 만들고 커트라인이 결정되는 대로 곧 방을 붙인다는 말이었다. 시험은 예년에 비해 대부분이 잘 치른 셈이므로 커트라인이 좀 높아질는지 모르겠다고 덧붙여 말하더라는 것이었다.

뜬눈으로 새우다시피 한 철규는 퍼뜩 잠이 깨자 라이터 불을 켜 시계를 봤다. 오전 네 시 삼 분 전. 통금 시간은 금방 끝날 것이다. 그는 후닥닥 일어섰다.

재작년 이맘때 방 붙이는 날 맏아들을 데리고 학교로 갔던 생각이 났다. 처음 훑어 읽어 보고 제 이름을 발견하지 못한 소년의 얼굴은 해쓱해졌었다. 숨을 죽이고 두번 세번 거듭 자세히 쳐다보는 그의 이마에 구슬땀이 쫘 내돋는 것을 철규는 봤었던 것이었다.

"오늘은 내가 혼자 가봐야지."
하고 중얼거리는 그는 어둠 속에서 가만히 옷을 갈아입었다.

동이 아직 트기 전이었건만 교정에는 벌써 수백 명 남녀가 모여 서성거리고 있었다. 안절부절못하고 교정을 왔다갔다 하는 철규의 머릿속에는 '장땡'이니, '48'이니, '미역국'이니, '엿'이니 하는 생각이 꼬리에 꼬리를 물고 되풀이되고 있었다.

——그날 아침 엿이라도 먹였더라면—— 하는 허망스런 생각이 그의 신경을 좀먹기 시작했다.

그런 생각을 떨어 버리려고 그는 몸부림쳤다. 갑자기 그는,
"시대 착오다. 시대 착오……."
하고 고함을 고래고래 지르면서 발을 동동 구르기 시작했다.

햇볕의 선발대가 서쪽 하늘에 떠 있는 구름 떼를 물들이기 시작했다.

눈은 눈으로

"몸뻬는 몸뻬지만 저렇게 지어 입으니까 맵시가 있수!"
"그러기말요. 더구나 저 낫세에!"
동리 여인들은 가끔 이런 이야기를 주고받았다.
"저 낫세에!"
하고 말하는 사람들도 이 여자의 참말 나이는 몰랐다. 머리가 하얗게 센 것을 보면 오십이 지났으리라고 보이기는 했으나, 얼굴에 주름살이 과히 많지 않고 더구나 싱싱하게 빛나는 두 눈을 똑똑히 보는 사람은 그녀가 아직 사십 미만일 것이라고 생각했다.

그녀의 눈! 깊은 물 속처럼 그윽하면서 신비스런 광채를 발산하는 눈. 눈두덩에 꺼멓게 멍이 들어 있으면서도 무슨 비밀이 담긴 것같이 보이는 눈이었다. 웃음을 잃어버린 것 같은 그 눈에는 우울이 깃들여 있으면서도 남을 위압하는 날카로움이 있었다.

"젊었을 적엔 굉장히 미인이었었겠어."
하는 찬사에 반대희는 이가 하나도 없었다.

고독한 여인이었다.

입이 무겁고 성낼 줄 모르고 사리가 밝은 여자였다.

"심상한 여자가 아니야! 분명코 무슨 곡절이 있는 사람이야."

하고 근처 사람들은 생각했다. 그러나 이 여자에게서 천기를 발견할 수는 없었고 어디까지나 고상한 몸가짐을 가지는 여자였다.

이 골목 안 집에 들어와 사는 지 이미 칠 년여가 되었으나 이웃 누구와 말다툼 한 번 한 일 없는 그녀였다. 그렇다고 또 누구에게나 책 잡힐 언동을 한 적도 없었다. 그녀에게서 어딘가 넘겨 볼 수 없는 위압감을 모두가 느끼고 있는 것이었다.

'개고기'라는 별명으로 유명한 경방단원警防團員 기하라라는 자까지도 이 여인에게는 딱딱거리지 못하고 농담도 못 건네고 경이원지敬而遠之하는 태도로 대하는 것이었다.

방문 오는 손님이나 친지도 별로 없는 고적한 생활을 하는 여인이었다.

그런데 그녀의 직업은?

삯바느질이 그녀의 직업이었다. 바느질을 곱게 하면서 품삯도 비교적 싸기 때문에 고객이 많았다.

그녀의 집 안팎은 언제나 티끌 한 점 없이 깨끗했다. 가구도 조촐(그러나 천스럽지는 않은)하였고, 입는 옷도 언제나 값이 싼 옷뿐이었으나 그러면서도 언제나 산뜻하고도 청아한 기운이 그녀의 몸에 감돌았다.

"간호부 출신이 아닐까?"

하고 말하는 사람들도 더러 있었다.

　말을 별로 안 하는 성미를 가진 여자이면서 말할 때에는 언제나 꼭 조선말만 했다. 나이가 정말 오십 가까웠다면 일본말 못 하는 것이 흉잡힐 것은 아니었으나, '국어 상용(일본어 전용을 뜻함)'을 강요하는 애국반 반상회 때나 관청에서는 일본말 몰라 가지고는 아무 일도 못 하는 시절이었다. '국어 상용'이라고 인쇄한 삐라나 뿌려 가지고는 일본어 상용이 실시되지 않는 것을 못마땅하게 여긴 일본인 통치자들은, 마지막 발악으로 일본어 모르는 시민이 관청에 갈 때에는 통역을 데리고 가서라도 일본어로 말해야만 서류 접수를 한다. 관청 말단 직원은 대부분 조선 사람이면서도 어떤 시민이 조선말로 말을 걸면,

　"아레 미로, 아레 미로(저것 봐, 저것 봐)."
하고 해라조로 말하면 벽에 써붙인 '국어 상용' 포스터를 가리킬 따름, 사무 취급을 안 해주는 것이었다.

　그녀가 하루는 어떤 일로 시청에 가게 되었다. 창구 안에 앉아 있는 조선인 계원에게 조선어로 말하자 그 계원은 "아레 미로" 하면서 벽에 붙인 포스터를 가리켰다. 그 포스터를 힐끗 쳐다보고 난 그녀는 미소를 지으면서,

　"여보시오. 당신은 날 때부터 조선어를 써왔고 지금 일본어도 잘하니 당신이 잠시 내 통역 노릇을 해주면 되지 않소?"
하고 대들었다.

　언어 문제뿐 아니라 기타 사소한 문제도 곧잘 화를 내어 시민늘의 일을 안 봐주기로 소문났던 이 계원도 그녀의 태연

자약한 태도에 기가 질려, 청사 중앙 책상에 앉아 있는 일본인 과장과 국장의 눈치를 슬슬 살피면서, 사무 처리를 해주었다는 일화가 사람들의 입에 오르내렸다.

애국반 반상회 때에도 그녀는 조선어만 꼭 사용했다. 그녀가 일본어를 통 모르는가 하면 그렇지도 않은 성 싶었다. 남들이 일본말을 지껄이고 있는 것을 그녀가 다 잘 알아듣는 것이 분명했고, 또 몇몇 사람만 알고 있는 사실이었지만, 일본 글로 씌어진 공문서를 줄줄 내리읽으면서 잘 해득하는 '유식'한 여자였다.

일반 시민에게 신사참배를 그렇게도 혹독하게 강요하였지만 그녀가 신사참배 가는 행렬에 한 번이라도 참가하는 것을 본 사람은 없었다. 매달 초하루, 초여드렛날, 열여드렛날, 스무여드렛날── 이렇게 정기적으로 전 주민이 꼭 가야만 되는 신사참배에 그녀만은 한사코 빠졌다. 이것을 반장이 눈감아 주었으나 그 반장이 불공평하다고 시비하는 사람은 하나도 없었다.

정회町會 주최로 한 달 기한 매일 아침 여섯 시에 소학교 교정에 각 가족 대표 한 사람씩 나와 모여 라디오에서 방송하는 곡조에 맞추어 체조를 하고 나서 집단적으로 신사까지 걸어가서 참배하기로 되어 있었다. 첫날 출석 성적이 좋지 못한 데 화가 난 경방단장은 결석하는 자는 필수품 배급 통장에서 제명해 버린다는 협박 공문公文을 프린트해 돌렸기 때문에 이튿날부터 출석률은 백 퍼센트에 달했다. 그러나 그녀만은 이 협박에도 굴하지 않았다.

신사참배를 더 강화하기 위해서 일참日參 제도가 생겼다.

신사에 모신 일본 귀신에게 평양 시내 전체 가족들(일본인과 조선인을 막론하고)이 번갈아 매일 참배하여 전쟁에 일본이 이기도록 빌어야 한다는 취지 아래, '日參'이라고 한자로 쓴 나무 패쪽을 각개 애국반에 비치하고 가족 돌림으로 그 패쪽과 애국반에 소속된 가족 명부를 가지고 신사로 올라가서 참배하고는 가족 명부에 그 신사지기의 도장을 받아 참배했다는 것을 확인하는 제도였다. 도장받아 가지고 온 가족은 패쪽과 명부를 옆집으로 넘기면 그 집에서 그 이튿날 식구 하나가 그걸 가지고 신사로 올라가 참배하고 나서 도장받은 명부와 패쪽을 그 다음 집으로 돌리는 것이었다. 한 애국반이 평균 십여 세대로 조직되어 있었기 때문에, 일참번이 대개 매달 두 차례씩 돌아왔다. 그러나 그녀에게 그 패쪽과 명부가 돌아오면 그녀는 신사참배에 가지 않고 곧장 그녀의 집 동쪽 큰방에 세들어 사는 가족에게 넘기고 말곤 했다. 그래서 세들어 살던 가족이 이틀 거푸 신사참배를 하게 되었었다. 그러나 세들어 살던 가족이 시골로 소개疎開해 내려가자 혼자 살게 된 그녀는 패쪽과 명부를 그냥 옆집으로 넘겼다. 관청에서 만일 따지게 된다면 혼자 사는 몸이라 집을 비우고 외출할 수 없지 않느냐는 핑계를 댈 작정이었다. 좀도둑이 왕성하던 시절이라, 집을 비워 둘 수 없다는 구실은 정당한 것이었으나 열성분자로 이름난 경방단장이 알았다가는 벼락이 내릴 판이었으므로 옆집 식구가 대신 참배해 주어 그녀에게 올 화를 면하게 해주는 것이었다.

그러면 이 여인의 이름은 무엇이었던가?

내문 기둥에 단 문패에는 '김 소사'라고만 씌어 있으니 과

부임에 틀림없었다.

　김 소사가 살고 있는 집은 목 꺾어 가운데 부엌이 있게 지은 집으로 부엌 아래위로 온돌방 한 칸씩, 동쪽 온돌방 앞에는 반 칸 넓이 마루가 있고 옆으로 반 칸 곳간이 있었다. 뜰은 모두 다섯 평이 될까말까?

　쪽마루 없는 단칸방에 김 소사가 살고 동쪽 방에는 어린애 하나 딸린 젊은 내외가 세들어 살고 있었다. B29 미국 폭격기가 거의 매일 평양 하늘 위에 떠돌게 되고 아직 폭격받은 일은 없었으나 인심이 흉흉해졌다. 당국에서는 시골로 소개하라고 권장(실은 도시 주민에게 배급해 줄 식량이 날로날로 줄어들기 때문이었지만)하고 있었고, 그것을 이용하여 셋방 들어 살던 젊은 부부는 평양을 떠나 버렸다. 그러나 정회町會에 가서 소개 수속도 하지 않고 도망가듯 가버린 것으로 보아 B29보다도 징용徵用이 무서워서 어디 깊은 산 속에 숨어 버린 것처럼 그녀에게는 생각되었다.

　1945년 8월.

　기진맥진한 '대일본제국'은 전국적으로 매일 수천만 명 사람들이 방방곡곡에 있는 신사神社로 가서 '신풍神風'의 기적을 빌었으나 가엾게도 그들의 귀신은 귀가 먹었던 모양이었다. 일본을 돕기 위한 신풍이 황해 바다에서 일어나지 않고 일본을 망하게 하려는 신풍이 북쪽 대륙에서 냅다 불어 내려왔다.

　'짱코로(일본인들이 중국인을 낮춰 부르는 이름)'들을 굶기고, 발길로 차고, 종으로 부리기를 백년 천년 계속할 수 있을 줄로 믿었던 왜놈들이 게다짝을 거꾸로 신고 쥐구멍을 찾아

헤매게 된 것이었다. 십 년 동안이나 왜놈 군대의 말발굽 밑에 깔려 신음해 오던 만주 지방 중국인들에게 끓어오른 복수의 불길!

체면도, 정신도, 또 그렇게 자랑삼아 오던 '야마도 다마시 大和魂'까지 다 팽개친 일본인 피란민들이 한반도로 홍수처럼 밀려 내려왔다.

조선 사람들은 어찌하여 그 일본 연놈들을 압록강 물 속에 처박아 버리지 못하고 순순히 받아들여 피란처를 제공했나? 굴욕의 관습화? 유린된 신경은 마비되어 버렸던가!

만주로부터 도망해 오는 일본인 및 조선인 수용 —— 평양시에만도 무려 사만 명이 배정되었다. '애국반' 서기들은 비지땀 흘리면서 빈 집, 빈 방, 빈 마루, 빈 창고 조사에 바쁘게 싸돌아다녔다.

B29가 매일 밤낮 가리지 않고 평양 상공을 날고 있는 것이 무서워서 전등은 말도 말고 담뱃불조차 얼씬하지 못하게 하는 캄캄한 길거리에는 지카다비 신은 수천 쌍의 피로한 발들이 아스팔트를 버석버석 밟으면서 들이밀렸다. 일본 여자들과 어린이들 —— 그들은 이 조선이 얼마나 고마웠을까!

밤새워 역에 나가 기다리는 애국 반장들! 기차가 와 닿을 때마다 불없이 캄캄한 플랫폼에 내려서는 숱한 몸뻬 입은 여인들과 어린이들!

"나이치징內地人 —— 日本人"

하고 크게 부르는 소리가 어둠 속에 크게 울리었다. 그러고는 나이치징 무슨 정町, 제 몇 조組에 피란민 몇 명씩이 할당, 신포된다. 밤새도록 비워도 비워지지 않을 듯이 순한 사람들로 북적거리던 플랫폼이 텅 빈다. 조금 뒤 나이치징만을 태운 기차가 또 들어와 멈춘다.

조센징(한국인)은 왜 안 오나? 관청에서는 분명 피란민 수송에는 내선內鮮 사람 가리지 않고 공정하게 배차한다고 계속 선언하고 있건만 조센징 태운 기차는 들어오지 않는다.

왜놈의 앞잡이라고 오해받는 조선인 부녀자들이 만주 각지에서 미친개 맞아 죽듯 하는 동안 왜족 부녀자들은 감쪽같이 특별 열차에 실려 압록강을 건너오고 있었다.

일본 여자들과 어린이들이 평양 시내 각 학교 건물(아직 병영으로 전화되지 않은), 상사商事 기관, 종교 기관 건물들을 다 채우고 넘쳐서 신시가新市街 일본촌 사삿집들까지 찬 후인 사흘째 되는 날에는 처음으로 조선인 부녀자 피란민의 선발대가 겨우 도착했다.

일본 연놈들보다 뒤늦기 사흘! 그 동안 얼마나들 혼이 났을까?

"센징(조선인) 피란민은 센징 시가로!"
라는 명령이 내렸다. 푹푹 찌는 더위, 물 한 방울 안 나오는 수도, 쌀 없는 도시!

먼저 온 일본인 피란민들에게는 바로 역에서 주먹밥이니 빵이니 다 나누어 주고 난 지금 센징에게는 나누어 줄 음식이 없으니 수용 할당받은 주인집에서 피란민을 먹이도록 하라는 명령이 내렸다.

——아, 조선인에게 무슨 식량이 남았기에 피란민을 먹이라고 하는 건가. 우리 자신이 오늘 아침 굶었는데 홍, 그 퀴퀴한 비스킷 배급 줄 때에도 나이치징에게는 많이 주고 한토

징半島人에게는 주나마나 하는 차별 대우를 해오지 않았는가. 정거장에 준비되어 있었던 주먹밥과 빵은 너희들끼리 다 먹어 치우고 우리더러 뭘 나누어 먹으라고!

1945년 8월 보름날!
만세 소리!
조선 독립 만세!
천지를 진동하는 만세 소리!
너무 즐겁고 억해 마구 흘러내리는 눈물!
터져 나오는 "동해물과 백두산이 마르고 닳도록"
거리거리에 나부끼는 태극기!

이날 정오 '일본 천황'의 특별 방송을 듣자마자 벌떡 일어선 김 소사는 가미다나라고 불리는 조그만 나무 궤짝을 벽 시렁으로부터 뜯어 내려 방바닥에 던지고 발로 밟기 시작했다. 강제에 못 이겨 벽에 걸어 두고 해마다 새것으로 바꿔 걸어야만 했던 원수의 나무함! 그것을 발로 밟아 부수는 쾌미!

그 다음 그녀는 일장기(일본기)를 서랍에서 끄집어 냈다. 기를 띄워야 되는 날 만일 안 띄우면 배급을 뗀다, 잡아 가둔다, 협박받아 오던 그 원수의 깃발!

"야, 이 히노마루! 흥, 좀 봐라!"

하고 고함지르는 그녀의 양미간에는 서릿발 같은 찬기운이 돌았다. 그녀는 그 기를 찢고, 물어뜯고, 짓밟았다. ── 김 소사가 이렇듯이 격분하는 것을 본 사람은 일찍 없었다.

찢기고 짓밟힌 일장기!

바깥 서리거리에는 사람의 총수, 트럭에 가득가득 실린 청

눈은 눈으로 165

년들이 관자놀이에 핏대줄이 툭툭 불어 오르도록 만세를 부르고 거리거리에 나부끼는 태극기의 사태!

 기쁨과 만족과 기대와 희망으로 가득 찬 거리를 김 소사는 걸었다. 그녀는 애국반장은 아니었으나 만주서 피란 오는 동포들을 맞으러 여러 사람과 함께 정거장을 향해 걷는 것이었다.

 바로 이날 아침까지 들이밀리는 일본인 피란민 사태는 평양 조선인 시민들의 큰 두통거리요, 염려요, 절망이었었다.

 그러나 이날 오후 동포 피란민을 맞는 시민들은 멀리 떠나 있던 친지들을 맞아들이는 기분으로 돌변했다. 바로 아침까지 누구나가,

 "요놈의 왜종자들이 자꾸자꾸 쫓겨와, 바로 저희 나라로 가지 않구 여기서 주저앉기만 하니 어떡헐 작정이란 말인구."
하고 짜증을 내던 시민들이 오후부터는,

 "아, 동포 여러분! 어서들 오십시오. 얼마나 놀라고 고생하셨수. 아! 우리는 인제 독립국 국민이 됐소. 자기네 피란민을 먼저 실어다 놓고는 저희들끼리 주먹밥이니 빵이니 다 처먹고는, 우리에게는 남은 쌀이 없으니 뒤로 오는 너희네 피란민들은 너희가 먹여야 한다. 죽을 쒀 먹건 미음을 끓여 먹건 맘대로 하라던 그놈들이 인제 자기네가 모두 다 이 땅에서 쫓기어 나갈 신세가 된 것을 알자 얄밉게도 쌀창고에 불을 지르고 식료품을 대동강에 집어넣고 막 개지랄하고 있소. 허나 인제 자유를 찾은 우리에게 무슨 염려가 남아 있겠소. 때마침 삼천리 강산에 풍년이 들었소. 이제부터 우리는 우리가 지은 쌀을 우리가 먹을 수 있게 됐소. 쌀을 깡그리 공

출해 일본으로 실어 가고 우리에게는 만주산 좁쌀만 배급해 주던 일본놈들이 다 쫓기어 가게 된 것이오! 자! 어서들 오시오. 오죽들 놀라고 피곤하겠소. 자, 건넌방이 비어 있고 마루도 비어 있소. 임시로 좁은 대로 지내 봅시다. 얼마 안 가서 신시가 쪽발이들 모두 현해탄 건너로 쫓겨갈 것이니 그놈의 집들, 점포들, 창고들이 다 우리 것이 되지 않겠소. 주먹밥이라니 말이 되오? 우리 한솥에 밥을 지어 정답게 나누어 먹읍시다."

김 소사 역시 전에 없었던 명랑한 기분으로,

"아, 얘들아, 이 안방으로 들어오너라. 에그, 얼마나 피곤하구 배가 고플까! 쯧, 쯧. 염려 마라. 너희들은 참 행복하다. 모두 훌륭한 장래가 기약되어 있으니 응, 착하다."
하고 수다스럽게 피란민 가족을 환영했다.

김 소사의 집으로 들어온 피란민 일행은 삼십 미만으로 보이는 어머니와 연년생으로 보이는 두 사내아이와 돌이 방금 지났으리라고 보이는 처녀애였다.

김 소사가 친히 세숫물을 떠다 놓고 피란민 아이들 세수를 손수 시켜 주었다.

"응! 너희들이 조선말을 할 줄 모르는구나! 그게 너희들 잘못이 아니고 못나디못난 너희 조상들의 죄다. 앞으로는 너희들 다 모국어를 배우게 된다."
하고 그녀는 혼잣말하듯 했다.

이 어린이들의 어머니는 아랫도리는 몸뻬, 위에는 하얀 홑적삼을 입었다. 그 동안 얼마나 놀라고 피곤했는지 말 한 마니 못하고 그냥 빙 인으로 들이기 쓰러지고 말았다.

저녁을 먹자마자 어린이들은 아무렇게나 쓰러져 잠이 들었고 김 소사와 피란민 여인은 각기 부채를 들고 툇마루에 마주 앉았다.

이미 황혼이 내리 덮였건만 날씨는 그대로 푹푹 찌는 것이었다. 울 밖에 서 있는 단 세 그루 껑다리 포플러 나무도 영양 부족인 양 드문드문 돋은 잎사귀 하나 까딱 않고 졸고 서 있었다.

두 여인은 묵묵히 앉아 있었다.

피란민 여인의 가슴속에 어떤 복잡한 생각이 교차되고 있으리라는 것을 너무나 잘 이해할 수 있는 김 소사는 잠잠히 이 여인의 얼굴을 바라보면서 속으로 동정을 아끼지 않았다. 너무나 돌발적이었던 일이라 아직 꿈결같이 얼떨떨하리라고 김 소사는 생각했다. 영문을 잘 모르면서도 떨리는 가슴, 공포, 불안—— 몇 해 내리 개미가 쌀알 모으듯이 모아 놓았던 조그만 소유 물품들에 대한 미련, 내버리고 온 이불장과 이불, 부엌 기명, 서랍 속에 잠겨 있을 어린애 재킷……아! 아!

김 소사는 그 누구보다도 특히 이런 감정을 잘 이해할 수 있었고 동정심이 남보다 강하다. 저 먼 날 자기 자신도 이런 변을 맛본 일이 있었던 것처럼 이런 때에는 침묵만이 가장 큰 위로가 되는 줄을 잘 알고 있었기 때문에 그녀는 침묵을 지켰다. 피란민 여인이 먼저 입을 열기 전에는 언제까지나 그녀는 말을 꺼내지 않고 기다렸다.

그녀의 머릿속에는 안개 속 같은 추억이 배회하고 있었다.

추억!

추억이란 안 하는 것이 상책이다.
그러나!
그때로부터 벌써 이십 년의 세월이 흘렀다. 그 동안에 타고 나서 이미 싸늘해진 재가 되어 버렸으리라고 생각했던 그 추억을 오늘 이 밤에 새삼스레 다시 불꽃같이 일으킬 필요가 어디 있는가? 야속한 건 사람의 기억력! 몇십 년 후에도 재를 헤치면 그 밑에는 아직 불씨가 빨갛게 살아 있고, 환경이 부채질해 주면 그 불은 세차게 다시 피어오르는 것이었다. 더 명료하게, 더 아프게! 그 기막히는 기억. 몸서리쳐지는 기억, 이 기억이 김 소사의 뇌리에 다시 용솟음쳐 끓어오를 때, 이 마주 앉아 있는 피란 온 여자, 풀기 한 점 없이 축 늘어져 앉아서 하염없이 어두운 허공만 쳐다보고 있는 이 젊은 여자의 처지가 남의 일 같지 않게 생각되었다.

"과히 상심 마우."
하고 김 소사는 마침내 입을 열고야 말았다.
젊은 여인으로부터 아무런 대꾸도 없었다. 한참 뒤 좀더 다가앉은 김 소사는 여인의 손을 꼭 잡았다.
"너무 상심 마우. 인제 겨레 모두 다 즐거워할 때가 오지 않았소! 앞을 바라보고 마음을 굳게 먹고."
하고 말하던 김 소사는 흠칫했다. 손을 잡아 보니 이 여자의 앉은 모습이 어쩐지 수상하게 보였다. 아무 대답 안 하는 그 여인은 울기 시작했다. 오랫동안, 발이 저리고 아파 올 만큼 오랫동안, 꼼짝 않고 꿇어앉아 있는 모습과 우는 태도! 비록 조선 저고리를 입기는 했지만 어딘가 좀 어색하게 보이는 셈. 말 한 마디 하지 않고 침묵만 지키고 있는 이유? 김 소사는 손을 슬그머니 놓았다.

혹시나?

"아니, 여보 당신은? 아니……."

김 소사는 말을 맺지 못했다.

"고멩, 고멩(용서하십시오)!"

하고 일본말로 시작하는 젊은 여자는 두 손바닥 다 방바닥에 대고 머리가 방바닥에 닿도록 절을 두세 번도 아니고 칠팔 번 연거푸 절을 하는 것이었다.

일본 여자? 한복으로 변장한 왜년!

김 소사는 저도 모르는 사이에 이 젊은 여인을 왈칵 떼밀었다. 뒤로 밀쳐진 여인은 엎드린 채 흐느끼고 있었다.

"에이, 이 비겁한 종자!"

하고 김 소사는 유창한 일본어로 소리질렀다.

젊은 여자는 일본어로 '용서하세요'를 몇 차례 거듭하면서,

"조선옷을 입는 것이 안전하다고들 그래서요, 하, 하, 하, 하"

하고 변명하는 것이었다.

김 소사는 말없이 벌떡 일어섰다. 조선옷으로 변장한 일본 여인을 발길로 한 번 걸어찬 김 소사는 건넌방으로 들어가 방바닥에 쓰러졌다.

가슴이 두근거렸다.

응, 원수는 외나무다리에 만난다고!

"눈은 눈으로 갚고 이빨은 이빨로 갚으라"고 성경에 뚜렷이 씌어 있다. 그것은 하나님의 지시라고까지 명기되어 있

었다.

아, 이십 년의 세월!

잊어버리자, 잊어버리자 하면서도 잊어버리지 못하는 그녀의 마음속 상처는, 마치 수술받은 자리가 날이 궂을 때마다 근질근질해지는 것처럼 가끔 더치곤 했었다.

그랬었는데 바로 오늘 오후 늦게!

피란민 여인이 어린것 셋을 데리고 지친 모습으로 걸어오는 것을 볼 때 그녀는 이십 년 전 자기 자신의 환영을 역력히 봤던 것이었다.

저녁 식사 뒤 피란민 세 아이가 나란히 누워 세상 모르게 자고 있는 것을 볼 때 이십 년 전 자기 자신의 환영은 아까보다 더 강하게 나타나는 것이었다. 이 이남 일녀 세 어린이들은 김 소사 자신이 이십 년 전에 경험한 참상처럼 악착한 운명을 최후 순간에 겨우 모면하고 나서 나란히 누워 잠들었거니 하는 생각에 눈물이 저절로 핑 돌았다. 이십 년 전 자기 자신의 아이들이 당했던 비극과 비슷한 경우에 빠졌던 이 아이들이 사무치면 사무칠수록 더 사무치는 경우에 빠졌던 아이들이 이렇게도 무사하게 김 소사 자신의 보호의 날개 아래로 기어든 것은 대견하기도 했고 행복하기도 했다. 끝까지 이 세 어린이를, 제 자식 대신 보호해 주고 양육해 주리라고 그녀는 결심했던 것이다.

그랬었거늘! 아, 그년이 왜년이고 고것들이 악독한 왜종의 피를 물려받은 악귀들이라니! 그 원수의 왜새끼들을 애무해 주고 손수 밥까지 지어 먹였다니! 아, 이 무슨 운명의 삭희인고! 그해 그날, 이십 년 전 그날, 왜놈들이 내 남편과

두 아들과 하나의 딸을——진주처럼, 보석처럼 길러 온 세 아이를 한꺼번에 그렇게도 잔인하게 도륙한——.

바로 이십 년 전 구월 일일 정오! 곳은 일본 도쿄. 그날 아침까지도 김 소사는(그때에는 과부가 아니었고 남편과 세 명의 자식을 가진 현모양처였다.) 종달새처럼 노래하고 토끼처럼 뛰노는 세 아이들을 기르고 있었다.

지진!

언제까지나 언제까지나 요지부동일 줄로 믿었었던 땅덩이가 등이 가려웠는지 한 번 흔들렸다. 한 일이 분간 진동이 이십 세기 현대식 대도시를 개미집만도 못하게 파괴시키고 말았다. 그런데 가증한 일본 정부는 이 천벌을 엉뚱하게도 조선인의 작희라고 선전하고 미련한 일본인 대중은 분노를 애매한 조선 사람들에게 향해 폭발시킨 것이었다.

그날 폐허가 된 도쿄 시 이리저리로 도망다니고 숨던 일이 어제런 듯 생생하게 그녀에게 회상되었다. 간이 콩알만해 가지고 아들 둘은 양손에 잡고 어린 딸은 등에 업고——단지 조선 사람이었던 탓으로 이리 쫓기고, 저리 쫓기고, 무섭고 초조하고, 떨리던 생각!

"여보, 큰일났소. 조선 사람은 불문곡직하고 무조건 미친개 때려잡듯 하는구려. 방금 넷이서 함께 걸어오다가 나는 마침 소변이 마려워 잠시 뒤떨어졌기 때문에 그 덕에 혼자 겨우 살아 남았소. 그저 칼, 몽둥이, 대나무, 창, 도끼, 식칼 아무거나 들고 때려죽이는걸."

하고 말하는 남편은 온몸을 와들와들 떨고 있었다. 그 모양이 지금 그녀의 눈앞에 선하게 나타났다. 이십 년이 지나간

이 밤에 조그만 방에 홀로 누워 있는 김 소사는 그날 들은 소름끼치는 목소리를 다시금 듣는 성 싶었다. 바로 어제 생긴 일인 듯이!

"와 와 와, 조선놈을 죽여라, 죽여!"

피와 굶주린 악귀들의 아우성 소리.

그러나 죽음을 눈앞에 두고도 사람은 먹어야만 살 수 있는 동물이다. 먹어야 산다! 미천한 짐승이나 곤충과 꼭 같은 동물, 그것은 만고불변의 진리.

그러나 골목골목에서 조선 사람 죽이기를 기다리고 있는 이 학살터에서 조선 사람이 어떻게 어디서 먹을 것을 구할 수 있다는 말인가! 그러나 어린것들! 이제 기운이 지쳐 버려 배고프단 말조차 할 기운이 없이 느른히 누워 있는 어린것들! 너무나 조용히 누워 있어 혹시 죽었는가 겁이 나서 가서 흔들어 보곤 했다.

남편과의 말다툼도 인젠 더할 기운도 흥미도 없었다.

어른은 차치하고라도 어린것들만은 먹여 살려야 할 텐데.

남편의 용모는 그가 아무리 일본옷을 입고 있다 해도 '나는 조선 사람이오' 하고 얼굴에 써붙인 것이나 다름없었다.

그래서 여자는 일본옷 입고 일본 여자 걸음걸이 흉내를 잘 내면 무사히 통과될 성 싶은 생각이 든 그녀는 나섰던 것이었다. 먹을 것을 구하려고, 먹을 것을!

그녀는 뛴다.

일본 여자가 뛰는 흉내를 내어 뛴다. 먹을 것을 손에 들었으니 마음이 더 조급해진다. 아이들이 그 동안에 혹시나? 아니다, 아니다. 이 빵을 갓다 머이면 모두 기운을 차릴 게다.

숨이 차 현기증이 난다. 금방 길에 쓰러질 것 같다.

그러나 어버이의 본능은 생리生理보다 강했다.

다 왔다.

"아가, 이 빵 받아라. 받아라, 받아라. 먹어라, 먹어라. 살았다, 살았다. 자, 이 빵!"

그런데 웬일일까? 꼭 닫혀 있어야 될 문이 쫙 열려 있는 것을 그녀는 봤다.

그녀는 급히 뛰어들어갔다.

"아가, 아가, 이 빵을! 여보, 여보!"

앗! 피! 피투성이! 홍건히 괸 피! 시뻘건 피!

"애들아, 일어나렴. 엄마가 먹을 거 사왔다. 여보, 빵 사왔어요."

어린이들도 남편도 아무 대꾸 없이 그냥 누워 있었다.

나란히 자는 듯이 누워 있는 아이들과 남편은 빵을 먹을 수도 없고 영원히 다시 일어날 수도 없는 몸들이 되어 있었다. 배고픔도, 고통도, 공포도, 어머니도, 아내도 다 없어진!

아, 하느님! 갑자기 웬 안개가 이처럼 낄까? 내 눈이 왜 이리 까마득해질까?

그것이 이십 년 전 일이었다. 그러나 오늘 밤 그 기억이 새롭게 격동과 피곤을 가져다 주는 것이었다. 노곤해져서 손가락 하나 달싹하기 싫었다. 그러나 잠은 들 수 없었다.

달이 밝기도 했다.

김 소사는 얼마 동안이나 가만히 누워 있었는지 저도 잘 모른다.

"이 원수를!"

그녀는 일어나 앉았다. 피곤이 금시 사라져 버렸다.

뜰에 나서니 달빛에 눈이 부셨다. 그녀는 머리를 들어 달을 쳐다봤다. 구름 한 점 없는 광활한 하늘에 별들이 총총. 저 별들, 반짝거리는 저 별들이 어쩌면 저렇게도 차고 매정하고 무감각할까!

피란민 가족이 잠자고 있는 방. 김 소사의 눈은 자석에 끌리는 쇠붙이인 양 그 방으로 끌려갔다. 방 안에는 옷 입은 채로 쓰러져 자고 있는 어린이들의 상반신 위에 달빛이 비치어 똑똑히 볼 수 있었다. 그 고수머리들! 그 토실토실한 팔들!

내 아이들, 이십 년 전에 한목에 죽은 내 아이들이 이전의 그 모양대로 세상으로 환생하여 저렇게 나란히 누워 자고 있는 걸까? 너무도 흡사하다.

조선 저고리로 변장한 일본 여자는 저쪽 어두운 구석에서 새우잠을 자고 있었다.

김 소사는 오싹 소름이 끼치는 것을 감각했다.

복수!

눈은 눈으로 갚고, 이빨은 이빨로, 도끼는 도끼로 갚고!

이놈들아, 너희들이 내 자식들을 무단히 죽였것다. 오늘밤 나는 너희들을 내 손으로 죽일 권리와 의무를 갖고 있다. 왜놈들아, 너희는 무슨 까닭으로 내 남편과 어린것들을 도끼로 패 죽였니! 도끼는 도끼로, 어린것은 어린것으로 갚는다!

그녀는 장독대께로 갔다. 번들번들 빛나는 물건이 이내 그녀의 눈에 띄었다. 멈칫 선 그녀는 몸을 바르르 떨었다.

그녀는 도끼를 들어 둘러메었다. 묵직하다. 이것으로 한 놈씩 골사박을 패면 픽픽 갈 페일 것이다.

눈은 눈으로 175

달빛 아래 상반신을 드러내 놓은 어린이들은 아무것도 모르고 쌕쌕 자고들 있다. 나란히 누워 자는 어린이들의 모습은 곱기도 했다. 김 소사 자기의 자식들이 자는 모습은 저보다 몇 갑절 더 고왔었다.

남편, 아들, 딸의 피의 호소! 이 호소는 신성한 것, 절대적인 것이었다. 남편과 아들들과 딸의 피의 호소를 거부할 권리가 나에게 있는가? 없다. 피, 피, 피, 피!

김 소사는 도끼를 힘있게 둘러멨다. 입술을 질근 깨물었다. 두 다리에는 쥐가 일었다.

"에익!" 단숨에 꽉, 꽉, 꽉, 꽉 내리칠 수 있는 것이다. 팩, 팩, 팩, 팩 네 번만 패면 연놈들이 다 찍 소리도 못 하고 죽을 것이다.

피의 호소! 남편과 자식들의 피의 호소가 지금 그녀의 두 팔에 밀물 밀듯 올라오는 것이었다. 그 두 팔이 앞으로 홱 넘어오기만 하면 만사는 끝나는 것이다.

피는 피로 갚아야지!

탕, 탕, 탕!

어디 가까운 데서 요란스런 폭파 소리가 들려 왔다.

갑작스런 소리에 놀란 그녀의 팔은 별안간 맥이 탁 풀리고 도끼는 땅에 떨어졌다.

탕, 탕, 탕, 탕 계속하는 탕탕 소리. 이게 무슨 소릴까?

갑자기 하늘과 땅이 낮같이 밝아졌다. 달빛은 언제나 그윽한 빛이요, 달이 이미 서산을 넘고 있었다. 그런데 지금 갑자기 천지를 환하게 빛내는 시뻘건 불기둥들!

"아이고, 아이고, 아이고!"

하고 외치는 사람들의 아우성 소리가 사방에서 들려 왔다.

 탕, 탕, 탕!

 총소릴까? 왜놈 군인들이 최후 발악으로 평양성을 둘러빼는 것일까?

 조선 사람의 환희가 도수를 넘어 일본인 주민들에게 공포감을 주고 있으니 좀 자중해 달라는 담화를 일본군 사령부에서 발표했다는 풍설을 초저녁 때 들었었다.

 그런데——

 "불! 불! 저 불길."

하고 떠드는 아우성 소리에 놀란 김 소사는 고개를 들어 보았다. 가까운 언덕에서 불기둥이 하늘을 향해 기어오르는 것이 그녀의 눈에 띄었다. 삼십 자, 아니 오십 자도 더 되게 높이 보이는 불기둥이었다.

 "어딜까?"

하고 불구경 나온 군중 하나가 물었다.

 "신사지 어디야."

하고 한 사람이 단언했다.

 "아니, 도청 건물이 아닐까?"

 "아니야, 도청 건물은 만수대에 있는데 방향이 다르지 않아. 철성문 근처가 분명하니까 신사가 분명해."

 "그래그래, 분명 신사 주변 솔밭 속에 왜놈들이 가솔린 드럼들을 숨겨 두었는데, 가솔린 드럼이 터지지 않고는 불길이 저렇게 셀 수가 없거든."

 "암 그렇지. 아까 탕탕탕 하던 소리가 가솔린 드럼 터지는 소리였어, 분명."

"어, 시원해. 그놈의 신사가 불에 타다니……."

"참, 유쾌하다. 그런데 누가 감히 그렇게 대담하게 신사에 불을 질렀을까? 일본군은 아직 중무장한 채로 있는데."

"어찌 됐건 시원해…… 이젠 죽어두 한이 없겠어…… 그 지긋지긋하던 신사참배!"

이렇게들 떠들어 대고 있는 사람들은 바로 오늘 아침까지도 이 신사에 끌려가 참배하고 온 사람들이었다.

── 용감한 손. 성냥을 그어 신사 건물에 댄 손은 누구의 손일까? ──하고 김 소사는 생각해 봤다.

그 손! 그 손은 한 젊은 여성의 손일지도 모른다. 신사참배 거절 때문에 경찰서 유치장에 구금되어 있으면서도 끝끝내 거부하다가 결국 유치장에서 죽어 송장이 되어서야 석방이 되어 나온 예수교 목사 한 분이 있었었다. 그 목사의 딸이 이 원수의 신사에 불을 질렀기가 십상팔구다.

그 손은 아무개의 손이라도 좋다! 그 손은 개인의 손이 아니라 전체 민족의 손이다.

타라, 타! 타 없어져라. 일본 민족의 수호신, 일본 족속의 최고의 숭배와 신앙의 대상인 신사가 지금 타서 재로 변하고 있다. 아, 하, 그렇게도 숱한 절을 매일같이 받은 너, 어찌하여 지금 너 자신을 살릴 기적을 행사하지 못하느냐? 너는 그동안 공절을 받고 있었구나. 아, 탄다. 잘도 탄다. 타라, 타 죽어라, 영원히 타 죽어라. 그래서 우리 나라 이 땅에, 아니 세계 어디에 있었건 너는 타서 재가 되고 다시는 이 세상에 지어지지 못하게 되라.

아, 개인 개인간의 복수는 없어도 좋다. 너희들의 국신國神

을 우리 손으로 태워 버림으로써 우리 민족 전체의 복수가 실현되었다.

아, 불아. 통쾌한 불아.

불의 새빨간 광휘를 온몸에 받고 서 있는 김 소사의 눈에서는 눈물이 줄줄 내리 흘렀다. 억제할 수 없는 만족과 행복의 눈물!

(1947년)

잡 초

잡초는 아무리 뽑아 버려도 억하심정인지 그냥 번성해 가기만 했다. 봄내 여름내 잡초 제거에 쓰이는 막대한 비용은 납세자들에게는 보람 없는 부담이요 손실이었으나, 세금을 바쳐 본 일이 없는 현보 개인에게는 쉽고도 좋은 밥벌이가 되었다.

현보가 살고 있는 집에서 공원까지 가는 지름길은 낙타산 위를 굽이굽이 도는 고성古城을 넘어가는 길이었다.

오늘도 새벽 조반을 비지에 말아서 먹고 난 그는 때가 새까맣게 낀 조각 보로 싼 도시락을 들고 문 밖으로 나섰다. 여느 날과는 달리 별난 광경 때문에 약간 지체한 그는 가파른 언덕길을 올라갔다.

아직 해뜨기 전이었다.

'입산 금지'라고 크게 써서 박아 놓은 말뚝은 시골 밭에 세워지는 허수아비만한 임무도 수행하지 못하는지, 언덕 전체를 삥 둘러 가시 돋은 쇠줄 울타리를 쳤다. 그러나 지름길 중에서도 또 지름길로 가야만 직성이 풀리는 현보는 철사를 기어코 끊고라도 그 언덕을 넘어가야만 했다. 현보가 그 철사를 끊지 않더라도 끊긴 철사가 보수된 지 한 시간 뒤에는 반드시 다시 끊기곤 했다.

매일 아침 저녁 현보는 길 뚫리지 않은 언덕을 오르내리며 풀을 밟고 다니었다. 새벽 산보 다니는 늙은이들도 매일 풀을 밟으며 오락가락했다. 책 끼고 바위 위에 올라가 서서 읽어야만 공부가 제대로 된다는 중·고등 학생들도 꼭대기 바위까지 기어올라 가기 위하여서 무성한 풀포기를 발 받침으로 하였다. 언덕 밑 골짜기에 얕게 파놓은 우물에까지 새벽에 내려가서 물을 길어 올려야 조반을 지을 수 있는 코흘리개 어린이들도 풀을 밟고 다니었다. 제 키 반도 더 되는 한 쌍 양철통에 물이 반밖에 더 안 찬 물지게를 지고도 힘에 겨워 두 다리를 바들바들 떨면서 50도度 가까운 경사지를 오르자니, 한 발짝 올려 딛고 쉬고 한 걸음 내딛고 쉬어야 되는데, 발이 미끄러지지 않게 하기 위하여서는 한 군데 모둥켜 있는 억센 풀더미 위를 골라 딛지 않을 수 없는 것이었다. 가파른 경사지에 제멋대로 자라난 풀이언만 뿌리를 어떻게 단단히 박았는지 그 무게에 끄떡도 하지 않고 받들어 주는 것이었다.

매일 이 풀밭 언덕을 오르내리는 현보는 사방 아무 데나 뿌리를 박고 핀 아름다운 꽃을 언제나 볼 수 있었다. 초봄부터 피는 할미꽃, 오랑캐꽃, 그리고 이름 모르는 황금색 꽃송이들. 이 꽃들은 공원 안 화단에서 정성들여 가꾸는 꽃보다 훨씬 먼저 봄을 맞이하였고, 또 화단에 피는 꽃보다 더 아름답게 현보의 눈에는 띄있다. 지름길도 지름길이려니외 그가 매일 이 언덕을 택해 오르내리는 이유는 무의식중에나마 이들 숨어 피는 자그마한 꽃들을 찾아내서 감상하는 재미에도 있었을 것이었다.

언덕을 다 올라가서 큰길로 나서는 목에 끊어져 있는 철사 울타리 사이로 비집고 나온 그는 숨가쁨을 멈추게 하느라고 잠시 서서 쉬었다.

큰길에서는 혹은 개를 끌고, 혹은 개를 놔주고, 삼삼 오오 우스운 이야기에 잠겨 걷는 장정들과, 운동복을 입고 마라톤 연습을 하는 청년들과, 허공에 대고 주먹을 내둘러 권투 연습을 하는 사람들을 으레 만난다. 거의 매일 보는 그들이라 얼굴은 익히 알면서도 누구 하나 통성명하자는 일이 없고, 더러는 면구스럽도록 뻔히 마주 보면서 어기고, 더러는 슬쩍 곁눈질을 바꾸고, 더러는 의식적으로 외면하고 지나가는 것이었다.

거인E人의 앞니 두 개가 빠진 것같이 보이는 터진 성터 위에는 언제나와 같이 사람들이 여기저기 드문드문 동쪽을 향해 서서 더러는 심호흡을 하고, 더러는 반주 없는 라디오 체조도 하면서 해가 떠오르기를 기다리는 것이었다.

터진 성터 바로 아래 광장에는 겨우내 싸리 장작더미가 한 구석을 차지하고 있었는데, 그 싸리단은 몇 단 남지 않고 그 앞에 어디서 실어 온 것인지 나무 널빤지·문짝·기둥·상자·판대기 등이 무질서하게 널려 쌓여 있었다.

동저고리 바람인 사람 서넛이 벌써 몇 가지씩 골라 따로 무더기를 해놓고, 통 좁은 바지를 입은 주인인 듯한 한 사람과 흥정을 하고 있었다. 자세히 들여다보니 나왕 판대기도 꽤 많았다.

　두툼하고 자그마한 나왕 판대기를 본 현보의 머리에는 집 생각이 났다.

　겨우내 봄내, 아니 몇 해를 두고 내 집 방에 깐 자리 때문에 아내와 노상 옥신각신해 온 생각이 새삼스레 났다.

　단칸집인 그의 집에는 그의 문패가 달려 있지 않았다. 그 대신에 지금 그가 들여다보고 있는 나왕 판자만큼 큰 송판이 문밖 오른쪽에 외다리로 꽂혀 있었다.

　'방공호 제5호

　수용 인원 18명

　책임자 신암 파출소 김종우.'

라고 먹으로 쓴 간판이었다.

　꽤 큰 길가에 꽤 높이 솟은 돌벼랑 맨 밑에 벽을 뚫고 낸 방공호인데, 일제 시대 말경에 판 것임에 틀림없었다. 일제 시대에 현보는 이 방공호에 대피해 보기는커녕 이런 데 방공호가 패어 있는 줄 알지도 못했다. 해방되던 날까지 그는 압록강 북쪽에서도 3백 리나 더 가는 만주 한 구석에 살고 있었다.

　해방이 되자 환고향만 하면 큰 수가 터질 것만 같아서 임신중인 아내와 네 살 난 맏아들을 데리고, 천여 리 길을 거의 두 달이나 걸어서 서울까지 온 것이었다. 떠날 때에는 현보네 식구로는 평생 살아도 쓰고도 남을 만큼한 거금, 1원짜리 지폐 3백 장이나 품에 품고 떠났건만 오는 도중에 노자 쓰기보다는 중국 군경·소련군·조선인 자위대 등등, 도둑은 아니면서도 총칼을 가진 자들한테 빼앗기는 금액이 더 컸다.

잡초　183

서울에 다다르니 세 식구 명실공히 알거지가 되었다.
 그해 겨울에 접어들자 그는 만삭된 아내를 데리고 방풍이나 하려고 찾아든 곳이 바로 이 임자 없는 방공호이었다. 그것도 꽤 일찍 서둘렀기 다행이었지 하루만 늦었더라도 제 차례까지 돌아갈 방공호가 남아 있지 못할 뻔했다.
 밤낮 컴컴하고 음산하기만 한 굴바닥에 가마니 두 개를 깔고, 가마니 한 개로 입구를 가리니 제법 집꼴이 되었다. 이 굴 속에서 차고 눅눅한 가마때기 위에 아내는 둘째아들을 낳아 놓았다. 삼동에도 방한 장치라고는 네 식구 체온밖에 없었다. 그럼에도 불구하고 춘풍추우 십 개 성상을 한 번 이사도 가지 않고 이 호 속에서 살아온 그의 가족이었다.
 그 동안 현보 자신이나 아내나 정력이 별로 감퇴되었다고 느끼지 않았는데, 웬일인지 10년 내리 아내에게는 태기가 통보이지 않았었다. 한편 서운하기는 했으나 또 한편으로는 입이 하나 더 늘 것이라고 생각되어 단산된 것이 다행하다고 느끼기도 했었다. 그랬었는데 이건 또 무슨 망발인지 10년 만에 아내는 다시 임신을 했다.
 만삭이 된 아내는 10년 전에 둘째놈 낳던 생각은 다 잊어 버렸는지,
 "이 냉하고 축축하고 냄새나는 썩은 거적 위에 갓난애기를 받아 누이면 그애가 살 것 같수?"
하고 바로 오늘 아침에도 푸념을 되풀이했다.
 나왕 판자가 눈에 띄자 그의 머릿속에는 이런 두꺼운 판대기 위에 애기를 받아 뉘면, 하는 생각이 퍼뜩 난 것이었다. 그리고 오늘 품삯 받으면 이런 나무 판대기 하나쯤은, 하는

생각도 났다. 그는 판자 한 장을 집어 들고,

"이거 얼마요?"

하고 물어 보았다.

"골라 싸놓구서 말합시다."

하고 주인이 대답했다.

"아니, 이거 한 개만 소용되는데요."

"그래요, 그거 한 장쯤 뭐 적당히 주시지요."

'적당'이란 말은 현보에게는 언제나 불리한 말이었다. 날품 팔러 갈 때 고용주가 날삯이 얼마라고 밝히지 않고 그냥, '적당히 드리지' 하고 말할 때엔 저녁때 계산에 골탕먹는 것은 언제나 현보였다. 자기가 돈을 받는 것이 아니라 내게 되는 경우에 '적당히'란 말을 듣는 것은 그에게는 이것이 처음인데, 그 쓰는 '적당'의 요령을 잡을 수가 없었다. 지금 당장 살 것도 아닌 만큼 그는,

"이따 또 들르지요."

하고는 걸음을 옮기었다.

되는 대로 이리저리 굴러 내린 성 돌을 피하기도 하고 올라 밟기도 하면서 그는 성 위까지 올라가서 숨을 돌리기 위하여 멈춰 섰다. 저쪽 아랫도리 성 위에 서 있는 떠꺼머리 총각 하나가 저 혼자서. "어, 아, 어——" 하고 소리를 질렀다.

돌아보니 아침 해 한 귀퉁이가 동산 한 모퉁이 위로 방싯 나왔다. 자줏빛 강한 광채가 현보의 눈을 부시게 하였다. 해 떠올라 오는 것을 보면서, "우, 아, 어——" 하고 소리를 지르던 자기 소년 시대가 회상되었다.

── 좋은 시설이야. 그러고 보니 나도 벌써 늙었구나

하는 서글픈 생각과 함께 오늘 아침 새로운 인식을 준 아들의 모습이 떠올랐다.

양치질은커녕 겨울에는 물 한 방울 얼굴에 묻히기를 싫어하던 그 아들이 봄바람이 불기 시작하면서부터 무슨 귀신이 씌었는지, 숱한 돈을 낭비하여 칫솔이니 치약이니 심지어는 고약한 냄새를 피우는 비누까지 사들였다.

그러고 나서는 매일 아침 칫솔을 입에 물고 장한 듯이 길거리로 왔다갔다하는 꼴이 밉살스럽기만 했었다.

현보 자신은 사십 평생 소금 양치질 한 번 안 했는데도 치통 한 번 앓은 일이 없었을 뿐 아니라 잣이 없어서 걱정이지 있기만 하면 입에 넣고 짝짝 깔 수 있는 튼튼한 이의 소유자였다. 그런데 철부지 아들놈은 양치질을 해야 위생에 좋다느니, 이가 튼튼해진다느니, 묻지도 않는 변명을 하고 돌아가는 것이 얄밉기도 하고 우습기도 했다.

더구나 오늘 아침 본 그 해괴 망측한 꼴이라니. 치약을 칫솔에 담뿍 묻혀 가지고 아들이 거적문을 들치고 나간 때는 현보가 조반을 먹기 시작할 때였는데, 밥을 다 먹고 났을 때까지도 아들은 들어오질 않았다. 하기야 밥덩이를 별로 씹지도 않고 꿀떡꿀떡 넘겨 버리는 재주는 남에게 지지 않는 그였기는 하지만. 하여튼 밥 다 먹고 문 밖으로 나설 때까지 아들은 밖에서 서성거리다가, 아버지가 나서는 기색이 보이자 웬일인지 당황하게 획 돌아서는데 보니 칫솔을 아직 입에 물고 있는 것이었다.

머리를 돌려 보니 저 아래 제2호 방공호 거적문 밖에는 그 속에 사는 젊은 여자가 웅크리고 앉아서 세수를 하고 있는 꼴이 그의 눈에 띄었다.

　——과년한 계집이 행길에 나 앉아서 세수를 하다니. 세상은 다 된 세상이야—— 하고 그는 탄식하였다. 그녀는 웃통을 홀랑 벗었다. 날이 꽤 더워진 것은 사실이지만 해도 뜨기 전 서늘한 새벽에 한길에서 웃통까지 벗다니. 하도 해괴 망측하기 때문에 현보는 고개를 돌렸다. 보니 아직까지도 칫솔을 물고 있는 아들이 그녀 쪽을 멍하니 바라다보고 있는 것이 아닌가. 현보가 부지중 다시 돌아보니 그녀는 고개를 푹 숙이고 목덜미 앞뒤에 비누 거품을 열심히 문지르고 있었다. 목덜미 위로 오르고 내리는 그녀의 미끈한 팔, 오동통한 가슴, 현보는 눈을 가늘게 뜨고 침을 소리가 나도록 꿀꺽 삼키었다.

　20년도 더 되는 세월을 함께 살면서도 현보는 제 마누라의 벗은 가슴을 똑똑히 본 일은 한 번도 없었는데, 고개를 돌려 보니 아들은 칫솔을 문 채 정신 잃은 듯이 그녀를 뚫어지도록 바라다보고 있는 것이었다.

　'에끼놈' 소리가 목구멍으로 넘어오는 것을 가까스로 참고 일부러 가래를 내서 침을 소리 내어 탁 뱉었다.

　그는 언덕길을 올라가면서,

　"놈두 인제는……."

하고 한숨을 쉬었다.

　잡초를 후벼 내는 일이 이미 기계적으로 되어 버린 그는 칼을 든 손은 손대로 놀고, 생각은 생각대로 따로 놀고 있었다. 아침에 본 아들 꼴과 웃통 빗고 세수하던 옆집 처녀 모습

잡초　187

이 다시 그의 머리를 차지했다. 그 옆집 그 여자의 정체를 그는 여태 모르고 있었다. 새벽에 나왔다가 이슥해서야 집으로 돌아가는 그인지라, 옆 방공호에 사는 사람들과 만나게 되는 일이 드물었다.

퍽 여러 날 전 일이었다. 그날 일자리가 없어서 오래간만에 늘어지게 늦잠을 자고 난 현보는 그 다음날 일거리를 구해 보려고 종일 싸다니다가 다 저녁때가 되어서야 집으로 돌아왔다. 거적문 밖에 웅크리고 앉아서 '진달래' 꽁초를 신문지 조각에 말아 피우고 있노라니, 아래 방공호가 열리면서 여자 칠피 구두가 먼저 나왔다. 멋진 양장에 뒷굽 높고 앞이 뾰족한 구두를 신은 젊은 여자가 대똥대똥 하면서 걸어가는 뒷모습을 보면서 그는,

"저런 하이칼라 여자가 방공호에 살다니 알 수 없는 일이로군."

하고 생각했던 일이 있었다. 더구나 다 저녁때 그렇게 차리고 나가는 그녀의 직장이 의심스럽기도 했었다. 그때 본 기억과 오늘 새벽에 본 광경을 뒤섞어 음미하면서 그는,

"혹시나 그 녀석이 그런 계집에게 홀렸다가는 집안 망신인데."

하는 근심을 억제할 수 없었다.

기분 잡치는 생각이었다. 그래서 그랬는지 그가 후벼 내서 손에 든 새파란 풀은 잡초가 아니고 잔디 한 움큼인 것을 그는 발견했다. 그는 잔디를 한동안 물끄러미 들여다보았다.

—— 이 잔디나 잡초나 푸르기는 마찬가진데, 꽃보다도 푸르게 만드는 것이 위주인 이 잔디밭에서까지 잡초를 제거해

야 할 필요가 어디 있을까? 누가 만든 법일까!

그는 싫증이 났다. 지금 손에 들고 있는 잔디는 고이 가꾸어야 되는 풀이라는 것을 알면서도 그는 그 잔디를 제 자리에 도로 심어 줄 생각이 없어져서 휙 멀리 내던졌다.

하도 오래 구부리고 앉아 일을 했기 때문에 허리가 아팠다. 그는 허리를 툭툭 치면서 일어섰다. 길게 기지개를 켜고 난 그는 담배 한 대를 피워 물고 시선을 아무 데나 보냈다.

저쪽 길가에 풀 두서너 포기가 싱싱하게 자라나 있는 것이 그의 눈에 띄었다.

──아니 어느새, 저것이! 참 지독두 하군, 잡초라는 것은 ── 하고 생각하면서 그는 풀 포기께로 어정어정 걸어갔다. 자세히 들여다보니 풀대가 굵고 잎이 무성한 것으로 보아, 이 봄에 새로 돋은 풀이 아니었다. 며칠 전 저쪽 잔디밭에서 잡초를 뽑아 길게 던져 모아 두었다가 삼태기에 긁어 담아 갈 때, 모르는 사이에 아마 두세 포기 흘렸던 모양인데, 그동안 비 한 방울도 안 내렸건만 그것들이 도로 뿌리를 꽂고 살아난 것임에 틀림없다고 그에게는 보였다.

허리를 굽히고 그 풀을 뽑으면서 그는 부지중,

"네나 그년이나 둘이가 다 잡초 한 가지야."

하고 중얼거리는 자신을 발견했다. 그렇다. 길에 나서서 양치질 오래 하는 그의 아들이나, 현보 자신이나, 마누라, 둘째 놈이나 모두가 다 잡초 같은 신세라고 그는 새삼스럽게 느끼었다. 현보 자신을 두고 말할지라도 사십 평생에 그 누구한테나 물 한 모금 밥 한 술 동정받아 본 일이 없었다. 부모가 누구인 줄도 모르고 살아온 그였다. 부모두 모두 돌봐 주는 이 없을 뿐 아니라 기를 쓰고 뽑아 버림을 당하는 잡초였길래 아들도 아껴 기르지 못하고 아무 데나 내던졌을 것이 아닌가. 평생 그를 아끼고 가꾸어 주는 이가 한 사람도 없었으나 현보는 어떠한 박토에도 제 스스로 제 뿌리를 박고 악착같이 살아 온 것이었다. 자기 뿌리가 송두리째 뽑혀 버렸던 일도 한두 번이 아니라 수십 번이었다. 자기 잘못은 아니면서도 실직을 하게 될 때마다 그는 이번에는 별수없이 굶어 죽었구나 하고 생각되어 그의 사기가 여지없이 떨어질 뿐 아니라 육체까지도 꼬챙이처럼 말라 가기만 했으나, 그러다가도 어찌어찌하여 그는 다시 뿌리박고 살 수 있는 일이 생기곤 했었다.

현보 자기뿐 아니라 20년 간이나 계속 동거 동락한 그의 아내도 역시 마찬가지였다. 그녀가 맏아들은 영하 30도나 되는 북쪽 나라에서 낳았고, 둘째아들은 뱃속에 밴 채 수천 리 길을 걷는 고생 끝에 차디찬 방공호 속에서 낳았기 때문에 그녀의 애기집은 말라 버린 것이라고 생각해 왔었다. 다시는 수태할 기능을 잃어버린 것이라고 단념까지 했던 그녀가 10년 동안이나 생활은 조금도 나아지지 못했는데도 불구하고, 기적처럼 다시 애를 배었다는 사실은, 그녀의 생활력도 잡초 못지않게 강했다는 사실을 증명하는 것이었다.

또 두 아들의 경우로 보아도, 둘이가 다 탯줄을 잘라 준 그 날부터 구실이라는 구실은 하나도 빼놓지 않고 다 앓으면서도, 의사 진단은커녕 그 흔한 매약 한 알도 먹여 본 일이 없었으면서도 감기만 들리어도 의사 왕진을 청하는 고이 기른 아이들보다 더 건강하게 자라난 것이었다. 그러니 이것 역시 귀한 화초 대 잡초와의 생명력 대결이 아니었던가!

현보는 그야말로 일생 '낫 놓고 기억자도 모르는 인간'이 었기 때문에 일제 말기 학병으로 끌리어 가서 총을 메는 고역은 면했었다. 그러나 그는 만주서 일본 관동군에게 징용되어 가서 '빠가야로'라는 욕을 밥 먹듯 들으며, 총대로 두들겨 맞아 가면서 참호를 팠다. 참호를 판 인과로 그가 서울 와서는 방공호 생활을 하게 된 것인지도 모를 일이었다.

보다 더 귀하신 몸이 되지 못했던 그는 6·25동란 때 한강을 건너지 못했었다. 공산 도배 치하에 있으면서도 숨어 배길 능력이 없어 입에 풀칠하려고 매일 거리를 쏘다닐 수밖에 없었다. 기어코 공산군에게 붙들리었다. 납치된 것이 아니라 징발되어 나가서 '개새끼'라는 욕 속에서 총대로 두들겨 맞아 가면서 참호를 또 팠다.

서울이 탈환되자 그는 서울에 있지 못하게 되었다. 산악지대 일선으로 끌리어 가서 '까땜'이라는 욕 속에 파묻혀서 중노동을 강요당했다. 유엔군 노무 부대 동원에 이끌리어 간 것이었다.

자기 자신은 물론 그의 가족 전체, 그리고 그가 사는 방공호 아래위에 즐비해 있는 방공호 속에 살고 있는 이웃까지가 전부 잡초와 같은 신세라는 생각이 그의 전 정신을 차지하게 되자 현보는 자기네와 같은 처지에서 살고 있는 잡초를 제거하고 있는 자기 자신이 미워졌다.

혹시 언제고 사람들이 꽃을 감상하는 취미나 기준이 변하게 되어서 특별난 꽃만을 특별하게 가꿀 필요를 느끼지 않게 되어 모든 종류의 화초가 공평히게 그 어떤 혜택이나 편까지

인 대우를 받음 없이 공평한 환경 아래서 생존 경쟁을 하는 날이 이르게 된다면 그때 그 승리는 그 어느 쪽에 있으리라는 것은 묻지 않아도 자명하다고 그는 느꼈다.

생각이 이렇게 돌자 그는 당장 잡초 제거 일에서 손을 떼어야만 되겠다고 결심했다. 이 잡초 제거 일은 그가 과거에 겪어 본 수십 가지 노동 중 제일 쉬운 일임에는 틀림없었다. 그러나 이 일을 계속하는 것은 현보 자신의 동료를 말살시키려는 몹쓸 일이라고 믿어졌다.

당장 그만두리라고 결심을 하고 나니 이때까지 자기가 고용주에게로 가서 자기 쪽에서,

"나 이 일을 그만두겠소."

하고 자진해서 통고할 수 있는 일은 난생 처음이라 통쾌감을 억제할 수 없었다. 그에게는 일생 처음으로 자기 주장을 세우고 뻐기어 보는 기회였다.

잡초 제거 노동 두 시간을 앞두고 자진 포기해 버린 현보는 반나절 품삯만 주는 것도 불평 않고 그냥 받아 들고 나왔다.

그의 생활의 뿌리는 한 번 더 이번에는 그가 자진해서 뽑히었으나 그러나 그의 마음에는 아무런 동요도 느끼지 않았다. 도리어 자기의 용단을 자축하고 싶어졌다. 시간은 좀 이르지만 혼자서라도 막걸리 한 사발을 단숨에 들이켜 보고 싶었다.

얼근해진 현보는 집으로 돌아가는 길에 지름길을 피했다. 잡초를 수없이 밟고 가야만 하는 지름길을 내버려 두고 돌기는 무척 돌아야 하는 길이었으나 언덕 등성이에 뚫린 소로

를 타고 걸었다. 이 소로 위 가장자리에도 여기저기 몇 포기씩 풀이 돋아난 것이 보였다. 그는 그 풀들이 현보 자신의 신세처럼 느끼어져서 의식적으로 밟지 않고 지나갔다.

 아름드리도 더 되어 보이는 큰 바위 하나와 그보다 좀 작은 바위가 꼭 붙은 채 나란히 누워 있는 것이 그의 눈에 띄었다. 그런데 그 보이지도 않는 틈새에 풀 서너 포기가 싱싱하게 자라나 있는 것이 그의 주의를 끌었다. 그는 발을 멈추었다.

 "야, 네 신세는 어쩌면 그리도 내 팔자와 신통히도 같으냐!"
하고 중얼거리는 그의 가슴은 뭉클했다. 그는 허리를 굽히었다. 그의 손은 바위틈을 뚫고 나와 자라난 잡초께로 갔다. 바로 두 시간 전까지 잡초뽑기에 분주했었던 그 손이었다. 그러나 지금 그의 손가락은 이 잡초 잎을 살살 쓸어 주고 있었다.

 "응, 악착스럽게 씩씩하게 살아라!"
하고 그는 그 잡초를 축복해 주었다.

 성터 꼭대기에 다다른 현보는 바로 어제 저녁때까지도 깔고 앉아 쉬었던 풀밭을 피하고 널찍한 바윗등에 올라앉아 담배를 한 대 피워 물었다.

 아침에 그가 이 근처에서 서성거릴 때 그의 눈앞에서 아물거리면서 좀체로 스러지지 않았던 광경이 지금 또다시 그의 머리에 떠올랐다. 양칫솔을 물고 섰는 그의 아들과 웃통 벗고 목에 비누칠하던 여자의 모습이었다.

 ——흥, 네놈이나 그년이나 모두가 잡초야. 허나 그 계집년은 경우기 달리졌다. 방공호에 살기는 살면서두 얼굴에 뷰

바르고 입술에 연지 칠하고, 양장하고 뒤축 높은 구두를 신고 띠뚝거리면서 다 저녁때에야 어딘지로 나가는 그녀의 뿌리는 잡초밭에서는 벌써 뽑힌 뿌리이다. 남이 뽑아 준 것이 아니라 제가 일부러 뽑은 것이다. 그녀는 누구 하나 돌보아 주는 이 없고 밟히기만 하고 천대받는 신세를 면하고 귀하게 자라난 화초 틈에 비집고 들어가 보려고 애쓰는 모양이지만. 흥, 그건 안 될 일이야. 혹시 요행수로 귀하신 화초틈에 잠시 뿌리를 박을 수 있을지는 모르나, 나 같은 따위 노동자가 얼마든지 있으니까 며칠 못 가서 그녀의 뿌리는 뽑히고야 만단 말야, 두고 봐. 잡초가 살아가려면 잡초끼리 함께 모여서 서로서로 의지하고 돕고 해야 되거든. 잘 가꾸어진 화단에 뿌리를 박아 보려고 하는 어리석은 그녀의 뒤를 네가 따라가두 안 될 것이요, 흉내를 내보려구 해두 안 된다. 이놈아, 가꾸어 주는 화초는 잠시간은 편안하구 호사스런 생활을 즐길 수가 있지마는 그 가꾸어 주는 손이 없어지는 날, 그들은 멸종되구 만다. 허나 우리 막 자란 잡초는 우리 멋대로, 우리 힘으로 영세토록 번창할 것이니라 —— 하고 그는 마치 아들이 옆에서 듣고나 있는 것처럼 타이르고 있었다.

아래를 내려다보니 아침에 광장에 쌓여 있었던 잡동사니 나뭇더미는 반이나 줄어들어 있었다.

—— 아, 내 참! 산기두 임박했구. 나왕 판대기 하나라두 사다가 펴주면—— 하고 생각하는 그는 그 광장으로 내려갔다.

얌전하게 생긴 나왕 판자 한 개를 그는 골라잡았다. 그러나 그것을 든 채 서서 그는 망설였다.

—아니, 잡초 틈에 잡초가 한 포기 더 돋아나는데, 이런 걸 사다 깔아 주어서 호사를 시키면 애기는 되레—하는 생각이 언뜻 들어서 그는 판대기를 던져 버렸다.

내리받이 길에서 현보는 쇠줄을 빼기고 들어서지 않았다. 그는 그냥 큰길을 따라 내려갔다. 큰길만 내려가니 길이 이리 굽고 저리 돌고 하여 굉장히 멀었다. 그러나 그는 그것을 탓하지 않았다.

방공호 제5호 앞에 다다른 그는 거적문을 붙잡았다.

"응아, 응아, 응아!"

하는 세찬 울음소리가 그의 고막을 때렸다. 그는 거적문을 벌컥 들치고 들여다보았다.

거적문을 들쳐야만 밝음이 약간 비쳐 드는 어둑어둑한 방공호 속이었지마는, 아내가 누워 있는 바로 옆에 불룩하게 솟아오른 자그마한 누더기 뭉치가 발룩발룩하는 것을 볼 수가 있었다.

애기가 아들이냐 딸이냐를 물어 볼 경황도 없이 그는,

"그럼 그렇지! 잡초 한 포기가 또 돋아났구나. 잡초 틈에서 활개 펴고 자라나야 하느니라. 악착스럽게, 극성스럽게!"

하고 그는 외쳤다 —— 방금 난 갓난아이가 말귀를 알아듣는다고 생각이나 하는 듯이.

할머니

　오늘은 늙은 할머님 생신입니다. 기미년 사월 열하룻날 그는 이 눈물 많은 세상으로 나오셨으니 금년 꼭 일흔 살 나십니다.
　'인생 칠십 고래희'라는 말이 있거니와 이 지나간 대代의 전형적인 한 여성인 우리 할머님의 한 많고 괴로운 일생이야말로 현대에 태어난 젊은 여성으로는 이해할 수 없는, 아니 상상도 할 수 없는 실재와, 문제와, 운명과, 사상들의 조그마한 장난들로 가득 차 있습니다. 짧은 치마 입은 여성들은 그를 구습에 젖은 노인이라고 흉을 봅니다. 트레머리하고 구두 신은 여성들은 그를 무식한 늙은이라고 멸시합니다. 그가 설혹 구습에 젖었거나, 그가 설혹 무식했거나, 또는 그가 설혹 무능력했거나 모두 불구하고 그는 위인이었습니다. 그는 말없이 그러나 꾸준히 또는 힘있게 자아를 희생했습니다. 지금 그를 놀림감으로 삼는 현대 청춘들을 길러 내고 돌보기에 그의 손은 헐고 그의 허리는 굽었습니다. 거미 새끼들이 자기 어미 등을 뜯어먹고 자라나는 모양으로 그의 손자인 나는 그의 등에 업히어서 자라났고 그의 생명 그것을 호흡하여 살아 왔습니다. 그는 우리를 위하여 그 몸 전체를 제물로 살아왔 습니다. 오늘 그의 일흔 번째 생신을 당하여 만 리 밖에 있어 서 찾아뵙지도 못하는 나는 자못 감사와 동경과 사랑의 눈물 로써 이날을 혼자 기억합니다.

한 많은 그의 일생 역사를 어떻게 표시할 수 있을까? 피란, 패가, 열한 살 난 어린 남편, 기생 첩, 보행 객주, 오빠 집에 기생寄生, 자라나는 두 딸, 바느질 품팔이, 삯 빨래, 청춘 과수, 한숨 눈물, 예수교, 기도, 손자 아이들의 오줌, 똥, 고독, 원한, 절망, 미신, 아! 그의 한 세기 생을 어찌 이 두어 형용사로써 다 끝낼 수 있으리까?

잠을 어찌도 몹시 갈겨 자던지 창문을 머리맡에 두고 잤건만 새벽에 눈을 떠보면 으레 이 발 밑으로 옮겨 놓인 창문이 훤하게 밝아 들어올 때 나는 늘 할머님의 기침 소리를 들었습니다. 내 머리에 박힌 할머니의 인상은 언제나 늙은 할머니, 이마에 주름이 몹시도 잡힌 노친네입니다. 내가 세상에 나올 때, 벌써 그는 노인이었고, 오늘에 역시 그는 더 늙은 노인입니다. 윗니가 다 빠져서 윗입술은 착 달라붙어서 음식을 자시려면 아랫니와 윗입술로 씹어서 삼키는 할머니, 주름살 잡힌 손등에는 무엇인지 거뭇거뭇한 점들이 드문드문 섞인 할머니, 짧은 머리털에는 검은 오라기보다 흰 오라기가 더 많은 할머니, 주무실 때에는 입으로 '푸푸' 하면서야 주무시는 할머니, 그 늙은이는 내가 어머니 몸에서 이 세상으로 떨어지는 날, 맨 처음 내 몸을 안았고, 씻었고, 어루만져 준 이입니다.

생각이 하도 뭉키어 왔다갔다하니, 두서를 차릴 수 없고 그저 단편적으로 이것저것을 회상하여, 그의 희생적 일생을 기념할 수밖에 없습니다.

'할만'을 생각할 때 첫째로 연상되는 것은, 겨울 밤에 눈이 내리고 바람 찬 때 넓은 마당 저어편 끝에 있는 변소까지 따라나와서 내가 대변을 다 볼 때까지 밖에서 떨고 섰다가 뱅대 쪼갠 것으로 내 밑을 씻어 주시고, 다시 나와 함께 방으로 들어가곤 하던 일입니다. 어렸을 제는 왜 그리 무서움이 많았던지 변소에도 밤에는 혼자 못 가고, 꼭 할머님을 끌고야 갔던 것입니다. 그런데도 웬 의심은 많아서 이따금,

"할만, 너 거게 있니?"

하고 물어 보면 찬 바람이 윙윙 하고 소리 지르는 수숫대 바주(울타리) 밖에서,

"응, 어서 누어라, 추워 죽겠다."

하고 자애 가득한 목소리로 대답하시곤 하던 것이 아직도 내 귀에 쟁쟁합니다.

소학교에서 봄이나 가을에 수학 여행을 가는 날마다 전날 밤에 아침 일찍 깨워 달라고 부탁을 하기도 할머님에게 했고, 또 일어나기 싫다고 이불을 더 뒤집어쓰는 것을 와서 이불을 벗기고 벗은 궁둥이를 철썩 때려 잡아 일으키고 바지 입히고 허리띠 띠어 주시던 이도 곧 이 할머님이십니다. 더욱이 수학 여행을 갈 때는 모두들 점심을 싸가지고 가는데 다른 애들은 모두 니팝(쌀밥)을 가지고 가는데 나는 조팝을 가지고 가면 부끄럽다고 어떻게 해서든지 흰 쌀을 한줌 마련했다가 조반 지을 때 솥 한 구석에 앉히어서 따로 내 점심 밥

통에 담아 주시던 이도 이 할머님이었습니다.

 지금 생각하면 모두 우스운 일이지만, 어렸을 때에는 음식 타박도 무던히 했고 그것 때문에 혼자 애를 썩인 이 역시 불쌍한 할머님이었습니다. 애들은 많고 예수교에서 목사 일을 보시는 아버님의 월급은 형지없으니, 그저 늘 먹는 밥이 피압(피쌀밥)에 된장이었습니다. 그런데 우리 집은 상수구 밖에 있었고 학교는 널다릿골에 있었는데, 학교에 한 번 내왕이 아마 시오 리는 착실히 되었습니다. 그러므로 겨울에는 다니기 괴롭다고 점심을 싸가지고 학교에 보냅니다. 그런데 다른 애들은 보면, 대개가 니팝과 고기 장조림을 가져오는데 나는 언제나 니팝은커녕 조팝도 못 가지고 가고 피압을 가지고 가는 것이 부끄러워서 혼자 어떤 외따른 교실로 가서 몰래 얼핏 먹어 치우곤 했습니다. 어떤 날은 동무가,

 "너 무얼 가지고 왔니? 우리 노나 먹자꾸나. 난 장조림 가지구 왔다. 넌 무얼 가지고 완?"
하고 물으면 나는 피압에 김치 조각을 내놓기가 싫어서 밥통을 책구럭 속에 감추고 점심 안 가져왔노라고 하고, 고픈 배를 거들쳐 쥐고 점심을 굶는 때가 많았습니다. 그러다가 저녁에 하학한 후 집으로 돌아와서 뚜껑도 열어 보지 않았던 밥통을 부엌으로 가지고 가면, 저녁 짓노라고 연기가 나는 아궁이 앞에서 솔깽이(솔가지)를 지피고 있던 할머님은 내게 그 이유를 물어 보지 않으셨건만 벌써 알아차리시고 그 차디찬 밥통을 가슴에 안고 우십니다. 그것을 보면 어린 마음에도 후회가 나서,

 "할만, 울지 말나우, 내 내일부텀은 다 먹을게, 엉."

하고 나도 따라 울곤 했습니다.

 그러면서도 어린것이란 잊기를 잘해서 어떤 때는 조반을 먹다가 할머님이 내 점심밥을 싸시는 것을 보고는 싫다고 야단을 칠 때가 있었습니다. 그런데 우리 아버님께서는 퍽 엄하신 어른이었습니다. 우리가 음식 타박하는 것이 단 한 마디라도 그의 귀에 들어가면, 그는 곧 우리 숟갈을 빼앗고 조반도 더 못 먹게 하고, 점심도 못 가지고 학교로 가라고 쫓았습니다. 그러나 이렇게 학교로 쫓기어 온 날은 으레 열두 시에 하학하고 나오면 할머님이 밥을 싸가지고 학교까지 와서 기다리시는 것을 봅니다.

 학교에서 실수하여서 선생님께 종아리를 맞고 집으로 가면, 아버님한테 다시 또 종아리를 맞아야 했습니다. 저녁마다 아버님이 들어오시면 종아리 검사를 해서, 아무 흔적도 없으면 무사하고, 만일 종아리 맞은 흔적이 있으면 또 맞아야 하는 것이었습니다. 그런데 학교에서는 또 으레이 그날 하루 종일 벌받을 학생들 이름을 적어 두었다가 오후 네 시 학교 필한 후에 한꺼번에 때리는 법이었습니다. 종아리를 맞으면 그 맞은 자리가 처음에는 파랗게 부풀어올랐다가 한참 후에 빨갛게 되는데, 그 자리가 적어도 두 시간 동안은 남아 있습니다. 그래 어떤 때는 종아리를 맞고 집으로 돌아오면, 바로 방으로 못 들어가고 부엌으로 가서 쿨쩍쿨쩍 울고 섰습니다. 그러면 할머님은 벌써 아시고, 아궁이 앞으로 불러 무릎에 앉힌 후 부풀어오른 내 종아리를 그의 신바닥으로 문질러 주었습니다. 신바닥으로 문지르면, 처음에는 잠깐 쓰라리다가 조금 후에는 아무렇지도 않은데, 그렇게 문지르면 그 맞은 자리가 빨리 없어집니다. 그러고는 나는 아궁이 앞에 앉아 불을 때었습니다. 조금 있다가 아버님이 방문을 열고,
"이애 안 왔나?"
하고 물어 보면 할머님은 내 대신,
"불 때는데."
하고 대답해 주었습니다.

그러나 모든 일 중에 할머님 마음을 상하시게 한 것은, 늘 돈 문제였습니다. 더욱이 내가 열 살인가 나는 해에 아버님은 어머님과 형을 데리고 동경으로 목사 일 보러 가시고, 할머님 혼자서 우리 아이들 넷을 데리고 집에 계셨는데, 그때 할머님은 돈 근심 때문에 아마 십 년 감수는 되었을 것입니다. 어렸을 적에는 동전 한두 푼이 왜 그리 귀하던지요? 이따금 꿈에 고모한테서 돈을 담뿍 타서 주머니에 넣는 아침에 깨서 주머니를 모두 뒤져 가면서 그 돈을 찾느라고 애쓴 적이 여러 번이었습니다.

동전 한 푼이라도 생기면 곧 댕구알 사탕이 되어서 입 속에서 녹아 없어지는데, 그것을 그렇게도 달라고 할머님께 참 얼마나 졸라 댔는지요! 할머님께서는 암만 졸라야 나올 것이 없는 줄 잘 아는 고로 우리 아이들은 늘 '새방성 할만'에게나 '술막골 고조 할만' 댁으로 하루에도 열두 번씩 찾아다녔습니다 새방성 할머님은 고춧가루 장사를 하셨는데 물론 넉넉한 것은 아니었으나, 그래도 장사라도 하니까 푼전이나 주머니에 들어왔는 고로 가면 늘 동전 한푼 두푼을 손에 쥐어 주었고, 또 엿도 사주고 하는 고로 자주 가게 된 것이고, 또 술막골 고소 할머님에게 사주 가는 것도 무슨 고조 할미

님이 보고 싶어서가 아니라, 그때 그는 거기서 조그마하게 과자전을 벌여 놓았으므로 가면 으레 깨다식(깨로 만든 과자) 한 개, 쳇다리 왜떡 한 개라도 얻어먹기 때문이었습니다. 우리가 그때에는 몰랐으나 후에 알고 보니 할머님은 말로 발표는 아니 했으나 속으로는 모두 뻔히 알고 계시면서 우리가 밀려서 나가는 것을 볼 때마다 혼자서 눈물을 흘리셨다고 합니다.

현대 의사들 말은, 음식을 좋은 것을 먹지 못해서 영양 불량이 되면 군것질 버릇이 고약해진다고 하는데, 그 때 우리 동생들은 피압만 먹고 자라서 영양 불량이 되어 그랬든지 어쨌든지 간에 하여튼 몹시도 군것질을 즐겨했습니다. 할머님이 예수를 믿기 시작한 것은 우리가 이 세상에 나오기도 이전부터이었는데 꽤 독실하셔서 일요일이 되면 으레 우리들을 데리고 예배당으로 가시되 무슨 일이 있더라도 꼭 연봇돈 일 전씩은 어김없이 손에 쥐어 주셨습니다만, 부끄러운 말씀이나 숨김없이 말하자면 적어도 그 연봇돈의 절반은 하나님의 시재궤로 들어가지 않고 내 뱃속으로 들어갔습니다.

아직도 생각날 때마다 눈물지은 일이 있습니다. 그때 평양으로 어디선가 곡마단이 왔는데 그 중에도 제일 나 어린 내 호기심을 끄는 것이 인도 어느 산에서 잡혀 왔다는 큰 구렁이였습니다. 그것이 어찌도 보고 싶었던지 간에 여쭈어 보아야 소용없을 줄은 뻔히 알면서도

"할만, 나 돈 닷돈만!"

하고 말해 보았습니다. 그때 입장료가 소아 학생은 반액으로 오 전이었습니다.

할머님은 언제나 꼭 같은 대답으로,

"나 한 냥만 다고, 내 닷돈 줄게."

하시면서 열쇠 한 개밖에 없는 주머니를 뒤집어 보여 주었습니다. 그러나 내가 그때는 왜 그리도 미련했던지요. 생판 억지를 써야 별수없을 줄 빤히 알면서도 그래도 그냥 울고불고 야단을 하였습니다. 그날 종일 밥도 안 먹고 소리쳐 울었습니다. 종내 그 구렁이 실물 구경은 못하고 말았으나 거의 매일 그 서커스단 문앞에 가서 그 휘장에 걸어 놓은 뱀잡이 그림을 어찌도 치어다보았던지 아직도 그 구렁이와 그것을 잡는 벌거벗은 그림이 눈앞에 선합니다.

그 후 십여 년이 지난 작년 가을 오래 해외에 있던 나는 어른이 다 되어서 집으로 돌아갔었습니다. 마침 형님 집에 올라와 계신 할머님을 서울서 뵈었는데 하루는 집 안에 아무도 없고 할머님과 나 혼자 있을 때, 할머니는 주머니를 뒤적뒤적하시더니 가운데 구멍이 뚫린 오 전짜리 백 동전 한푼을 꺼내 주시면서,

"옛다, 자 이제라두 뱀 구경 가거라!"

하시는 그의 목소리는 떨리었습니다. 그때 나는 할머니 무릎에 엎디어 실컷 울었습니다. 나는 그 백 동전을 가지고 다닙니다. 지금 만리 타향에 있으면서도 그 백 동전을 꺼내 볼 적마다 내 눈에는 눈물이 핑그르 돌곤 합니다.

또 한 번은 내가 열두 살 났을 적 일인데, 때마침 여름 방학에 아이들끼리 '대운동'을 하는데 상수구 안에서 떠나서 칠성문 밖으로 돌아 선교사 촌을 지나 숭실 학교 앞으로 해서 하수구로 늘어서서 다시 상수구 안에서 끝나는 마라톤 경

주를 했는데, 그 경주에서 내가 일등을 하여 그 상금으로 그때 상수구 턱에서 깨다식 장사하던 오씨에게 새로 구워 낸 세모배기 깨다식을 한 바구니 타가지고 집으로 돌아간 일이 있었습니다. 그때 할머님이 그 깨다식 바구니를 얼싸안고 울던 것이 지금도 내 머리에 환합니다.

 할머님이 그의 환갑을 맞이하기는 바로 삼일 운동이 있은 그해이었습니다. 그때에는 우리 아버님이 돈 만 원이나 모아 놓은 때인 고로 자그마하게나마 할머님 환갑 잔치를 해 보려고 준비하였다고 합니다. 그러나 마침 감옥 속에서, 이 잡이로 세월을 보내는 손자 나를 생각하시는 마음이 너무나 많아서,

 "요섭인 그 속에서 그처럼 고생하는데 무어이 즐거워서 잔치를 하겠니? 다 고만두어라!"

하시고 한사코 말리시므로 그만 환갑도 무의미하게 보내 버리고 말았다고 합니다. 그런데 내년이면 그의 진갑 되는데 이제 또 나는 수만 리 밖에 있어서 그를 찾아뵙지도 못하게 되니 내 가슴은 찢어지는 듯합니다.

 그 동안 손자들도 독립 생활들을 하는 이가 더러 생기고 또 우리 아버님도 부자 소리를 듣고 살게 된 고로 최근에는 할머님도 경제적 고통을 덜 받으신다고 하지만 그 대신 정신적 고독에 적막한 생애를 보내고 계십니다.

 동무해 줄 이 없어서 그는 혼자서 윷을 노십니다. 지난 겨울에 집에 가서 한 이십 일 있는 동안 나는 매일 밤 할머니와 윷을 놀았습니다. 내게는 그것이 결코 재미있는 놀음은 아니었으나 그러나 늙은이가 혼자서 그것을 놀고 있는 것을 참으

로 그냥 볼 수가 없어서 내가 동무를 삼아 주어야 할 의무를 느끼었기 때문이었습니다. 그러나 이상한 일도 있지요! 하룻밤에는 웬일인지 내가 일곱 번을 내리 연달아 이겼습니다. 할머님은 퍽 섭섭하신 기분이었습니다. 더욱이 그러한 노인네는 이런 사소한 일에까지 미신을 붙여 보는 고로 걱정입니다. 나는 그를 즐겁게 해보려고 아무리 좀 지려고 애를 썼으나, 웬일인지 자꾸 모나 윷만 나오는 고로 할 수 없었습니다.

"고만두자."

하시던 할머님 그때 목소리가 아직도 내 귀에 쟁쟁합니다. 그 뒤로는 할머님은 다시는 나보고 윷 놀자고 청하지도 않으셨고, 나도 어째 서먹서먹해서 다시 윷을 놀지 못하고 나는 떠나왔습니다.

며칠 전에 온 어머님 편지를 읽으니 요새는 할머님은 거의 매일 내가 어렸을 때 이야기와, 사탕 과자 못 먹인 이야기, 구경 못 시킨 이야기, 명주 저고리 한 번 못 해 입힌 이야기 등 지나간 이야기를 되풀이하시고 또 하시면서 성도 내시고 우시기도 하신다 하며, 더욱이 내가 서양 사람 집에서 방 쓸고 그릇 부시어 주고 밥 얻어먹는다는 말을 듣고는 매일,

"이 치운데 그릇 부시느라구 손이 다 얼어 빠지는 것 같겠다!" 하고 말씀하시면서 우신다고 합니다. 어쩌면 이렇게까지도 자아를 잃어버리고 오직 불효한 손자만을 생각하시는가요?

물론 할머님에게는 내가 미국으로 공부를 온 것도 모두 알 수 없는 일일 것이외다. 남들은 중학만 졸업하고도 일본 가서 이삼 년만 있다가 돌아오면 모두 행세를 하고 벼슬도 하

고 하는데 자기 손자는 밤낮 공부합네 하고 외국으로만 떠돌아다니더니 마지막에는 아주 생이별이 되는 듯한 머언 태평양 건너까지 가는 것을 아무래도 이해할 수 없으신 모양입니다. 얼마 전에 내 동생의 손을 빌려 쓴 그의 편지에는,

'글쎄 박사를 하면 무얼 하니? 거게 가서 그 고생을 사서 하구! 어서 나 죽기 전에 오너라.'

하고 말씀하셨습니다. 어서 집으로 돌아가서 장가나 들어 자식이나 낳으면, 그는 그가 우리들을 업어 기르던 모양으로 그 아이를 업어 기르고 싶은 욕망이 지금 그의 유일한 생의 희망인 줄을 나는 잘 아는 고로 그 편지 받고 며칠 동안 내 마음은 참으로 괴로웠습니다. 더욱이 내가 장가갈 때 예장을 보낸다고 할머님이 친수로 명주를 낳아서 궤 속에 넣어 두는 것도 내가 압니다. 또 아직까지도 그 희망을 내버리지 않으시고 아픈 허리를 툭툭 쳐가며 명주실 낳기를 하고 앉아 계실 줄을 내가 잘 아는 고로 그 '가락꼬치'와 명주실과 할머님의 손과 또 그의 얼굴, 이 모든 것이 한 개의 그림처럼 눈 앞에 보이는 듯합니다.

바로 어젯밤 일입니다. 방금 중학교에 입학하는 아우에게서 편지가 왔는데 거기에는 이런 구절이 씌어 있었습니다.

'지금 아버님은 혼자 바둑 두시고 어머님은 윗목에서 바느질하시고, 경은이는 건넌방에서 히들히들 하며 이야기하고, 할머니는 아랫간에서 혼자 윷놀이하고, 나는 형님께 편지 쓰고 이렇습니다.'

라고.

'할머니는 아랫간에서 혼자 윷놀이하고!'

나는 그 모양을 눈앞에 보는 것만 같았습니다. 더 참을 수가 없어서 침대에 쓰러져서 실컷 울었습니다. 그러다가 어떻게 잠이 들어서 꿈에는 집에 가서 할머니를 뵈었는데 잠을 깨보니 자리에 들지도 않고 그냥 잤기 때문에 감기가 들어서 지금 콧구멍이 콱 막혔습니다.

(1930년)

북소리 두둥둥

1

 내 네 살 난 아들놈 장난감으로 북을 한 개 사다 주었던 것이 우리 집에서 밥 짓고 있는 복실이 어머니에게 그렇게도 큰 슬픔을 가져다 주리라고는 나는 꿈에도 생각 못 했던 것이다.

2

 복실이 어머니가 우리 집에 와 있게 된 것은 단순한 주인과 식모 간이라는 그런 주종 관계로서는 아니었다.
 복실이 아버지는 본래 내 큰삼촌과 죽마지우로 자란 사람이었는데 장성하자 북간도로 건너가서 번개처럼 찬란하고 떠도는 생활을 하다가 그만 총부리 앞에서 찬 이슬이 되어 버린 호협한 사람이었다. 복실이 아버지가 그처럼 외지에서 횡사를 하자(그것이 벌써 이십 년 전 옛일이지마는) 과부가 된 복실이 어머니는 그때 여섯 살 나는 딸 복실이와 또 바로 남편이 죽던 날 아침에 세상에 나온 아들 인선이를 데리고 조선으로 돌아와서 이리저리 방황하다가 마침내는 남편의 죽마지우인 내 큰삼촌 댁에서 식객처럼 들어 있게 되었다.
 처음에는 식객처럼 와 있도록 했으나, 복실이 모는 그냥 앉아서 얻어먹고만 있기가 미안하다 하여 자진해서 부엌일을 돕기 시작하였다. 내 삼촌 모는 처음에는 부리기가 어렵다 하여 복실이 모가 부엌일하는 것을 꺼리었으나, 그러나 날이 감에 따라 어색한 기분이 차차 줄고 혹시 이전 있던 식모가 나가고 새 식모가 아직 안 들어오거나 한 기간에는 복실이 모가 아주 식모 격으로 일을 하게 되고, 이럭저럭하여 마침내는 복실이 모는 내 삼촌 댁에 한 부리우는 사람으로 자연 화해 버렸다. 그래서 얼마 후에는 그렇게 무보수로 일만 시킬 수 없는 일이라고 내 큰삼촌이 주창해서 일정한 월급까지 정해 놓고 나니 아주 복실이 모는 식모가 되어 버린 것이었다.
 이래 이십 년간, 복실이 모는 오직 두 자식을 위해서 살아온 것이었다. 딸은 몇 해 전에 함흥서 잡화상을 한다는 사람에게 시집을 보냈으니 그만했으면 시집을 잘 보냈다고 복실이 모는 만족해하고 있고, 인선이는 상업 학교를 마치고 지금 어떤 백화점 점원으로 들어가서 일급 칠십 전을 받고 있으니, 이 또한 복실이 모는 퍽으나 만족한 모양이었다.
 그런데 복실이 모가 우리 집으로 옮겨 오게 된 내력으로 말하면 재작년에 삼촌이 강원도 강릉으로 솔가하여 이사를 기게 되었는데, 복실이 모는 될 수만 있으면 아들이 취직하고 있는 평양에 남아 있어서 아들과 함께 살고 싶다는 희망이어서 우리 집으로 옮겨 오게 된 것이었다. 그때 마침 우리는 처음으로 어린애도 생기고 해서 내 아내가 혼자서 쩔쩔매던 판이라, 복실이 모가 오겠다는 것이 결코 싫지 않았다. 그래서 복실이 모는 우리 집에 와 있으면서 건넌방에서 아들 인선이를 데리고 있고, 월급은 없이 그저 그들 모자의 식사를 우리 식구 먹는 대로 먹기로 하고 와 있었다. 이리해서 인선이가 벌어들이는 월 이십 원이란 돈은 거기에서 옷이나 해 입고 그대로 꽁꽁 모아서 이제 한 십 년만 그렇게 공을 들이면 그 모인 돈을 한밑천 삼아서 인선이를 가게나 놓도록 한 후, 며느리나 얌전한 색시를 하나 맞아서 살림을 차리고, 복실이 모는 늘그막에 손자애들이나 업어 보는 조그마한 양상이나마 해볼 수 있으리라는 희망, 그것이 복실이 모의 생에 대한 전부였던 모양이다.

3

그런데 복실이 모에게는 아들 인선이에게 대한 꼭 한 가지 불안이 늘 떠나지 않고 있어 왔다. 그것은 인선이가 어렸을 적부터 다른 아이들과는 좀 별다른 성격을 가진 것에 있었다.

그것은 인선이가 여남은 살 났을 적 일이라 한다. 하루는 복실이 모가 저녁에 부엌에서 저녁을 짓다가 잠시 무엇 때문인가 방 안에 들어가 보았더니 인선이가 방 아랫목에 가만히 누워 있는데 모양은 잠자는 것 같으나 숨소리가 몹시도 가쁘고 별스러웠다 한다. 그래서 가까이 가서 들여다보니까 두 눈을 다 뻔히 뜨고 누워 있는데, 그 두 눈은 꼭 천장만을 뚫어지도록 바라다보고 있고, 어머니가 옆에 오는 것도 안 보이는 모양이더라 한다.

그래 어머니는,

"인선아, 너 자니?"

하고 물어 보았으나 아무런 대답도 없고, 다시

"야, 인선아, 너 어디 아프냐?"

하고 물어도 아무 대답이 없더라고. 그래서 복실이 모는 인선이 어깨를 붙들고 흔들어 보았으나, 인선이는 그것도 깨닫지 못하는 듯이 그저 옴짝 않고 누워서 숨소리를 가쁘게 씨근거리면서 천장만을 바라다보고 있더라고 한다. 그 증세가 '지랄' 증세가 아니더냐고 내가 언젠가 한 번 복실이 모에게 물었더니 결코 지랄 증세는 아니었다고 그는 단언하였다.

복실이 모는 놀라서 한참이나 붙들고 이름을 불러 보았으나 영 대답이 없고 또 깨나지도 않는 고로 할 수 없이 나와서 내 삼촌 모에게 급보하였다. 그래 삼촌 모도 놀라서 들어가 보니까, 그 동안에 인선이는 일어나 앉아 있는데 몹시 피곤한 모양으로 벽에 기대앉아서 씩씩거리고 있었더라 한다. 그래,

"너 어데 아프니?"

하고 물으니까, 고개를 살랑살랑 흔들고,

"목마르다."

하고 대답하더라고. 그래 물을 떠다 주니까 물을 한 대접 다

마시고는,

"오마니, 나 인제 자문성 별난 꿈 꿨다."

하고 말할 뿐, 무슨 꿈을 꾸었는가 자꾸만 캐물어도 인선이는 그 꿈의 내용 이야기는 안 하고 그저 이상스런 꿈을 꾸었노라고만 대답하더라고. 그런데 우리 삼촌 모는 인선이가 정신 없이 누워서 씨근거리는 광경을 친히 보지는 못했는 고로 복실이 모더러 공연히 잠자는 애를 가지고 호들갑을 떨어서 남을 놀라게 했다고 도리어 복실이 모를 핀잔을 할 뿐이고 또 복실이 모도 무어라고 설명을 할 수가 없어서 그때는 그저 잠잠하였다고 한다.

그 후로 복실이 모는 인선이의 몸에 다시 무슨 이상이나 없나 해서 늘 조심히 보살폈지마는, 아무런 별다른 이상을 발견 못 했고 해서 차차 복실이 모도 마음을 놓았다고 한다. 그러나 한 일 년 세월이 흘러간 뒤 어떤 날 역시 어슬한 저녁 때인데 복실이가 부엌으로 갑자기 뛰쳐나오면서,

"오마니, 인선이 좀 보라우. 개가 별나게두 구누나."

하고 황망히 떠드는 고로 곧 뛰쳐 들어가 보았더니 이번에도 인선이는 작년 그때 모양으로 눈을 뻔히 뜨고 누워서 숨소리를 씨근거리고 있었다. 그래 이름을 계속해 불렀더니 부스스 일어나 앉으면서,

"오마니, 나 별난 꿈 꿨다."

하더라고. 그래 무슨 별난 꿈을 꾸었는가고 물으니까,

"사람들이 나팔을 자꾸 불두나."

하고 대답하였다. 복실이가 옆에 있다가,

"흥, 그것이 꿈인 줄 아니? 저녁땐 데에게 데 병대들이 늘

나팔 불더라. 나두 들었다 좀."

하고 말하니까 인선이는 열 살 난 애로는 너무 야무진 태도로,

"아니야, 꿈에 불어."

하고 대답하더라고. 그 후로도 몇 번 복실이 모는 아들 인선이가 죽은 듯이 한참씩을 누웠다가 일어나서는 냉수를 찾고, 그러고는 이상한 꿈을 꾸었노라고 하곤 하는 것을 목도하였다. 그러나 이제는 복실이 모도 여러 번째 당하는 일이라 그렇게 과히 놀라지도 않았고 또 그런 일이 생기는 수도 그저 일 년에 한 번 가량밖에 더 안 되었고, 또 그 일 하나 외에는 별로 다른 아이들보다 별다른 거동이 없는 고로 차차 안심하게 되었다고 한다.

4

인선이가 열일곱 나던 해 늦은 가을 어떤 날 밤.

그날 밤엔 바람이 몹시 불고 비가 억수로 퍼부었다. 복실이는 바로 며칠 전에 시집을 가고 인선이와 어머니 둘이서만 한 방에서 잠을 자고 있었는데, 새벽녘이 다 되었을 때에 복실이 모는 몹시 추운 감각을 얻어서 잠이 깨었다. 잠을 깨고 보니, 언제 문이 열렸던지 문이 좍 열렸는데 그리로 비바람이 쳐들어와서 막 얼굴에 때리고 이부자리를 적시고 아주 야단이었다. 복실이 모는 일어나서 문을 닫으려고 하다가 보니, 바로 문 밖 처마 밑에 무엇인지 시커먼 것이 우뚝 서 있

더라고 한다. 복실이 모는 몹시 놀라서 외마디 소리를 질렀으나, 워낙 비바람 소리가 요란했기 때문에 안방에서는 그 비명 소리를 못 들었다. 복실이 모는 가까스로 정신을 수습하면서,

"인선아!"

하고 크게 불렀더니 방 안에 누워서 자는 줄만 여겼던 인선이가 의외에도 문 밖에서,

"응."

하고 대답을 하였다.

"인선아!"

"응."

그 대답은 바로 문 밖에 서서 비를 맞고 있는 그 시커먼 것에서 오는 것이었다. 복실이 모는 더한층 놀라서 윗목을 쓸어 보니 인선이는 과연 방에 없었다. 그래서 밖에 서 있는 시커먼 것을 자세자세 보니, 그것이 다른 사람이 아니라 바로 인선이었다. 인선이는 쪽 벌거벗고 거기 우두커니 서서 비를 온몸에 맞고 있는 것이었다. 복실이 모는 너무도 놀라고 기가 막혀서,

"인선아! 너 이거 웬 짓이가?"

하고 물었으나 아무런 대답도 없었다.

"인선아, 야, 인선아, 인선아, 야."

하고 여러 번 부르니까 그제야 인선이는,

"오마니, 데게 무슨 소리요? 데게?"

하고 말하였다. 복실이 모는 귀를 기울여 한참을 들어 보았으나, 비바람 소리 외에는 아무런 다른 소리는 들려오지 않

왔다.

"소리라니? 무슨 소리?"
하고 마침내 물으니까 인선이는,

"아니, 오마니, 저 소릴 못 들소? 저 북소리! 두둥둥 두둥둥 하는 거, 저것이 북소리 아니오?"

이 소리를 듣자 복실이 모는 기절을 할 듯이 놀랐다.

북소리!

다른 날도 아니고 바로 이날 이 새벽 이 시각에 북소리! 복실이 모의 귀에는 십오 년 전 옛날이 바로 방금 전인 듯 그때 그날처럼 요란한 북소리는 그의 고막을 찢어 놓을 듯이 요란히 사방에서 들려 오는 것 같았다.

두둥둥둥! 두둥둥둥!

십오 년 전 이날 이 새벽에 북소리는 요란히도 온 동네를 뒤흔들었다. 복실이 모는 밤부터 산기가 있어서 잠 한숨 못 들고 앓고 있었고, 석 달 동안이나 총을 메고 사방으로 싸다니다가 잠시 집에 들렀던 남편도 피곤한 몸을 잠도 못 자고 아내를 지키고 앉아 있었다. 그날 새벽녘에 조금 더 있으면 먼동이 트리라고 생각되던 시각에 복실이 모는 복통이 더한층 심해져서 허리를 비비꼬며 쩔쩔매었고 남편이 몸을 꽉 껴안아 주었다.

그때, 쥐죽은 듯이 고요하던 동네에 갑자기 요란한 북소리가 새벽 공기를 깨치고 울려 온 것이었다.

두둥둥둥! 두둥둥둥!

남편은 이 북소리를 듣자 흠칫 물러앉았다. 북소리는 차차 더 요란스럽게 울려 왔다. 사방에서 개 짖는 소리가 나고 총

소리도 간혹 쨍쨍 섞여 들려 왔다.
"여보."
하고 마침내 남편이 떨리는 목소리로 불렀다.
"여보, 난 아무래두 가봐야 하갔소. 저 북소릴 듣소? 총출동하라는 명령이우."
아내는 아무런 대답도 못 하고 앓는 소리만 더 크게 할 따름이었다. 남편더러 가라고 하기도 어렵거니와 가지 말랄 수도 없는 줄을 그는 너무나 잘 알고 있는 것이었다. 북간도를 개척한 조선 사람의 생활에 있어서 이 끊임없는 투쟁은 한 일과로 되어 있었고, 용감한 아내들은 언제나 남편이 총 메고 나설 때 이를 만류하지 않아야 한다는 것을 잘 알고 있는 것이었다.
잠들었던 어린 복순이는 소란 통에 깨어 눈을 비비면서 일어나 앉았다. 남편은 벌떡 일어나서, 머리맡에 놓였던 탄환 혁대를 바쁘게 두르면서,
"아무래두 나가 봐야갔쉐다. 한 사람 있구 없는 데 승부가 달렸으니께니…… 총출동, 총출동……."
혼자 말하듯이 이렇게 중얼거리더니 벽에 기대 세웠던 총을 들고 황망히 문 밖으로 뛰쳐 나가면서,
"복순아, 엄마 잘 봐라, 응."
하고 한 마디 하고는 바깥 어둠 속으로 사라지고 말았다.
그것이 남편의 이 세상에서의 마지막 소리였던 것이다.
남편이 나간 후, 북소리는 더한층 요란해지고 콩볶듯 하는 기관총 소리와 사람들의 아우성 소리, 숨이 막힐 듯이 짖어 대는 개소리, 이 모든 소리들이 모두 뒤섞여서 아주 천지가

떠나가는 듯하였다. 복순이는 무서워서 어머니께로 바닥바닥 다가앉았으나 어머니는 그것도 인식 못 하고 오직 그 두둥둥 울리는 북소리만이 온 몸뚱이를 속속들이 뚫고 뻗고 채워서 그냥 전신, 온 우주가 그 북소리 하나로 뭉쳐 버리는 것 같은 환각을 느낄 따름이었다.

이런 아픔, 이런 소란, 이런 북소리…… 마치도 영원에서 영원까지 끊임없이 계속되는 듯이 생각되어, 조금만 더 그대로 계속된다면 몸도 으스러지고, 천지도 으스러져 버리고, 세상 모든 것에 마지막이 이르리라고 생각들 때 복실이 모는 갑자기 "응아!" 하고 세차게 울리는 어린애 첫 울음소리가 그 북소리, 그 총소리 위로 쫙 퍼져서 온 방 안을 채워 버리고, 온 우주를 채워 버리는 듯한 것을 들었다. 동시에 복통이 문득 멎고 온몸의 기운이 획 풀렸다.

먼동이 환하게 터왔다. 북소리도 멎고 총소리도 멎고, 오직 "으아, 으아" 계속해서 외치는 어린애 울음소리가 들렸다.

핏덩어리처럼 뻘건 해가 초가 지붕들을 빤히 비칠 때에는, 그 동네 젊은 사람의 거의 절반의 시체가 길거리에 넘어져 있었다. 복실이 아버지도 그들 중 하나이었다. 이것은 북간도 조선인 생활의 중요한 역사의 한 페이지였다.

십오 년! 그것이 벌써 십오 년 전 일이었다. 그러나 이날 새벽 아들의 이야기를 듣고 귀를 기울일 때 복실이 모의 귀에는 그 폭풍우 소리가 십오 년 전 이날 이 새벽 인선이가 세상에 나오던 날 새벽에 북간도 한 촌에서 듣던 그 북소리와 총소리처럼 들려 왔다는 것을 순전히 복실이 모의 환각으로

북소리 두둥둥 217

만 돌릴 것인가? 복실이 모는 한참이나 꿈꾸는 사람처럼 문턱에 엉거주춤하고 앉아 있었다.

두둥둥둥 울리는 북소리, 뼈까지 저린 복통, 그러고는 "으아" 하고 터져 나오는 새 생명의 외치는 소리! 복실이 모는 마치도 그때 그 순간이 반복되는 듯싶은 환각을 느끼었다. 그런데 그 새 생명이 벌써 저렇게 살아서 떠꺼머리 총각이 되었구나!

"인선아."

하고 마침내 부르는 어머니 목소리는 몹시도 떨리었다. 목소리만 떨리는 것이 아니라, 온몸이 모두 푸들푸들 떨리는 것이었다.

"인선아, 북소리는 웬 북소리가 난다구 그러니? 바람 소리밖엔 안 들린다."

그러나 인선이는 아무 말도 없이 그냥 비를 맞고 서 있었다.

"인선아, 어서 들어오너라."

그제야 인선이는 묵묵히 방 안으로 들어왔다. 비에 흠씬 젖은 몸을 수건으로 대강 문지른 후 이불을 쓰고 자리에 누웠다.

"인선아, 너 갑자기 왜 그러니?"

하고 어머니는 염려스럽게 물었다.

"북소리가 자꾸 들려서 그래요…… 또 아버지가……."

"응? 아버지가?"

"아버지가 어데서 날 자꾸만 부르는 것 같아요."

복실이 모는 몸에 소름이 쭉 끼쳤다.

"오마니, 우리 아바진 싸우다가 총에 맞아 돌아가셨대디요?"
하고 인선이는 또 불쑥 물었다.
"응."
하고 복실이 모는 겨우 소리를 내었다.
"아버진 싸와야 되갔으니낀 싸왔갔디?"
"그럼."
"한 사람 있구 없는 데…… 오마니, 그게 무슨 소릴까요?…… 한 사람 있구 없는 데……."
"인선아, 너 어데서 그런 소릴 들었니?"
"몰라, 그저 아까부터 자꾸만 그 생각이 나요. 한 사람 있구 없는 데, 한 사람 있구 없는 데 하구."
"너 아버지가 마지막 그런 말씀을 하시구 나가서 돌아가셨단다."
"응, 오마니. 나두 이제 그 뜻을 알아요……. 아바진 그 한 사람이 될라고 나가서 돌아가셨디유."
"인선아, 거 무슨 소리가?"
"아니야요."

5

인선이의 심상치 않은 현상에 복실이 모는 몹시 놀라고 염려되어서 다시 잠도 못 들고 걱정을 하였다. 그러나 이튿날 부디 인신이는 다시 아무런 별다른 이상이 없이 학교에 잘

다녔다. 그리고 그 생일날 새벽에 생겼던 일은 아주 잊어버렸는지 다시 북소리 이야기도 없고 아버지 이야기도 아니 하는 고로 다시 어머니는 마음을 좀 놓았다.

인선이는 나이에 비겨서 퍽 침착하고 우울한 성격의 소유자가 되었다. 언제나 무엇을 깊이 생각하는 듯한 태도이었다. 특히 자기 생일 때가 가까워 오면 더한층 깊은 명상 속에 잠기는 것이었다.

한번은 이런 일이 있었다.

바로 인선이 생일이었는데, 그날 새벽 밝기 전에 인선이는 일어나서 어디론가 나갔다가 해가 뜬 후에야 몹시 피곤해진 몸으로 돌아왔다. 어머니는 놀라서 어디 갔다 왔느냐고 물을 때, 그냥 새벽 산보로 모란봉엘 다녀왔노라고 대답해서 어머니 마음을 안심시켰지만, 사실에 있어서는 인선이는 자기도 모르게 용악산 쪽으로 자꾸만 가다가 조그만 개천에 첨벙 빠지면서 정신이 들어서 집으로 돌아온 것이었다.

학교를 졸업한 후 점원으로 취직이 된 후에는 인선이의 성격은 더한층 침울해지고 밤이면 대개 혼자서 을밀대에 올라가서 한 시간씩 두 시간씩 깊은 명상에 잠기는 버릇이 생기었다. 그러다가는 갑자기 주먹을 불끈 부르쥐고는,

"동물원이란 말이냐?"

하기도 하고,

"원숭이들처럼."

하기도 하고,

"때가 이르면……"

하기도 하고,

"한 사람, 한 사람."
하고 어두운 밤 홍두깨 격으로 소리를 버럭 지르곤 해서 가끔 다른 산보객들을 놀라게 하는 때가 있었다.

6

내가 네 살 내 아들놈에게 북을 사다 준 것은 어떤 늦은 가을날 저녁때였다. 내 아들 놈은 두드리면 두둥둥 소리가 나는 북이 신기해서 자기 전에 한참이나 귀 시끄럽게 두드리고 놀다가 그 북을 손에 쥔 채 잠이 들고 말았다. 그런데 웬일인지 그 이튿날 새벽에 채 밝기 전에 내 아들놈은 갑자기 잠을 깨가지고 기를 쓰고 울기 시작하였다.

나와 아내는 그놈 울음소리를 좀 멈추어 보려고 여러 가지로 얼리어 보았지만 무슨 꿈에 몹시 가위가 눌렸는지 어찌 된 심판인지, 그냥 악을 쓰고 울기만 하고 그치지를 않는 것이었다. 마지막에는 그놈 자리 옆에 놓인 북을 들어서 두들겨 보았다.

두둥둥! 두둥둥! 하고.

북소리가 나자 아들놈은 울음을 뚝 그치었다. 나는 한참이나 요란하게 북을 두드렸다. 잠시라도 북을 그치면 아들놈은 또다시 울음을 떠뜨리는 고로 나는 할 수 없이 오랫동안 계속해서 두드리었다.

그러노라니까 갑자기 바깥 뜰에서,

"인선이, 야, 인선이."

하고 황급히 부르는 복실이 모의 목소리가 들리는 듯했다. 나는 북을 멈추고 귀를 기울였으나 아들놈이 또다시 울기를 시작하는 고로 또다시 북을 두드리었다. 그러노라니까 이번엔 어디 멀리서,

"야, 인선아, 야."

하고 부르는 복실이 모의 목소리가 들리는 둥 마는 둥 하였다. 나는 별로 괴이하게 생각하지도 않고 그냥 계속해서 북을 두드렸다.

 겨우 아들놈을 다시 잠을 들여 놓고서, 다시 눈을 좀 붙였다가 해가 뜬 후에야 일어나서 뜰에 나가 보았으나, 조반을 짓고 있어야 할 복실이 모가 보이지 않고 부엌은 비어 있었다. 그래 복실이 모의 방으로 들어가 보니까, 방문은 쫙 열려 있고 이부자리도 개지 않은 채로 방은 비어 있었다. 우리는 새벽에 어디들을 갔을까 이상히 생각하면서 복실이 모가 돌아오기를 한참이나 기다려 보았으나 도무지 오지 않는 고로 아내가 나와서 조반을 지으려 부엌으로 가고 나는 거리에 나서서 이리저리 좀 돌아다녀 보았으나, 인선이도 없고 복실이 모도 보이지 않았다.

 내가 회사로 출근할 시각까지도 복실이 모는 돌아오지 않았다. 오후에 회사에서 집으로 돌아오니 그때까지도 복실이 모는 어디로 갔는지 돌아오지 않았다고 아내는 걱정걱정 하는 것이었다. 나는 슬그머니 염려가 되어서 인선이가 일하고 있는 백화점으로 나가 보았더니, 인선이는 그날 애초에 출근을 아니했다는 대답이었다. 무슨 영문인지는 알 수 없고 많이 염려되었으나, 하여간 밤까지 기다려 보아서 소식

이 없으면 내일 아침에는 어떻게 대책을 강구해 보기로 하고 기다렸다.

저녁을 먹어 치우고 밤이 어두웠으나 인선이 모자는 나타나지 않았다. 이게 필경 무슨 곡절이 생겼구나 싶어서 마음이 무척 초조해 졌는데 마침내 복실이 모가 돌아왔다. 우리는 토방에 맥없이 주저앉는 복실이 모의 모양을 보고 놀라지 않을 수 없었다. 이 노파가 종일 어느 흙더미 위에 가서 뒹굴다가 왔는지 온통 옷은 흙투성이가 되었고 머리는 풀어져서 산발이 되어 있었다. 우리 내외가,

"아니, 웬일이오?"

소리를 한꺼번에 지르면서 뛰쳐나가니까, 복실이 모는 주저앉아서 엉엉 울기만 하였다.

가까스로 그를 달래서 띄엄띄엄 그에게서 나온 그날 새벽에 생긴 이상스러운 일의 대강을 적으면 아래와 같다.

그날 새벽은 바로 인선이의 스무 번째 생일이었다. 새벽이 채 밝기도 전인데, 복실이 모는 어떻게 잠이 풀쩍 깨었는데 깨어 보니 바로 그때 인선이가 문을 열고 밖으로 나가는 참이었다. 그런데 그때 복실이 모를 기절을 할 만큼 몹시 놀라게 한 것은 복실이 모의 귀에는 너무나 똑똑하게 두둥둥 울리는 북소리가 어디선지 요란스럽게 들려 오는 것이었다. 복실이 모는 제 귀를 의심했으나, 북소리는 갈데 없는 북소리요, 그 날이 또 인선이 생일인지라 복실이 모는 불안한 예감에 붙잡혀서, 얼른 옷을 되는 대로 주워 입고 인선이를 따라 나섰다.

인선이는 벌써 대문을 열고 문밖에 나서 있었다. 인선이는

횡하니 빠른 걸음으로 어디론가 가고 있었다. 북소리는 복실이 모의 귀에도 너무나 똑똑하게 두둥둥 자꾸만 들려 오는데, 어떻게도 마음이 황망한지 그 소리의 방향이 어딘지도 알 수 없었다고 한다. 그저 인선이가 그 북소리 나는 곳을 찾아서 가는 것이리라고만 직각이 되어서 허둥지둥 그 뒤를 따르면서 인선이 이름을 불렀다. 그러나 아들은 대답도 없이 뒤도 안 돌아보고 그냥 횡하니 가고 있는 것이었다. 복실이 모는 숨이 턱에 닿아서 따라갔다.

그들 모자는 보통강까지 다다랐다. 복실이 모 귀에는 인제는 북소리는 조금도 들리지 않는데, 인선이는 신도 안 벗고 그냥 절벅절벅, 정강머리에 치는 보통강을 건너갔다. 복실이 모도 따라 건너갔다. 강을 다 건너고 나더니 인선이는 우뚝 돌아섰다. 복실이 모는 달려들어서 아들을 붙들고 늘어졌다.

"인선아, 애, 너 어딜 가니? 엉, 너 왜 그러니? 엉?"

인선이는 아무 대답도 없이 한참을 물끄러미 어머니를 바라다보고 서 있더니 아주 침착하고 매진 목소리로 이렇게 말했다.

"오마니, 난 아무래도 가야 돼요. 아바지를 따라 가야 되디요. 날더러 어서 오래는데, 데 북소리 들리지 않소? 날 부르는 아바지 목소리가 들리지 않소! 한 사람 더 있구 없는데…… 아바지두 그 한 사람, 나 또한 그 한 사람…… 그 한 사람, 그 한 사람들이 가야 돼요. 가야 돼요."

그러고는 인선이는 어머니를 뿌리치고 달음질해서 보통벌 저편으로 달아났다. 복실이 모가 기를 쓰고 뒤를 쫓아갔으나 늙은 노파의 기력으로 젊은 아들과 경주하여 따라잡을 수는 도저히 없는 일이었다. 복실이 모는 대타령 부근까지 쫓아가 보았으나 아주 아들의 모양을 잃어버리고 말았다. 노파는 더 뛸 기운도 없어서 허덕거리면서 고개를 넘고 또 고개를 넘어가 보았으나 인선이의 그림자도 찾을 수 없었다.

복실이 모는 촌길 가에 뒹굴면서 실컷 울었다. 그러나 그 울음이 이미 가버린 아들을 도로 불러 올 수는 없는 것이었다. 북소리의 이끄는 힘은 어머니의 눈물의 힘보다도 더 힘센 것이었다.

7

복실이 모를 겨우 달래서 방으로 내다 뉘고 나서 나는 방 안에 앉아서 담배를 피워 물고, 이 사건을 머릿속에 이리 굴리고 저리 굴리며 음미하여 보았다. 네 살 난 내 아들놈은 멋도 모르고 북을 목에다 걸고 박자도 없이 두드리면서 방 안을 좁아라고 헤매이고 있었다.

그 박자 없는 북소리는 차차 내 머리를 점령하기 시작하였다. 한 사람, 한 사람을 끄는 북소리! 지금 멋도 모르고 북을 두드리며 안방을 헤매는 저 네 살 난 내 아들놈, 저놈이 또한 자라나서 한 사람이 된 때에는 한 사람을 부르는 그 북소리를 따라서, 나와 제 어미를 내버리고 가버리지 않겠다고 누가 담보하겠는가?

내 머리는 차차 이 북소리에 정복되어, 이 북소리 이외에는 다른 존재는 그 존재 가치를 잃어버린 듯이 느껴졌다. 내 머리, 내 전신, 온 집안, 마침내는 온 우주가 이 박자 없는 북소리로 가득 차서 울리고 흔들리고…….
 두둥둥둥! 두둥둥둥!

(1937년)

영원히 사는 사람

개는 미칠 듯이 짖어 댔다. 수십 마리나 수백 마리나 되는 누런 개들이 선율 없는 부르짖음 소리가 약해졌다 커졌다 하여 어두컴컴한 하늘에 울리는 것이 머리털이 쭈뼛해지도록 두려움과 불쾌한 감정을 일으켰다. 연산촌連山村 정거장 기수인 아쌔는 정거장 경계 말뚝에 반쯤 기대서서 개소리 나는 편을 바라다보았다. 지옥같이 어두운 속에 멀리 반딧불같이 반짝거리는 불점이 하나 있고는 그 뒤로 하늘보다도 더 시커먼 언덕이 먹줄처럼 중간에 희미하게 가로 걸리었고 그 뒤 어디서부터(아마 연산장 거리) 그 흉악한 개 짖는 소리가 검은 날개를 펴고 훌훌 날아오는 것이었다. 천지는 그냥 '어둠' 하나로 채워 있었다. 정거장 구역 안에만 군데군데 세워 놓은 흐리멍덩하면서도 누러우리한 빛을 토하는 석유불 등대 때문에 흐릿하게나마 따스하게 보이는 밝음이 있었다. 그래 이 밝음의 그림자가 정거장 사면을 얼마만큼은 흐리흐리하게 만들었다. 그러고는 눈이 미치는 데는 어디로나 캄캄한 밤뿐이었다. 하늘은 먹장을 갈아 부은 것 같았다.

아쌔는 눈바람에 시달리어서 여름날 어린애들의 정강이같이 벌겋게 타고 주름진 얼굴이 옆의 등대 불빛에 반쯤 비치어서 보기 싫은 반사광을 내는 것을 피하려고 하지 않았다. 그리고 중국 사람 중에서는 아주 찾기가 힘든 정기 있는 크지도 작지도 않은 두 눈방울을 방향도 없이 이리저리 굴리었다. 그의 앞빠른 누런 턱과 코밑에 다보록하니 돋은 까만 수염은 때묻어 새까맣게 된 양털옷 주위 속에 반쯤 가리워 있었다. 그래서 그의 불룩하고 밉게 생긴 콧구멍으로부터 쉴 새 없이 새어 나오는 더운 기운이 양털옷 벌어진 틈으로 허연 수증기가 되어 나와서 하늘로 구불구불 피어오르다가 어둠 속에 스러지곤 했다. 아쌔가 늘 자랑하는 새카만 고양이털 방한모가 희미한 불빛을 받아 반들반들 반사했다. 옛적 선비가 쓰던 관같이 생긴 고양이털 방한모를 쓰고 모양 없는 덧옷을 입고 정강이까지 가리우는 개털 구두를 아쌔의 그의 발 밑에 잿빛 그림자를 띠워서 이상한 괴물 같은 그림을 땅 위에 그려 놓았다.

마음 좋지 않은 한 찬바람이 휙 지나갔다. 그래서 아쌔의 덧옷 자락은 펄럭거리고 고양이털 방한모의 짧고 부드러운 털이 살랑살랑 물결지었다. 아쌔는 몸부림하는 듯이 오싹 몸을 떨었다. 왼편 삼등 대합실 쪽에서 낯익은 역부들의 큰 웃음소리가 새어 나왔다. 아쌔는 한 걸음 나서면서 웃음소리 나는 쪽을 돌아보고 빙그레 웃었다. 다시 바람이 휙 지나가면서 아쌔의 얼굴에 희고 쌀쌀한 눈을 한줌 뿌리고 갔다. 아쌔는 멈칫하면서 하늘을 쳐다보았다. 그리고 눈을 가리우느라고 두툼한 장갑을 낀 손을 이마에 대고 물끄러미 하늘을 쳐다보았다. 역시 하늘은 까맣다. 그러나 산뜻산뜻한 눈부스러기가 그의 얼굴을 스치곤 하는 것을 그는 감각했다. 등대 옆으로 희뜩희뜩한 눈송이들이 펄펄 내리는 것을 그는 보았다.

"아! 또 눈이 오는구나!"

하고 그는 천천히 대합실 쪽을 향해 걸어 들어갔다. 손님 하나도 없이 텅 빈 지저분한 대합실 안에는 여남은밖에 안 되는 정거장 역부들이 모두 모여서 방금 터져 나갈 것같이 새빨갛게 활활 타는 찌그러진 난로를 중심으로 둘러앉아서 얼굴들이 벌게 가지고 무슨 잡담들을 정거장이 떠나갈 듯이 하고 있었다. 아쎄는 시간을 보려고 역장실 출입문을 방싯 열었다. 역장실 뒤 바람벽에 걸린 둥그런 시계의 바늘은 열두 시 이십 분을 가리키고 있었다. 천진행天津行 최대 급행이 지나간 지 삼십 분밖에 지나지 않았다. 북경서 내려오는 봉천행 급행이 아직도 한 시간 후에야 이 정거장을 지나갈 것이다. 그 동안에는 이 정거장 쪽으로는 짐차 하나 얼씬 아니할 터이었다. 그러나 아쎄는 아직 한 시간 동안이나 아무것도 할 것이 없으니 천천히 역부들 틈에 끼여서 허튼 수작이나 한바탕 얻어 들으려고 허리지대 없고 낮은 동그란 의자를 하나 얻어 들고 난로 쪽으로 다가갔다. 밖에는 그냥 눈이 오고 있고 이따금 이따금 지나가는 회오리바람 때문에 유리창 문들이 일제히 떠드릉 하고 무섭고도 구슬픈 소리로 울곤했다.

역부 회의에서는 한참 동안이나 제각기 제 고향 자랑이었다. 그러다가 누가 먼저 꺼냈는지는 모르게 화제는 갑자기 미신에 가까운 도깨비, 귀신 이야기로 변하였다. 그래서 그

중에도 나이 좀 어리거나 마음이 좀 약한 역부들은 겉으로는 그렇지 않은 체하나 속으로는 벌써 무서워져서 이야기하는 이의 입술을 눈도 깜박거리지 않고 열심으로 쳐다보다가는, 이따금 으르렁거리는 창문짝을 놀란 눈으로 힐끗힐끗 돌아보곤 했다. 그리고 이야기하는 사람이 아주 무서운 한 대목을 반쯤 꺼내 놓고 침을 삼키노라 잠깐 말이 그친 때마다는 방금 그들의 뒤로 어떤 흉악한 귀신이 아가리를 활짝 벌리고 달려드는 것 같아서 몸서리를 오싹오싹 쳤다.

어디나 사람 모인 데에는 보통 있는 경향으로 여기서도 어느새엔가 알지 못할 동안에 도깨비 이야기는 도적놈 이야기로 옮겨 갔다. 그래 어느 도적놈은 두 팔 밑에 날개가 있어서 하루에 꼭 삼만 리씩을 돌아다닌다는 둥 어디서는 도적놈 삼백 놈이 큰 성내를 죽쳤다는 둥 이리저리 이야기가 방황하였다. 이때 아쎄는 가만히 여러 사람들의 이야기를 듣고만 있다가 갑자기 생각나는 것이 있어서 처음으로 입을 열었다.

"그런데 참 이번에 손미요孫美瑤를 총살했답디다."

"누가?"

하고 역부측에서 바보 영감으로 불리는 순직스럽게 생겼으나 얼떠보이는 덥석부리가 입을 비쭉비쭉하면서 한마디 꺼냈다. 그러니까 바로 그 영감 앞에 앉아서 지푸라기를 난로면에 댔다 떼었다 하면서 그 지푸라기 끝이 파리우리한 연기를 가늘게 피우면서 새까맣게 타들어 오는 것을 바라보고 혼자서 좋아하는 듯이 그 영감을 쳐다보며,

"누구는 누구야요? 나라에서이지! 나라에서 말구 누가 감히 손이나 건드리게요. 손미요가 소리만 한 번 꽥 지르면 사

람이 이백 명씩 죽어 자빠진다는데요."
하고 의기 양양하게 지껄이다가 갑자기 맞은편으로부터 오는 노려보는 눈치를 감각하고 본능적으로 흠칫하면서 원망스러운 듯하고도 용서를 구하는 눈으로 그의 맞은편에 앉아 있는 석탄 나르는 아버지를 쳐다보았다. 잠깐 동안 침묵했다가 이번에는 사물사물 얽고 두어 오라기 노랑수염이 코밑에 가물가물하는 영악하게 생긴 역부가 하품을 하면서 물어 보았다.

"손미요가 누구요?"

아무도 대답하는 이가 없었다. 잠깐 있다가 아쎄가 다시 입을 열었다.

"손미요도 몰라요! 손미요가 바로 지난 여름 린청臨城 사건의 주인공 아닙니까? 새벽에 진포에 급행열차를 습격하고 양귀자洋鬼子를 수십 인이나 포독고抱犢錮로 잡아다 가두었던 그 유명한 마적왕이 손미요랍니다."

이때까지 별로 이야기에 취미를 붙이지 않았던 사람들이 갑자기 재미가 난 듯이 턱을 받치고 잔기침을 하면서 시선을 아쎄에게 모두었다. 이때까지 건득건득 졸고 있던 영감들도,

"무슨 린청 사건이 어드래?"

하면서 눈을 번쩍 뜨고 아쎄를 바라다보았다. 그래서 아쎄는 처음부터 이야기를 하는 것이 좋으리라고 생각하여 전부터 벌써 여러 번 이야기하던 습격 사건은 생략하고 손미요가 부하들을 데리고 군대에 편입되는 이야기로부터 비롯하여 바로 얼마 전에 총살을 당했다는 보도를 역장실에 있는 신문을 보고 알았노라는 이야기를 간단히 했다. 모두들 재미있게 들

은 모양이었다. 중에도 끈끈하기로 유명한 바보 영감은 다시 그 우둔해 보이는 순한 눈알을 평화롭게 굴리면서 물어보았다.

"그래 그 신문에 뭐랬습데까?"

"뭐래긴 뭐래 그저 그 손미요 죽이던 얘기를 자세히 냈습데다."

하고 아쌔는 제가 신문을 능히 읽을 수 있는 학식을 가진 것을 큰 자랑으로 내밀었다.

"자세한 이야기가 다 났습데까? 하나두 빼지 않구?"

"그러믄요. 신문엔 그랬습데다. 이번 손미요 죽은 것은 나라에서 한 일이 아니라구── 변명을 했습데다."

하고 아까 보았노라고 떠들던 아이를 힐끔 넘겨다보았다. 일동은 쥐죽은 듯이 고요해져서 무슨 소리를 더 들어 보려는 듯이 아쌔의 입만을 들여다보았다.

"나라에서 안 죽이긴 무얼 안 죽였어! 나라에서 다 죽이라구 약속을 해서 죽이고는 누가 반대할까봐 입 막느라구 그런 소리를 다 지어내지. 이제 두구 보오. 그 부하들이 꼭 원수를 갚고야 마느니!"

하고 처음부터 입을 꼭 다물고 다른 사람들의 동정만 살피던 역부로 들어온 지 며칠 안 되는 나이 젊고 산동서 왔다면서 절강浙江 방언 섞인 말을 하는 표독스럽게 생긴 사람이 흥분한 듯이 떠들었다. 아쌔는 가만히 듣고 있다가 산동 사람의 말이 다 끝난 후 수염을 손가락으로 비비꼬면서 다시 말을 시작했다. 무슨 말을 하려고 입을 우물우물하던 바보 영감이 그만 단념한 듯이 입을 꾹 다물고 아쌔를 그 몽롱한 눈으로 멀거니 쳐다보았다.

"그거야 누가 옳은지 알 수 있소? 그 신문에 나기는 장장군이 사사혐의로 죽였다구 그랬습데다. 하기는 또 나라에서 장장군에게 돈을 많이 주고 죽이라구 그랬는지두 모르지요. 그거야 누가 아나요? 좌우간 신문에는 그랬습데다."
하고 신문이라는 말을 힘있게 했다.

"신문에 있는 이야기를 다 할까요? 신문엔 그랬습데다. 손미요가 —— 군대에 들어오게 되니까 전에는 그 군대에서 장장군이 제일 권세가 높았는데 이번에는 손미요하구 권세가 같아졌다구요. 그래서 시기가 나서 죽일 생각을 품구 하루는 손미요에게 점심이나 같이 먹자구 청했더랍니다. 그래 그날 점심때 손미요가 오니깐 술 한잔을 대접하면서 손미요가 술 마실 적에 장장군이 미리 준비했던 횟가루를 획 손미요 상판에다 뿌렸대요. 그래 손미요가 눈을 못 뜨고 돌아가는 판에 시위 병정들을 시켜서 결박지워 내다가 뜰에 가서 하나 둘 셋 하구 탕 놓아 죽였답니다."
하고 입에 침을 삼켰다.

눈 하나 깜짝하지 않고 듣고 앉았던 일동은 비로소 후——하고 숨을 내쉬었다. 아쌔는 다시 말을 이어서

"좌우간에 나라에서 그렇게 시켰다면 잘못이지요. 그걸 죽이지 않는다구 약조서까지 써놓고 들였던 사람을 그렇게 죄두 없이 죽인다구 하여 말이 되나요?

"그러기 보오, 이제 꼭 원수를 갚으러 오느니!"
하고 산동 젊은이가 다시 입을 열었다. 그리고 무슨 무서운 것을 내나보는 듯이 고개를 돌려 출입구 쪽을 긴니다보았다.

다른 사람들도 따라 고개를 돌려 보았지마는 거기는 다만 이따금 바람에 흔들리는 시커먼 문짝이 가로막혀 있을 따름이었다. 산동 젊은이는 말을 이어,

"그러나 내가 어데서 말을 들으니깐 손미요의 누이가 하나 있는데 역시 이 근처 어느 산속에 도적놈 여왕 노릇을 한답니다. 그런데 그 여인이 하루에 삼백 리나 사백 리 길 걷기는 우습게 안답데다. 아마 제 원수 갚으러 올 걸요……."

하고 의미 있는 듯이 빙그레 웃었다. 모두 무서운 생각이 들어서 숨소리도 크게 못 내고 앉아 있었다. 방금 손미요 누이가 도적놈을 데리고 정거장으로 달려드는 것같이 생각이 되었다. 그래서 누구 하나 먼저 입을 벌려 볼 생각도 못 하고 가만히 앉아 있었다. 이제껏 이야기를 하느라고 정신이 팔려서 잘 들리지도 않던 정거장 너머 개 짖는 소리가 지금은 아주 약하게나마 똑똑하게 들려 왔다. 모두 다 무서운 꿈이나 꾸는 것 같아서 몸서리를 쳤다. 산동 젊은이는 무슨 생각이 났던지 갑자기 기지개를 본때 있게 켜고 일어서서 양털 두루마기로 목을 둘러 씌우면서 문을 열고 나아갔다. 모——든 눈은 약속했던 듯이 그의 뒷모양을 바라다보았다. 문이 열렸다 닫히면서 사람은 밖으로 나가 없어지고 찬바람이 획 들어오면서 개 짖는 소리도 잠깐 더 크게 들렸다가 찬바람이 앉은 사람들의 후꾼후꾼하는 얼굴을 스치고 지나가 버린 때 개 소리도 다시 희미하게 들려 왔다. 모두 무슨 무서운 일을 기다리는 사람들처럼 멍하니 앉아 어서 누가 이야기를 먼저 꺼냈으면 하고 서로 남의 얼굴만 힐끔힐끔 쳐다보고 있었다.

참기 어려운 깊은 침묵은 계속되었다.

이때 역장실 문이 열렸다. 그리고 금줄 두른 모자를 쓴 역장이 나왔다. 털외투 소매 밑에 가리운 손목걸이 시계를 들여다보면서 역장은,

"급행 지나갈 시간이 거의 됐으니 차차 나가서 일들 하오."
하고 위엄스럽게 복종하지 아니할 수 없는 어투로 뱉는 듯이 말했다. 일동은 어떤 금고에서 놓여 나오는 듯한 감정으로 안심하는 한숨을 쉬면서 제각기 저 할 일을 하러 이리저리 헤어져 나아 갔다.

산동 젊은이는 어디로 갔는지 보이지 않았다.

아쌔도 플랫폼으로 나갔다. 그 동안 함박눈은 쉴 새 없이 내리 부어서 다른 사람 다니지 않는 플랫폼을 하얗게 덮어 놓았다. 그리고 그 밑에 기차 선로 위에도 하얗게 이불을 씌워 놓았다. 따라서 멀리 벌 밖으로도 하얀 눈이 덮여서 아까보다는 마치 달이 뜬 것같이 좀 훤해진 것 같았다. 추위도 아까처럼 혹독하지 아니한 것 같았다. 아쌔는 공연히 가슴이 기쁜 것도 같았고 슬픈 것도 같은 이상한 감정으로 빙그레 미소를 띠고 보드라운 눈 위로 거무레한 발자국을 내면서 플랫폼을 한번 왔다갔다했다. 상쾌한 생각이 번개같이 지나갔다.

아쌔는 저 할 직분이 생각이 나서 바람을 막아 돌아앉아서 성냥을 그어서 두 편은 새빨갛고 두 편은 새파란 네모난 유리등에 불을 켜 플랫폼 한 끝까지 걸어가 서서 쉴 새 없이 내리붓는 함박눈을 마음껏 맞으면서 숨을 깊이 들이 쉬고 멀거니 서서 눈이 미치는 데까지 허옇게 반사되는 끝없는 평야를 내다보았다.

바로 이때였다. 어디선가 퍽 가까운 곳에서 쨍 하는 총소리가 들렸다. 아쌔는 제 귀를 의심하면서도 후닥닥 그 소리 나는 편을 바라다보았다. 정거장 바른편 버드나무 줄 뒤로부터 어물어물하는 수십 개의 검은 물건들이 우르륵 소리를 내면서 정거장을 향해 달려왔다. 아쌔는 본능적으로 한 걸음 흠칫하면서 무엇이나 쥐고 내두를 것이나 없나 하고 번갯불 같이 빠르게 사면을 휘둘러보았다. 아무것도 없다. 벌써 대합실 쪽에서는 숱한 사람들의 미친 듯이 외치는 소리와 분주한 발자국 소리가 요란하게 들려 왔다. 그리고 저편 쪽에서는 총소리가 요란하게 나고 유리창 깨지는 소리, 망치로 모두 때려부수는 소리가 모두 한데 뒤섞여서 처참하게 들려 왔다.

아쌔는 무엇이 어떻게 되었는지 깨달을 수가 없어서 꿈꾸는 것 같은 머리로 급히 역장실 쪽으로 뛰어가서 창문으로 들여다보았다. 삼등 대합실로 통한 문은 반쯤이나 떨어져 나가 있고 역장실 안에는 벌써 혹은 군복을 입고 혹은 누더기를 입은 한떼의 총 멘 사람으로 가득 차 있었다. 역장실 서랍에 늘 넣어 두었던 호신용 육혈포는 벌써 어떤 장대하고 흉악하게 생긴 사람의 손에 쥐어져 있었다. 아마 역장이 대항을 해보려고 나대었으나 중과부적으로 즉시 빼앗겼을 것이다. 그리고 서너 사람은 벌써 역장에게 달려들어 팔뚝 같은 바오라기로 역장을 한 반쯤 결박지워 놓았다. 그리고 또 한 떼 도적놈들은 이편 창문에 앉은 전신원電信員을 결박을 지우느라고 분주스럽게 돌아갔다. 전신원은 많은 사람한테 잡혀서 얽어 매이면서도 그래도 어디로 구원을 청해 보려는지 한사코 발신 꼭지 쪽으로 팔을 끌어가려 했으나 실패하였다.

나무 문짝이 처참하게 쪼개져 나간 그 뒤 삼등 대합실, 안으로는 수많은 총 가진 도적놈들이 무엇이라고 고함을 치면서 왔다갔다했다. 이때 그 사람들 틈을 헤치고 머리를 중국 고대 여자식으로 쪽진 채 아무것도 쓰지 아니하고 긴 칼을 빼어 바른손에 든 여대장이 들어왔다. 아쌔는 그 여인의 얼굴을 보고 기절할 듯이 놀랐다. 그 여인의 얼굴이야말로 마귀할미 그것 같은 연고이었다. 얼굴이 까맣게 타고 입술을 잡아 물은 외씨 같은 얼굴에 거의 중앙에 있는 듯한 두 눈에는 불이 붙는 것 같은 악독과 살기가 가득 차 있는 것이었다. 그 뒤로 이어서 얼마 전에 정거장 잡역부로 들어온 산동 젊은이가 손에 도끼를 들고 즐거운 듯이 빙글빙글 웃으면서 들어왔다. 그래 거침없이 전신원 쪽으로 아직도 아직도 몸부림을 하는 전신원을 한번 흘겨보고 전신 꼭지를 재미난 듯이 왼손 엄지손가락으로 꾹꾹 내리눌렀다. 그리고 크게 웃으면서,

"홍 요렇게 다른 데로 구원을 좀 청해 보겠다구! 암만 해 보려무나 되나 내가 벌써 이 도끼로."

하고 바른손에 들었던 도끼를 쳐들어 보이면서,

"전신줄을 모두 끊어 버렸어."

하고 잠깐 흥분된 듯이 얼굴을 히물거리면서 어이없고 놀라고 무서워서 정신 없이 저를 바라보는 전신원을 한참이나 바라다보다가 갑자기 무슨 소리인지 고함을 힘껏 지르면서 책상 위에 놓았던 전신 꼭지판을 그냥 가지고 있던 도끼날로 한번 힘껏 내려 갈겼다. 그러고는 그 전기 장치와 책 사이 서너 갈래로 쩍 갈라져 떨어지는 위에 가 척 올라서서 그 도끼를 두 손으로 쳐들어 머리 위에 올려 가지고 부들부들 떨며

엉거주춤하고 있는 전신원을 노려보다가 떨리는 목소리로,
 "이놈 네가 엊그제 뺨을 때렸지 이놈! 네 생각에는 너밖에 더 높은 놈은 없는 듯싶드냐? 나는 그저 백 년이고 천 년이고 네 종질이나 할 줄로 알았드냐? 내가 다 일이 있어서 여기 와서 네놈들의 수모를 받아 가면서 밤낮 종질을 했어, 에! 이 뻔뻔한 놈아, 글쎄 네가 내 뺨을 때려."
하고 한 발을 궁그르는 그 순간에 어느 결엔지 벌써 도끼날이 짝 소리를 내면서 전신원의 골머리 속으로 푹 박혀 들어갔다. 와글와글하는 소리를 꿰뚫어 외마디 소리 비명이 들리고 전신원 몸뚱이에서 피가 탁 퍼져 나와 그 근방 사면으로 확 퍼졌다. 제각기 무엇이라고 떠들던 도적놈들도 놀라는 듯이 모두 그쪽을 바라다보았다. 산동 젊은이는 미친놈처럼,
 "허! 허!"
소리를 지르면서 도끼를 방향도 없이 내두르고 돌아갔다. 이 모든 일은 모두 눈 깜짝할 동안에 된 것이었다. 반 정신은 나가서 나무로 깎아 세워놓은 듯이 물끄러미 이 광경을 보고 있던 아쌔는 몸에 소름이 쪽 끼쳐서 앗 소리를 치고 획 돌아섰다. 그러니 이번에는 이편에서 시커먼 것이,
 "어데 가?"
소리를 치면서 총부리를 옆구리에 갖다 대었다. 그러나 아쌔는 정신을 차리지 못하면서도 본능적으로 아까 제가 서 있던 쪽으로 달음질쳤다. 그저 와그르 쨍쨍 하는 무슨 이상한 소리가 들릴 따름이었다. 그러나 그가 열 발짝을 못 가서 그는 어깨를 무엇으로 단단히 얻어맞고 그 자리에 고꾸라졌다. 성난 목소리와 발자국들이 왔다갔다했다. 잠깐 후에 정신을

차린 아쌔는 가만히 일어나서 두어 발짝 뒤로 움직여서 정거장 짐 창고 벽에 가 기대고 주저앉았다. 그리고 눈을 반쯤 뜨고 눈앞에 나타난 기막힌 광경을 가만히 바라다보았다. 그리 넓지도 못한 플랫폼은 질서 없는 발자국들로 막 뭉개 놓아 버렸다. 그리고 눈을 맞아 가면서 시커먼 사람들이 저는 돌아다보지도 아니하고 분주스럽게 플랫폼 위아래로 왔다갔다 했다. 그리고 산동 젊은이와 여장군은 플랫폼 가운데 서서 그 사람 떼들을 이것저것 지휘하고 있었다.

아쌔는 다시 눈을 감았다. 아쌔가 두번째 눈을 뜬 때에는 그리 분주하던 정거장이 다시 차차 고즈넉해지기를 시작한 때이었다. 플랫폼 가운데는 아직 그냥 그 여장군이 머리카락을 바람에 날리면서 서 있고 여기저기 총을 멘 몇 사람이 죽은 듯이 가만히 서 있었다. 아쌔는 몸을 옴짝도 아니하고 고개만을 가만가만히 몰래 돌려서 사면을 휘돌아보았다. 정거장에 상관하던 사람은 한 사람도 아니 보였다. 아마 모두 어느 구석에 나처럼 얻어맞고 자빠져 있거나 무서워서 어느 구석에 숨어 박혀서 숨도 크게 못 쉬고 있는 것이라고 그는 생각했다. 그리고 전신원 죽던 광경을 다시 회상하고 역장의 안부를 염려하는 동안에 그는 철도 선로 저편 쪽으로 땅땅하는 망치 소리와 우런우런하는 사람 소리를 들었다. 그래 그는 얼른 고개를 돌려 그쪽을 바라다보았다. 한 백 야드 선로에 서너너덧 사람이 모여서 불을 밝게 켜들고 무슨 일을 하는 것이었다. 아쌔는 숨도 아니 쉬면서 눈을 크게 뜨고 정신을 다해서 그쪽을 바라다보았다.

밝은 불빛 아래로 시커먼 그림자들이 어른어른하는 것을

보고 또 땅땅 하는 쇠망치 소리를 듣고 아쌔는 즉시로 그들이 철도 선로를 절단하는 줄을 알았다. 그는 망치를 쥐고 어른거리는 그림자 속에서 산동 젊은이의 그림자 같은 것도 있는 것을 보고 이상한 감각이 솟아서 치를 떨었다. 그러면 그 산동 젊은이는 단지 밥벌이 없어서 굶고 다니는 꺼울리가 아니었던가.

아쌔는 눈을 돌려 앞을 내다보았다. 앞으로 그리 멀지도 않게 허여무러하게 흰눈에 반사되는 평야는 반 시간 전에 꼭 같은 평평한 땅이었다. 그리고 그 뒤로는 시커먼 하늘과 땅이 모든 물건을 검은 보로 싸서 감추어 두었다. 그리고 플랫폼 위에 세운 연산連山이라고 쓴 네모난 유리등으로부터는 역시 누렇게 침침한 불빛을 발사하는 것이었다. 그러나 그렇게 내리 붓던 눈도 이제는 그치었는지 한참 만에야 한 번 새하얀 부스러기가 펄럭펄럭하면서 증판하게 하나씩 둘씩 등대 불빛에 반사되면서 소리도 없이 발바닥에게 유린된 그의 친구들을 만나러 땅 위에 떨어졌다. 아쌔는 춤추며 떨어지는 눈송이를 따라 그의 시선의 위로부터 아래로 차차 내려오다가 바로 그 등대 밑에 이르러 한편으로 놀라면서 한편으로 가슴을 울렁거리는 감정으로 그 시선을 흠칫 멈추었다. 그의 눈은 바로 등대 밑에 바싹 다가 세워 있는 조그만 네모난 발광체를 뚫어지게 들여다보았다. 그 조그만 발광체는 이편으로는 파라우리한 광선으로 또 저편 쪽으로는 벌거우리한 광선으로 도적놈 발자국의 침략을 피한 판판한 눈 위를 곱게 반사하고 있는 것이었다. 아쌔는 알지 못하게 빙그레 웃었다. 그리고 저도 제가 왜 웃었는지 몰라서 고개를 흔들었다.

거기 놓인 것은 바로 그가 잠깐 전에(도적놈들이 오기 전에 켜 놓고) 이때까지 여러 가지 놀람과 무서움과 흥분으로 깜빡 잊어버렸던 것이었다. 그러나 지금에 도적놈이 정거장을 차지한 지금에 그 등이 무슨 쓸데가 있으랴! 아쌔의 직무는 빼앗겼다면 빼앗겼고 사직했다면 사직한 것이 아니랴! 아쌔는 자기가 벌써 근 십 년 동안이나 하루도 빠지지 않고 한결같이 이행하던 직무를 오늘이라는 오늘에 한해서는 할 수 없이 이행하지 못하지 아니치 못하게 된 운명을 생각하고 구슬픈 생각이 들어서 한숨을 길게 내쉬었다.

아쌔는 다시 등대 밑으로부터 눈알을 굴려서 저 자신을 찾아보았다. 그리고 그는 제가 바로 창고 처마 밑 어둑한 그림자 속에 숨어 있는 사실을 발견하고 일변 놀라기도 하고 일변 기쁘기도 했다. 그는 도적놈들이 저를 얼른 잘 알아보지 못한 한편 어두운 구석에 천연으로 숨어 있게 된 것을 직각하고 조금이라도 더 제 존재를 그들의 눈앞에 감추려는 듯이 몸을 더 움츠려서 담벼락에 가 바싹 붙어 앉았다. 이때 갑자기 그의 머리로 어떤 이상한 생각이 번개같이 지나갔다. 그는 이 몽롱한 생각을 잡아 보려고 눈을 감고 머리를 흔들거렸다.

저——편에서 선로를 절단하던 도적의 떼는 일을 마치고 두런두런하면서 이쪽으로 왔다. 아쌔는 눈을 번쩍 뜨고 본능적으로 몸을 움츠렸다. 도적놈의 떼는 플랫폼으로 올라와 아쌔 있는 곳은 본 체 만 체하고 천천히 걸어서 출구 쪽으로 갔다.

눈은 확실히 멎은 모양인데 하늘은 그냥 새까맣다. 아쌔는

영원히 사는 사람

두려운 듯이 선로가 절단된 곳을 바라다봤다. 눈이 미치는 데까지는 꺼뭇꺼뭇한 밉살스런 발자국들이 보일 뿐이요 그 뒤로는 평야인지 하늘인지 분간을 못 하게 어두웠다. 그 어둠 속에 아마 무서운 음모의 구렁텅이가 숨어 있을 것이었다. 아쌔는 기차가 그 근처로 급속도로 달려오는 상상을 하고 몸서리를 쳤다.

아쌔는 벌써 도적놈들의 계획을 대강 짐작을 했다. 짐작이 아니라 꼭 알아맞혔다. 도적놈들은 이렇게 시골 조그만 정거장을 점령해서 사방으로 통신을 절단해 놓고 이 근처엔 선로를 끊어 놓아서 이제 얼마 아니 있다가 지나갈 최대 급행 객차를 탈선시켜 놓고는 그 틈을 타서 습격을 하려는 것으로 아쌔는 생각했다.

"흥, 먼젓번 린청 사건 비슷하게……."
하고 혼자 중얼거렸다.

"그리고 그 산동서 왔다는 놈은…… 내 그러기 전부터 행동이 좀 수상하다더라니……."
하고 그는 그 젊은 놈이 눈앞에 보이는 듯이 얼결에 손을 내저으면서 이를 갈았다. 그리고 그는 손을 내어 두른 것이 갑자기 후회가 나서 제 부주의를 속으로 원망하면서 숨을 죽이고 도적놈들이 서 있는 쪽을 바라다보았다. 여장군은 어느새 어디로 가버리고 총 멘 도적놈들이 그냥 꼼짝 아니하고 서 있었다. 고개를 반쯤 숙인 채 아쌔 있는 쪽은 보지도 않는 것 같았다. 아쌔는 비로소 안심하고 후—— 한숨을 내쉬었다.

여장군과 산동 젊은이가 이야기를 하며 걸어 나왔다. 둘이 다 아까보다는 퍽 가라앉아서 안정해진 모양이었다. 아쌔는 귀를 기울이고 다만 한 마디라도 빼놓지 않고 들어 보려 결심했다. 둘이서는 아쌔 숨어 있는 쪽으로 천천히 걸어왔다. 산동 젊은이가,

"그리고 부하들은 철로 절단선 근처 좌우편에 충분히 매복을 시켜 놓았습니다. 또 그 나머지는 모두 대합실에 몰아 넣고 조용히 있으라고 명령했습니다."

하고 의미 있는 듯이 어둑신한 선로를 내다보고 다시 돌아서 저편 쪽으로 둘이서 걸어갔다. 그리고 아쌔는 다시 산동 젊은이가 여장군더러,

"이제 십 분만 있으면 오게 되었습니다."

하는 소리를 똑똑히 들었다.

"십 분——십 분만 있으면 급행열차는 전복된다. 승객들은 죽는다. 물건은 빼앗긴다……."

하고 아쌔는 슬프게 생각했다.

산동 젊은이는 플랫폼으로 왔다갔다하면서 도적놈 대여섯에게 제가 그 동안 정거장에 있으면서 급행차가 지나갈 적에 역부들이 어떻게 하던 것을 본 대로 가르치고 지도하느라고 야단을 쳤다. 물론 남이 보기에는 정거장에는 매일 있는 것과 같은 상태요, 별일이 없는 것으로 보이려 하는 모양이었다. 그리고 그는 얼른 안으로 들어갔다가 정거장에서 밤마다 쓰느라고 많이 만들어 둔 횃불대를 하나 들고 나왔다. 그것은 이 정거장은 촌 조그마한 정거장인 고로 대개의 급행차는 머무르지 않고 그냥 지나가게 하기 위하여 밤에는 횃불을 붙여 플랫폼 위에 가만히 세워 놓아서 앞에 아무런 위험도 없으니 하고 미음놓고 지나가라고 저편에서 기차를 몰아오는

영원히 사는 사람 243

기관수에게 암호를 하는 습관이 있는 것이었다. 횃불대를 받아 든 도적놈은 구부리고 서서 횃불을 켜놓으려고 꿈지럭거리고 있고 그 밖에 두어 도적놈이 그 옆에 서서 우두커니 들여다볼 뿐으로 그 나머지는 산동 젊은이까지 모두 어디론가 숨어 버렸다.

  정거장은 어제도 그렇고 그저께도 그랬으며 몇 해 전에도 그랬던 것같이 다시 조용하여졌다. 새까맣게 어두운 대지 한 구석에 희끄무레하게 비치는 한 점 쌀알 같은 정거장에 끝없이 어두운 하늘과 땅 한가운데 고즈넉이 떠 있는 것 같았다. 정거장이 조용해지면 해질수록 아쌔의 머리는 더 분주하게 되었다. 헤일 수 없이 많은 연락 없는 생각들이 순서도 없이 실꾸러미 뭉쳐 놓은 것같이 아쌔의 머릿속으로 뭉켜 돌아갔다. 아쌔는 고개를 쳐들고 그 실무텅이의 어느 곳이나 한곳을 붙잡아 보려고 갖은 노력을 다 했으나 무효였다. 거진거진 그 실끝을 붙잡을 듯할 때에는 남실남실하던 그 실끝은 그만 어디론가 쑥 빠져 달아나서 그 헝클어진 얽거리 속으로 숨어 들어가는 것 같았다. 그리고 아쌔 생각에는 제가 그 실끝 하나만 단단히 붙잡을 수가 있으면 그 헝클어진 것은 술술 풀려 나와서 제가 무슨 일을 하여야 할지를 찬찬히 조직적으로 생각도 하고 계획도 하게 될 것 같았다. 그러나 아쌔는 너무 분주하였다.

  "십 분, 십 분밖에 아니 남았다. 아니 지금은 아마 오 분밖에 아니 남았을 것이다. 그러면 어서 시간 늦기 전에 무슨 일을 하기는 하여야 하겠다. 그러나 어떻게, 그것은 불가능의 일이다. 그래도 그래도……."

하는 급한 생각이 항상 그 실끝을 끌어다가 혼돈 속에다 집어넣곤 하는데 아쌔는 기가 막히게 골이 났다. 전신이 몹시 초조해져서 우들우들 떨렸다.

햇불은 소리 없이 희고 검은 연기를 피우며 발갛게 타올랐다. 그리고 그 벌건 불빛을 받고 서 있는 두셋의 총 멘 도적놈들은 죽은 듯이 꼼짝도 아니하고 서 있었다. 그리고 하늘은 역시 깜깜하고 눈으로 덮인 평야는 역시 잠잠한 속의 큰 비밀을 감추고 있었다. 그런데 이 견딜 수 없는 침묵 속에서 홀로 아쌔의 머리가 한없이 끓어올랐다. 그리고 그의 눈과 귀는 지금쯤은 두세 마일 저—— 편에서 앞에 놓인 커다란 함정은 꿈에도 아니 생각하고 마음 턱 놓은 기관수의 솜씨 아래서 한 시간에 삼십 마일씩이나 가는 속도로 우러렁거리면서 세차게 달려오고 있는 그 기차를 보거나 그 소리를 들어 보려고 매우 긴장되어 있었다.

침묵 속에서 시간은 한초 한초 지나갔다. 햇불은 불꽃을 얻어 활활 타올랐다. 아쌔는 다시 머리를 들어 눈을 가늘게 뜨고 왼편 쪽을 주의 깊게 내려다보았다. 마치 그 꿰뚫을 수 없는 검은 장막에 다만 바늘 구멍만으로도 찾아보려는 듯이.

바로 이때였다. 아쌔는 정말로 그 바늘 구멍을 발견했다. 왼편 쪽으로 저 끝에 아마 두서너 마일쯤 밖에 캄캄한 속을 꿰뚫고 별인지 등불인지 분간하기 어려운 좁쌀알 같은 빨간 점이 깜박깜박하는 것이 보인 것이었다. 아쌔는 모르는 결에 흑 하고 몸을 떨었다.

"마침내 때는 이르렀다!"

히고 그는 땀난 주먹을 불끈 쥐었다. 이때까지 멍하던 머리가 갑자기 씻은 듯이 나아지는 것 같았다. 그래서 아쌔는 조금도 가리우는 것이나 의심나는 것이 없이 제가 할일이 무엇인지를 확실히 깨달아 알았다. 그리고 그것이 다만 한 가지 남은 길이라는 것도 확실히 인식했다. 지금 이때는 아쌔로는 별다른 길이 없었다. 밤은 캄캄하게 어둡고 정거장 근처는 철통같이 도적놈들에게 싸여 있다. 그리고 어두운 저기에는 기차 선로가 절단되어 있고 그 좌우로는 도적놈들이 매복하고 있는 것이다. 그런데 지금 급행열차는—— 매우 무사히 지나다니던 급행열차는 마음 턱 놓고 힘껏 달음질해 오는 것이다. 이제 몇 분만 이대로 지나가면 기차는 절단된 그 선로까지 와서 거꾸러지고 말 것이다. 그러고는 피, 매, 고함, 고생, 공포, 오! 그것은 잘못된 일이다. 그렇게 되어서는 아니 될 것이다. 아무래도 무슨 짓을 해서라도 그 기차는 이 길로 오지 않게 해야 할 것이었다. 그런데 여기 지금 플랫폼 한구석 어두운 속에서 아쌔 하나가,

"어떻게 해야 어떻게 해야."

을 뒤꼬고 있는 것이다. 전신원은 죽었다. 역장은 지금은 어느 구석에 결박지운 채 우그리고 있을 것이다. 다른 역부들도 모두 혹은 죽었거나 혹은 어디 숨어서 우둘우둘 떨고만 있거나 또 혹은 도적놈들의 지시하에서 쪼그리고 있을 것이다. 그러면 아쌔 하나밖에 없다. 아쌔는 사면에 야수를 두고 혼자 살아서 고민하는 파선과 같은 생각이 났다.

"혼자다!"

하고 그는 생각했다. 혼자밖에 다른 이는 없다. 그리고 혼자이 많은 도적들을 대항하고 싸울까 하는 한 큰 미덥지 않은

공포와 또한 한없는 법열에 그의 가슴은 뛰놀았다.

혼자! 혼자 하기는 해야겠다. 그러나 어떻게 하리오, 한 삼사십 야드 저──편에 있는 소옥小屋으로 뛰어가서 선로 맞추는 데를 앞으로 잡아 젖혀 버리면 그뿐은 그뿐일 것이다. 그렇게만 할 수 있다면 기차는 절단된 선로는 발길도 아니 들여 놓고 이편 안전한 길로 평안히 달아나 버릴 수가 있을 것이다. 설혹 숨어 있던 도둑들이 총알깨나 쏜 대야 급히 급히 달아나는 차에 그리 많은 해를 줄 것은 없을 것이다. 많아야 유리창이나 몇 개 깨어질지언정 결코 인명에는 손해가 없게 될 것은 확실한 것이다. 그러나 지금 이 자리에서 그 일이 가능한가? 지금에 정거장을 중심으로 하고 똑똑히 살피고 있는 눈은 더욱 많았다. 그 많은 눈들을 속이고 아쌔가 거기까지 걸어갈 수가 있다는 것은 기적이랄 수밖에 없다. 사람의 힘으로는 도저히 상상할 수도 없는 것이었다. 그러나 이런 때 능히 기적을 바랄 수가 있을까? 또 설혹 소옥까지 간단들 거기는 도적놈의 떼가 벌써 지키고 섰지 아니하리라고 말할 수 없는 사실이었다. 물론 거기 많은 도적의 떼가 매복해 있을 것은 분명하다. 그러면 거기까지 가는 것이 첫째 불가능일 뿐만 아니라 거기 가더라도 아무 일도 해보기 전에 벌써 방지될 것은 두 말할 것도 없는 것이었다. 그러면 지금 아쌔에게는 다만 한 가지 길이 남았을 따름이었다. 다만 혼자서 다만 한 가지 일을 하여야 할 운명을 가진 것이다. 그래 그는 다만 그 한 가지 길인 등대 밑에 세워 놓은 신호등을 바라다보고 두 손을 마주 비비었다. 그리고 그는 눈을 돌려 기차 오는 편을 바라다보았다. 저──편 아직 먼곳에서 기차 머릿불은 아까보다도 퍽 더 똑똑하게 깜박거리면서 움직여 오는 것을 바라다보았다. 아쌔의 다리 근육이 벌떡 일어서고 상반신이 흠칫 일어섰다. 눈 깜짝할 동안에 그의 전신은 플 랫폼 밖으로 나아가게 되었다.

바로 이때 어떤 번갯불 같은 생각이 머리를 스치고 지나갔 다. 그래서 그는 그만 다시 펄썩 주저앉았다. 그는 얼굴을 돌 려 플랫폼을 바라다보았다. 두서넛의 총멘 도적들이 벌겋게 비치는 햇불 빛을 잔등에 받아 가면서 지루한 듯이 기차 오 는 편을 깜짝 아니하고 바라다보고 있는 것을 아쌔는 보았 다. 그리고 근처에 엎디어서 때를 기다리는 수십 혹은 수백 의 도적놈들이 일제히 저를 향하여 총을 겨누고 방아쇠를 달 그락거리는 것 같은 생각이 들어서 몸서리를 쳤다. 수백 눈 이 저를 조롱하는 눈으로 바라다보는 것 같았다. 그래 그는 맥없이 쓰러져서 눈을 감았다. 그의 머리를 번갯불같이 스치 고 간 것은 죽음이라는 무서운 두 글자이었다. 이 일을 하려 면 목숨을 내놓아야 한다.

아쌔는 생각했다.

"나는 오늘 밤 여기서 죽는다. 왜? 정거장 역부 노릇을 해 먹을망정 삶이라는 것은 재미있는 것이요, 가치 있는 것이 다. 더욱이 나 하나를 의지하고 살아가는 나의 어머니—— 늙어서 눈까지 먼 어머니, 내 아내, 내 가장 사랑하는 아내, 그리고 또 내 아들, 내 조상의 대를 이을 외아들, 그들을 가 난이라는 벌판 위에 내어 버리고 내가 오늘 죽을 수가 있나! 나만 죽으면 그들도 죽는 것이나 다름이 없이 될 것이다. 누 가 보호해 줄 사람도 없고 먹여 주고 입혀 줄 사람도 없다."

아쌔는 뚜렷하게 그의 앞에 나타나는 어머니, 아내, 아들의 얼굴들을 차례차례 바라보았다. 그리고 사죄하는 듯이,

"아니오, 아니오. 이 세상 천만 사람의 목숨보다도 당신들이 내게는 더 귀하외다. 그럴 리가 있습니까? 내가 왜 목숨을 내놓아요. 내가 일생에 보지도 못하고 상관도 없는 그 승객 수백 명을 살린들 당신들을 못살게 한다면 내게 무슨 쓸데가 있겠소. 아니오, 나는 가만 있을 테요."
하고 속으로 주문 외듯 외었다.

아쌔는 생각했다. 사실 말이지 자기는 아무런 책임이나 의무를 가진 것은 아니었다. 역장 통신원이 모두, 이유는 하여간에 찍 소리도 못하고 있는데 홀로 기수가 도적을 방어하지 못한다고 일후에 나라에서 벌 내릴 것은 결코 아니었다. 이제 몇 분 혹은 몇 십분 동안을 눈 딱 감고 귀 딱 막은 후 그냥 그 자리에 엎드려 있다가 일어나면 첫째는 제 목숨을 살릴 것이요, 둘째는 제 가족을 살릴 것이다. 지금 아쌔에게는 피하지 못할 중대한 선택이 있는 것이다. 그리고 이 선택은 절대로 자유인 동시에 또 황급히 하지 않으면 안 될 것이었다. 선택을 할 기회는 이제 사실로 몇 분이라기보다 몇 초밖에 아니 남은 것이었다.

아쌔는 가슴에서 끓어오르는 어떤 이상한 감정을 내리누르고 부인을 하려고 애를 썼다.

"나와 그들과 무슨 상관이 있나. 나는 내 가족이나 또는 내 몸이나 살려야지."
하고 그는 자꾸자꾸 중얼거렸다. 그래서 이 생각으로 그의 머리 전체를 채워서 다른 생각이 생길 틈이 없게 해보려고

영원히 사는 사람 249

애를 썼지마는 그것은 무효이었다.
 어느 구석에선가 그의 머릿속에는 끊임없이 법률이나 풍속의 책임이라는 것보다 사람이라는 이 인생의 책임이라는 것이 더 중한 것이라는 암시가 기어오르는 것이었다. 그렇다. 법률상으로 볼 때 지금 열차를 타고 오는 수백 혹은 수천 사람이 몰사를 한다고 하더라도 그에게는 아무 책임도 돌아갈 것이 없었다. 따라서 아무 벌도 받을 리가 없었다. 오늘 밤만 이대로 지나가면 내일부터는 다시 평화스럽게 일을 계속한 것이요, 월급을 받아서는 과연 사랑하는 부모 처자를 기를 것이다. 그러나 아쌔는 사람이었다. 과연 오늘 밤 일과 같은 경우에 사람으로서의 아쌔에게 사람으로서의 아무런 책임도 없으며 따라 벌도 없을 것인가.
 아쌔는 괴로워서 몸을 비틀었다. 지금 아쌔는 괴로워서 몸을 비틀었다. 지금 아쌔의 눈앞에는 급행열차 삼등칸 안 모양이 아련히 나타났다. 희미한 전등불 아래서 딴딴한 나무 걸상을 침대 겸 베개 겸 하고서 울렁덜렁 몸을 들치우면서 화평스럽게 잠을 자고 있는 어린이, 여편네, 사나이들이 똑똑히 그의 눈앞에 나타났다. 어린애들이 앞에 놓인 두 개의 함정을 꿈도 아니 꾸고 온전히 깊은 잠에 들어 무슨 재미난 꿈을 꾸는지 어여쁜 입술을 방긋거리면서 그 토실토실한 주먹을 들었다 놓았다 하는 광경이 똑똑히 바라다보였다.
 아쌔는 다시 몸을 떨었다. 그리고 이번에는 그는 그의 눈앞에 나타난 제 집안을 바라다보았다. 어머니와 아들이 화평히 잠들었고 아내가 명일날 아들 신길 신을 깁고 있는 것이 보이었다. 그의 아들은 머리만 내어 놓고 이불을 푹 쓴 채 눈썹 사이를 행복스럽게 생끗생끗하면서 쌕쌕 잠을 자고 있었다. 그러다가 이번에는 아내와 어머니는 아니 보이고 곤히 자는 아들의 모양만 나타났다. 그리고 그 바로 옆으로 이상하게도 방금 조금 전에 보이던 기차 속에서 잠자는 아이 모습이 나타났다. 쌍둥이 같은 두 아이, 형제 같은 두 아이는 둘 다 사랑스럽게 웃음을 띠면서 서로 돌아누웠다. 그러다가 어느 사이에 두 광경이 들어가 마주 붙어서 한 그림이 되었다. 그것은 급행열차 삼등실이었다. 마음놓고 잠자는 많은 사람들 가운데 그는 그의 어머니와 아내와 아들이 뒤섞이어서 잠자고 있는 것이 보였다. 그리고 그는 금시로 그 많은 사람들이 모두 어머니, 아내, 아들로 변해졌다. 이 구석에서도 저 구석에서도 어머니와 아내와 아들이 잠자고 혹은 주먹으로 두 볼을 비비면서 일어나려고 하기도 한다. 아쎄 저 자신까지가 그 기차 속에 담겨져 끌려가는 것같이 몸이 들추이는 것을 깨달았다. 그리고 그 순간에 모든 환상은 씻은 듯이 사라지고 그는 희미하게나마 확실하게 기차의 대지 위를 달리는 으르렁거리는 소리를 들었다.

이 희미한 덜컹 소리와 미약한 지진 같은 흔들림이 아쎄에게는 화약 뭉텅이에 성냥불 댄 것 같은 영향을 주었다.

아쎄는 다시 아무런 관념 사상 토론이 없이 번갯불같이 벌떡 일어섰다. 그리고 사슴을 본 범보다도 더 빠르게 걸핏 등대 앞을 지나는 듯이 서 반 길이나 되는 플랫폼을 내리 뛰어서 선로 위에 섰다. 그리고 극한 흥분으로 무의식하게 "어허! 어허!" 소리를 지르면서 그는 그의 바른손에 들린 신호등을 그의 기와 팔이 미치는 대까지 높이 쳐들고 막 내두르면서 미친 듯이 기차를 마주 향해 달음박질쳤다. 아쌔는 첫 번에 기차가 아직 한 반 마일 가량 밖에 있는 것을 보았다. 그래서 저도 무엇이라고 하는지 모를 뻔한 고함을 지르면서 신호등을 그냥 내두르면서 달음박질했다. 아쌔가 휘두르는 신호등이 앞으로는 새빨간 반원의 불줄을 공중에 그리고 뒤로는 새파란 불줄을 그려 놓았다.

사면에서 외치는 소리가 들렸다. 그리고 외치는 모두들보다 더 날카롭게 여장군의 성난 외침이 들려 왔다. 그리고 사면에서,

"죽여라 죽여라!"

하는 무서운 소리가 나는 듯하자, 팽, 팽 하는 총소리가 시작하다가 마지막에는 기관총 여러 개를 한꺼번에 사격하는 것 같은 복잡한 총소리가 고요하던 하늘을 떠나 보낼 듯이 어지러이 들려 왔다. 무슨 한없이 빠른 물건들이 아쌔의 몸 사면을 스치고 횡 횡 지나가는 것을 그는 깨달았다. 이 두려운 혼잡이 아쌔에게 십 배나 되는 더 큰 열을 부어 주었다. 그래서 그는 더욱더욱 소리를 지르면서 선로 위를 껑충껑충 뛰어가면서 선로 절단된 데까지 간 때 쨍강하고 그의 신호등 유리가 산산이 헤어져서 아쌔의 머리에 온통 뒤집어 씌우면서 불이 꺼져 버리고 말았다. 아쌔는 더욱더욱 열이 나서 미친놈처럼 소리만 버럭버럭 지르면서 깨어진 등을 그냥 내두르면서 앞으로 더 뛰쳐갔다. 그러나 그가 서너 발짝을 더 못 가서 그는 그의 잔등을 무슨 무거운 쇠망치 같은 것으로 얻어맞는 것 같은 감각을 인식하면서 그만 앗 소리 지르고 그 자리에 고꾸라졌다.

잠깐 만에 그는 그가 눈 쌓인 선로 위에 가로 넘어져 있는 것을 발견했다. 그리고 어디라고 형용할 수는 없이 온몸이 아프고 쓰림을 깨닫고 제 주의에는 희고 깨끗한 눈이 하염없이 흘러나오는 제 피로 빨갛게 물들여지는 것을 직감했다. 그러나 그는 이런 일들을 오래 생각지 아니했다. 그의 머리는 다시 그 기차와 도적놈들의 생각으로 분주하여졌다.

그는 무슨 소리를 들어 보려고 전 정신을 귀로 모았다. 확실히 기차 소리는 멎었다. 울컹거리는 소리는 없어졌다. 그리고 다만 파장파장하는 성난 발자국 소리들과 명절날 오독도기 쏘는 소리 같은 총소리가 들릴 뿐이었다. 일이 어떻게 되었나? 그러면 나의 이만한 노력도 그만 허사가 되었는가 하는 비감한 생각이 핑 돌아갔다. 바로 이때 그는 분주한 총소리와 고함 소리 속으로 새로이 울려 오는 기관차의 푸푸 소리와 덜그럭 소리를 확실히 들었다. 그는 죽을 힘을 다 들여 고개를 소리나는 편으로 돌리었다. 얼마 멀지 않은 곳에서 기관차 머릿불이 펄럭거리고 있고 그 앞으로 무엇들이 왔다갔다하는 것 같았다. 아쌔는 손바닥에 땀을 흘려 가며 정신없이 그것만 바라다보았다. 기관차 머릿불이 차차 멀어지고 푸푸 소리가 차차 희미해지는 것을 깨달았다. 따라서 아까보다 더 큰 외침 소리와 혼잡한 총소리를 들었다.

아쌔는 안심하는 한숨을 훅 내쉬었다. 그러면 기관수는 아쌔의 신호를 보고 기차를 급히 멈추었다가 총소리를 듣고 급히 뒷걸음을 쳐서 달아난 것이다. 아쌔의 일은 이루어진 것이다. 근 십 년이나 매일 하던 직무를 버리지 않고 끝까지 계속한 것이다. 그리고 오늘이 그 직무를 이행하는 마지막 날인 것이다. 그리고 마지막 이행으로 죽음을 얻었고 그 죽음으로 그 "영원한 삶"을 산 것이었다.

 기차 머릿불은 멀어서 잘 보이지도 않는 저 —— 편 수평선에서 까물까물하고 그리 요란하던 총소리도 뚝 그쳤다. 다만 기 쓰고 기차를 따라가며 총질하던 도적놈들이 제각기 무엇이라고 제 분풀이를 부르짖으면서 급히 이곳으로 다시 돌아오는 발자국 소리를 그는 들었다. 그리고 시커먼 것들이 아쌔 옆으로 혹은 넘어뛰어서 정거장으로 가는 것을 보았다. 잔등과 목에 맞은 상처도 찬 눈에 마비가 되어 아픈 줄을 알 수가 없고 구름 없는 하늘같이 새맑은 그의 머리에는 만족감과 환희의 감정으로써 가득 채워져 있었다.

 "사람 노릇 했다."
하는 감정이 아쌔를 끝도 없는 즐거움 속으로 그의 정신을 인도하는 것이었다. 도적놈들의 발자국 소리가 차차 멀어졌다. 후환을 무서워하는 그들은 한 시각도 지체하지 못하고 급급히 도망질치는 것이었다. 아마 복수로 역장을 죽여 버리고 가는지도 알 수 없을 것이었다.

 싹 소리도 없이 다시 고즈넉해졌다. 언제부터인지 다시 곱고 느릿한 함박눈이 펄펄 내려와서 상기된 아쌔의 얼굴을 덮고 몸뚱이를 덮었다. 아쌔는 절반 꿈속 같은 속에서 다시 개 짖는 소리를 들었다. 그리고 그 컹컹 하는 소리 속으로 은은히 들리는 제 아들의 목소리를 그는 듣는 것 같았다.

 "아버지! 아버지!"

 그는 대답을 하려 했다. 그리고,

 "오! 너도 사람 구실을 하여라."

하고 말하고 싶었지마는 절대로 불가능이었다. 벌써 그의 관능은 그의 지배를 거절하는 것이었다. 그는 그냥 꿈속같이,
　"아버지! 아버지!"
하는 소리를 들으면서 잠자는 듯이 무의식하게 되었다. 함박눈은 그냥 내리부어 아쌔를 곱게 둘러 덮었다.

(1925년)

□ 연 보

1902년   11월 24일 평양 출생. 호 여심餘心. 8남매 중의 차남. 시인 주요한朱耀翰의 아우.
1915년   숭덕소학교 졸업.
1918년   숭실중학 3년 때 도일渡日, 도쿄 아오야마 학원 중학부 3학년 편입.
1920년   등사판 지하신문 발간하다가 10개월간 옥고를 치르고 중국으로 건너감.
1921년   단편 〈깨어진 항아리〉가 《매일신보》에 입선, 문단에 데뷔. 〈추운 밤〉〈죽음〉 발표.
1925년   단편 〈인력거꾼〉〈살인〉〈첫사랑〉〈이상〉 등 발표.
1926년   단편 〈천당〉, 희곡 〈토적군討赤軍〉〈물결〉〈진화〉〈자유〉 등 발표.
1927년   단편 〈개밥〉〈넓은 사랑〉 등 발표.
1928년   상해 후장〔滬江〕 대학 졸업.
1929년   도미하여 스탠포드 대학원에서 교육학 석사과정 수료.
1930년   장편 〈구름을 잡으려고〉, 아동소설 〈웅철이의 모험〉 발표.
1931년   《동아일보》 입사. 신동아 주간.

1934년   베이징 푸렌[輔仁] 대학 교수 역임.
1935년   단편 〈사랑 손님과 어머니〉〈대서代書〉, 수필 〈미운 간호부〉 발표.
1936년   베이징에서 《동아일보》사 《신가정》지 기자 김자혜와 결혼. 단편 〈아네모네의 마담〉〈추물〉〈미완성〉 발표.
1937년   단편 〈봉천역 식당〉 발표.
1938년   단편 〈죽마지우竹馬之友〉 발표.
1939년   단편 〈낙랑고분樂浪古墳의 비밀〉 발표.
1943년   일본의 대륙 침략에 협조하지 않는다는 이유로 추방되어 평양으로 돌아옴.
1946년   단편 〈눈은 눈으로〉〈대학 교수와 모리배〉 발표.
1947년   상호출판사相互出版社 주간. 영문소설 〈Kim Yu-Shin〉 간행.
1950년   《코리아 타임스》 논설위원. 단편 〈이십오 년〉 발표.
1953년   경희대 교수.
1954년   국제 펜클럽 한국본부 사무국장. 단편 〈해방 일 주년〉 발표.
1955년   단편 〈이것이 꿈이라면〉〈길〉 발표.
1958년   단편 〈일억 오천만 대 일〉〈잡초〉〈붙느냐 떨어지느냐〉〈망국노군상忘國奴群像〉 발표.
1959년   국제 펜클럽 주최 제30차 세계작가대회(프랑크푸르트) 한국 대표로 참가.
1961년   《코리언 리퍼블릭》지 이사장.
1963년   미주리 대학 등 6개 대학에서 '아시아 문회 및 문

　　　　　학'을 강의.
1965년　단편 〈세 죽음〉 발표.
1967년　단편 〈열 줌의 흙〉 발표.
1968년　한국문학번역협회 회장.
1970년　단편 〈여대생과 밍크 코트〉 발표.
1972년　11월 14일 심장 마비로 별세.

사랑 손님과 어머니(외)

1995년	9월	20일	초판	1쇄	발행
2004년	11월	15일	2판	1쇄	발행
2007년	7월	15일	2판	2쇄	발행

지은이　주　요　섭
펴낸이　윤　형　두
펴낸데　범　우　사

출판 등록　1966. 8. 3. 제 406-2003-048호
413-756　경기도 파주시 교하읍 문발리 525-2
대표 전화　(031) 955-6900, 팩스 (031) 955-6905

＊파본은 교환해 드립니다.　편집·교정/김지선·김영석·안현경

ISBN 89-08-03312 2 04810　(홈페이지) www.bumwoosa.co.kr
　　　89-08-03202 9 (세트)　(E-mail) bumwoosa@chol.com

당신의 서가에 세계 고전문학을…
범우비평판 세계문학선

❶ 토마스 불핀치
- 1-1 그리스·로마 신화 한혁순 값 10,000원
- 1-2 원탁의 기사 한영원 값 10,000원
- 1-3 샤를마뉴 황제의 전설 이성규 값 8,000원

❷ 도스토예프스키
- 2-1,2 죄와 벌(상)(하) 이철(외대 교수) 각권 9,000원
- 2-3,4,5 카라마조프의 형제(상)(중)(하) 김학수(전 고려대 교수) 각권 9,000원
- 2-6,7,8 백치(상)(중)(하) 박형규 각권 7,000원
- 2-9,10,11 악령(상)(중)(하) 이철 각권 9,000원

❸ W. 셰익스피어
- 3-1 셰익스피어 4대 비극 이태주(단국대 교수) 값 10,000원
- 3-2 셰익스피어 4대 희극 이태주 값 10,000원
- 3-3 셰익스피어 4대 사극 이태주 값 12,000원
- 3-4 셰익스피어 명언집 이태주 값 10,000원

❹ 토마스 하디
- 4-1 테스 김회진(서울시립대 교수) 값 10,000원

❺ 호메로스
- 5-1 일리아스 유영(연세대 명예교수) 값 9,000원
- 5-2 오디세이아 유영 값 9,000원

❻ 밀 턴
- 6-1 실낙원 이창배(동국대 교수) 값 10,000원

❼ L. 톨스토이
- 7-1,2 부활(상)(하) 이철(외대 교수) 값 7,000원
- 7-3,4 안나 카레니나(상)(하) 이철 각권 12,000원
- 7-5,6,7,8 전쟁과 평화 1,2,3,4 박형규 각권 10,000원

❽ 토마스 만
- 8-1 마의 산(상) 홍경호(한양대 교수) 값 9,000원
- 8-2 마의 산(하) 홍경호 값 10,000원

❾ 제임스 조이스
- 9-1 더블린 사람들·비평문 김종건(고려대 교수) 값 10,000원
- 9-2,3,4,5 율리시즈 1,2,3,4 김종건 각권 10,000원
- 9-6 젊은 예술가의 초상 김종건 값 10,000원
- 9-7 피네간의 경야(抄)·詩·에피파니 김종건 값 10,000원
- 9-8 영웅 스티븐·망명자들 김종건 값 12,000원

❿ 생 텍쥐페리
- 10-1 전시 조종사(외) 조규철 값 8,000원
- 10-2 젊은이의 편지(외) 조규철·이정림 값 7,000원
- 10-3 인생의 의미(외) 조규철(외대 교수) 값 7,000원
- 10-4,5 성채(상)(하) 염기용 값 8,000원~10,000원
- 10-6 야간비행(외) 전채린·신경자 값 8,000원

⓫ 단테
- 11-1,2 신곡(상)(하) 최현 값 9,000원

⓬ J. W. 괴테
- 12-1,2 파우스트(상)(하) 박환덕 값 7,000원~8,000원

⓭ J. 오스틴
- 13-1 오만과 편견 오화섭(전 연세대 교수) 값 9,000원
- 13-2,3 맨스필드 파크(상)(하) 이옥용 값 10,000원

⓮ V. 위 고
- 14-1,2,3,4,5 레 미제라블 1~5 방곤 각권 8,000원

⓯ 임어당
- 15-1 생활의 발견 김병철 값 12,000원

⓰ 루이제 린저
- 16-1 생의 한가운데 강두식(전 서울대 교수) 값 7,000원

⓱ 게르만 서사시
- 17 니벨룽겐의 노래 허창운(서울대 교수) 값 13,000원

⓲ E. 헤밍웨이
- 18-1 누구를 위하여 종은 울리나 김병철(중앙대 교수) 값 10,000원
- 18-2 무기여 잘 있거라(외) 김병철 값 12,000원

⓳ F. 카프카
- 19-1 성(城) 박환덕(서울대 교수) 값 10,000원
- 19-2 변신 박환덕 값 10,000원
- 19-3 심판 박환덕 값 8,000원
- 19-4 실종자 박환덕 값 9,000원
- 19-5 어느 투쟁의 기록(외) 박환덕 값 12,000원
- 19-6 밀레나에게 보내는 편지 박환덕 값 12,000원

⓴ 에밀리 브론테
- 20-1 폭풍의 언덕 안동민 값 8,000원

㉑ 마가렛 미첼
- 21-1,2,3 바람과 함께 사라지다(상)(중)(하) 송관식·이병우 각권 10,000원

㉒ 스탕달
- 22-1 적과 흑 김붕구 값 10,000원

㉓ B. 파스테르나크
- 23-1 닥터 지바고 오재국(전 육사교수) 값 10,000원

㉔ 마크 트웨인
- 24-1 톰 소여의 모험 김병철 값 7,000원
- 24-2 허클베리 핀의 모험 김병철 값 9,000원
- 24-3,4 마크 트웨인 여행기(상)(하) 박미선 각권 10,000원

작품론을 함께 묶어 38년 동안 일궈낸 세계문학전집!

대학입시생에게 논리적 사고를 길러주고 대학생에게는 사회진출의 길을 열어주며,
일반 독자에게는 생활의 지혜를 듬뿍 심어주는 문학시리즈로서
범우비평판은 이제 독자여러분의 서가에서 오랜 친구로 늘 함께 할 것입니다.

㉕ 조지 오웰
- 25-1 동물농장·1984년 김회진 값 10,000원

㉖ 존 스타인벡
- 26-1,2 분노의 포도(상)(하) 전형기 각권 7,000원
- 26-3,4 에덴의 동쪽(상)(하)
  이성호(한양대 교수) 각권 9,000~10,000원

㉗ 우나무노
- 27-1 안개 김현창(서울대 교수) 값 7,000원

㉘ C. 브론테
- 28-1,2 제인 에어(상)(하) 배영희 각권 8,000원

㉙ 헤르만 헤세
- 29-1 知와 사랑·싯다르타 홍경호 값 9,000원
- 29-2 데미안·크눌프·로스할데 홍경호 값 9,000원
- 29-3 페터 카멘친트·게르트루트
  박환덕(서울대 교수) 값 9,000원
- 29-4 유리알 유희 박환덕 값 12,000원

㉚ 알베르 카뮈
- 30-1 페스트·이방인 방 곤(경희수) 값 9,000원

㉛ 올더스 헉슬리
- 31-1 멋진 신세계(외) 이상규·허정애 값 10,000원

㉜ 기 드 모파상
- 32-1 여자의 일생·단편선 이정림 값 10,000원

㉝ 투르게네프
- 33-1 아버지와 아들 이철 값 9,000원
- 33-2 처녀지·루딘 김학수 값 10,000원

㉞ 이미륵
- 34-1 압록강은 흐른다(외)
  정규화(성신여대 교수) 값 10,000원

㉟ T. 드라이저
- 35-1 시스터 캐리 전형기(한양대 교수) 값 12,000원
- 35-2,3 미국의 비극(상)(하) 김병철 각권 9,000원

㊱ 세르반떼스
- 36-1 돈 끼호떼 김현창(서울대 교수) 값 12,000원
- 36-2 (속)돈 끼호떼 김현창(서울대 교수) 값 13,000원

㊲ 나쓰메 소세키
- 37-1 마음·그 후 서석연 값 12,000원

㊳ 플루타르코스
- 38-1~8 플루타르크 영웅전 1~8
  김병철 각권 8,000원~9,000원

㊴ 안네 프랑크
- 39-1 안네의 일기(외)
  김남석·서석연(전 동국대 교수) 값 9,000원

㊵ 강용흘
- 40-1 초당 장문평(문학평론가) 값 10,000원
- 40-2 동양선비 서양에 가시다
  유영(연세대 교수) 값 12,000원

㊶ 나관중
- 41-1~5 원본 三國志 1~5
  황병국(중국문학가) 값 10,000원

㊷ 귄터 그라스
- 42-1 양철북 박환덕(서울대 교수) 값 10,000원

㊸ 아쿠타가와류노스케
- 43-1 아쿠타가와 작품선
  진웅기·김진욱(번역문학가) 값 10,000원

㊹ F. 모리악
- 44-1 떼레즈 데께루·밤의 종말(외)
  인사라(충북대 교수) 값 8,000원

㊺ 에리히 M. 레마르크
- 45-1 개선문 홍경호(한양대 교수·문학박사) 값 12,000원
- 45-2 그늘진 낙원
  홍경호·박상배(한양대 교수) 값 8,000원
- 45-3 서부전선 이상없다(외)
  박환덕(서울대 교수) 값 12,000원

㊻ 앙드레 말로
- 46-1 희망 이가형(국민대 대우교수) 값 9,000원

㊼ A. J. 크로닌
- 47-1 성채 공문혜(번역문학가) 값 9,000원

㊽ 하인리히 뵐
- 48-1 아담 너는 어디 있었느냐(외)
  홍경호(한양대 교수) 값 8,000원

㊾ 시몬느 드 보봐르
- 49-1 타인의 피 전채린(충북대 교수) 값 8,000원

㊿ 보카치오
- 50-1,2 데카메론(상)(하)
  한형곤(외국어대 교수) 각권 11,000원

(51) R. 타고르
- 51-1, 고라 유영(연세대 명예교수) 값 13,000원

(52) R. 롤랑
- 52-1~5, 장 크리스토프
  김창세(번역문학가) 값 12,000원

(53) 노발리스
- 53-1 푸른 꽃(외) 이유영(전 서강대 교수) 값 9,000원

(54) 한스 카로사
- 54-1 아름다운 유혹의 시절 홍경호 값 10,000원
- 54-2 루마니아 일기(외) 홍경호 값 10,000원

(55) 막심 고리키
- 55-1 어머니 김현택 값 13,000원

(56) 미우라 아야코
- 56-1 빙점 최현 값 13,000원
- 56-2 (속)빙점 최현 값 13,000원

(57) 김현창
- 57-1 스페인 문학사 값 15,000원

(全冊 새로운 편집·장정 / 크라운변형판)

범우사 www.bumwoosa.co.kr TEL 02)717 2121

주머니 속에 책 한권을! 범우문고

1 수필 피천득
2 무소유 법정
3 바다의 침묵(외) 베르코르/조규철·이정림
4 살며 생각하며 미우라 아야코/진웅기
5 오, 고독이여 F.니체/최혁순
6 어린 왕자 A.생 텍쥐페리/이정림
7 톨스토이 인생론 L.톨스토이/박형규
8 이 조용한 시간에 김우종
9 시지프의 신화 A.카뮈/이정림
10 목마른 계절 전혜린
11 젊은이여 인생을… A.모르아/방곤
12 채근담 홍자성/최현
13 무진기행 김승옥
14 공자의 생애 최현 엮음
15 고독한 당신을 위하여 L.린저/곽복록
16 김소월 시집 김소월
17 장자 장자/허세욱
18 예언자 K.지브란/유제하
19 윤동주 시집 윤동주
20 명정 40년 변영로
21 산사에 심은 뜻은 이청담
22 날개 이상
23 메밀꽃 필 무렵 이효석
24 애정은 기도처럼 이영도
25 이브의 천형 김남조
26 탈무드 M.토케이어/정진태
27 노자도덕경 노자/황병국
28 갈매기의 꿈 R.바크/김진욱
29 우정론 A.보나르/이정림
30 명상록 M.아우렐리우스/황문수
31 젊은 여성을 위한 인생론 P.벽/김진욱
32 B사감과 러브레터 현진건
33 조병화 시집 조병화
34 느티의 일월 모윤숙
35 로렌스의 성과 사랑 D.H.로렌스/이성호
36 박인환 시집 박인환
37 모래톱 이야기 김정한
38 창문 김태길
39 방랑 H.헤세/홍경호
40 손자병법 손무/황병국
41 소설·알렉산드리아 이병주
42 전락 A.카뮈/이정림
43 사노라면 잊을 날이 윤형두
44 김삿갓 시집 김병연/황병국
45 소크라테스의 변명(외) 플라톤/최현
46 서정주 시집 서정주
47 사람은 무엇으로 사는가 L.톨스토이/김진욱
48 불가능은 없다 R.슐러/박호순
49 바다의 선물 A.린드버그/신상웅
50 잠 못 이루는 밤을 위하여 C.힐티/홍경호
51 딸깍발이 이희승
52 몽테뉴 수상록 M.몽테뉴/손석린
53 박재삼 시집 박재삼
54 노인과 바다 E.헤밍웨이/김회진
55 향연·뤼시스 플라톤/최현
56 젊은 시인에게 보내는 편지 R.릴케/홍경호
57 피천득 시집 피천득
58 아버지의 뒷모습(외) 주자청(외)/허세욱(외)
59 현대의 신 N.쿠치키(편)/진철승
60 별·마지막 수업 A.도데/정봉구
61 인생의 선용 J.러보크/한영환
62 브람스를 좋아하세요… F.사강/이정림
63 이동주 시집 이동주
64 고독한 산보자의 꿈 J.루소/염기용
65 파이돈 플라톤/최현
66 백장미의 수기 I.숄/홍경호
67 소년 시절 H.헤세/홍경호
68 어떤 사람이기에 김동길
69 가난한 밤의 산책 C.힐티/송영택
70 근원수필 김용준
71 이방인 A.카뮈/이정림
72 롱펠로 시집 H.롱펠로/윤삼하
73 명사십리 한용운
74 왼손잡이 여인 P.한트케/홍경호
75 시민의 반항 H.소로/황문수
76 민중조선사 전석담
77 동문서답 조지훈
78 프로타고라스 플라톤/최현
79 표본실의 청개구리 염상섭
80 문주반생기 양주동
81 신조선혁명론 박열/서석연
82 조선과 예술 야나기 무네요시/박재삼
83 중국혁명론 모택동(외)/박광종 엮음
84 탈출기 최서해
85 바보네 가게 박연구
86 도왜실기 김구/엄항섭 엮음
87 슬픔이여 안녕 F.사강/이정림·방곤
88 공산당 선언 K.마르크스·F.엥겔스/서석연
89 조선문학사 이명선
90 권태 이상
91 내 마음속의 그들 한승헌
92 노동자강령 F.라살레/서석연
93 장씨 일가 유주현
94 백설부 김진섭
95 에코스파즘 A.토플러/김진욱
96 가난한 농민에게 바란다 N.레닌/이정일
97 고리키 단편선 M.고리키/김영국
98 러시아의 조선침략사 송정환
99 기재기이 신광한/박헌순
100 홍경래전 이명선
101 인간만사 새옹지마 리영희
102 청춘을 불사르고 김일엽
103 모범경작생(외) 박영준
104 방망이 깎던 노인 윤오영

105 찰스 램 수필선 C.램/양병석
106 구도자 고은
107 표해록 장한철/정병욱
108 월광곡 홍난파
109 무서록 이태준
110 나생문(외) 아쿠타가와 류노스케/진웅기
111 해변의 시 김동석
112 발자크와 스탕달의 예술논쟁 김진욱
113 파한집 이인로/이상보
114 역사소품 곽말약/김승일
115 체스・아내의 불안 S.츠바이크/오영옥
116 복덕방 이태준
117 실천론(외) 모택동/김승일
118 순오지 홍만종/전규태
119 직업으로서의 학문・정치 M.베버/김진욱(외)
120 요재지이 포송령/진기환
121 한설야 단편선 한설야
122 쇼펜하우어 수상록 쇼펜하우어/최혁순
123 유태인의 성공법 M.토케이어/진웅기
124 레디메이드 인생 채만식
125 인물 삼국지 모리야 히로시/김승일
126 한글 성명보감 장기근 옮김
127 조선문화사서설 모리스 쿠랑/김수경
128 역옹패설 이제현/이상보
129 문장강화 이태준
130 중용・대학 차주환
131 조선미술사연구 윤희순
132 옥중기 오스카 와일드/임헌영
133 유태인식 돈벌이 후지다 덴/지방훈
134 가난한 날의 행복 김소운
135 세계의 기적 박광순
136 이퇴계의 활인심방 정숙
137 카네기 처세술 데일 카네기/전민식
138 요로원야화기 김승일
139 푸슈킨 산문 소설집 푸슈킨/김영국
140 삼국지의 지혜 황의백
141 슬견설 이규보/장덕순
142 보리 한흑구
143 에머슨 수상록 에머슨/윤삼하
144 이사도라 덩컨의 무용에세이 I.덩컨/최혁순
145 북학의 박제가/김승일
146 두뇌혁명 T.R.블랙슬리/최현
147 베이컨 수상록 베이컨/최혁순
148 동백꽃 김유정
149 하루 24시간 어떻게 살 것인가 A.베넷/이은순
150 평민한문학사 허경진
151 정선아리랑 김병하・김연갑 공편
152 독서요법 황의백 엮음
153 나는 왜 기독교인이 아닌가 B.러셀/이재황
154 조선사 연구(草) 신채호
155 중국의 신화 장기근
156 무병장생 건강법 배기성 엮음
157 조선위인전 신채호
158 정감록비결 편집부 엮음
159 유태인 상술 후지다 덴
160 동물농장 죠지 오웰
161 신록 예찬 이양하

162 진도 아리랑 박병훈・김연갑
163 책이 좋아 책하고 사네 윤형두
164 속담에세이 박연구
165 중국의 신화(후편) 장기근
166 중국인의 에로스 장기근
167 귀여운 여인(외) A.체호프/박형규
168 아리스토파네스 희곡선 아리스토파네스/최현
169 세네카 희곡선 테렌티우스/최 현
170 테렌티우스 희곡선 테렌티우스/최 현
171 외투・코 고골리/김영국
172 카르멘 메리메/김진욱
173 방법서설 데카르트/김진욱
174 페이터의 산문 페이터/이성호
175 이해사회학의 카테고리 막스 베버/김진욱
176 러셀의 수상록 러셀/이성규
177 속악유희 최영년/황순구
178 권리를 위한 투쟁 R. 예링/심윤종
179 돌과의 문답 이규보/장덕순
180 성황당(외) 정비석
181 양쯔강(외) 펄벅/김병걸
182 봄의 수상(외) 조지 기싱/이창배
183 아미엘 일기 아미엘/민희식
184 예언자의 집에서 토마스 만/박환덕
185 모자철학 가드너/이창배
186 짝 잃은 거위를 곡하노라 오상순
187 무하선생 방랑기 김상용
188 어느 시인의 고백 릴케/송영택
189 한국의 멋 윤태림
190 자연과 인생 도쿠토미 로카/진웅기
191 태양의 계절 이시하라 신타로/고평국
192 애서광 이야기 구스타브 플로베르/이민정
193 명심보감의 명구 191 이옹백
194 아큐정전 루쉰/허세욱
195 촛불 신석정
196 인간제대 추식
197 고향산수 마해송
198 아랑의 정조 박종화
199 지사총 조선작
200 홍동백서 이어령
201 유령의 집 신인호
202 목련초 오정희
203 친구 송영
204 쫓겨난 아담 유치환
205 카마수트라 바스야아나/송미영
206 한 가닥 공상 밀른/공덕룡

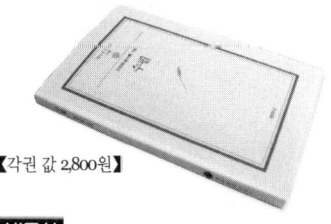

【각권 값 2,800원】

범우사 www.bumwoosa.co.kr TEL 02)717-2121

근대 개화기부터 현대까지

— 한민족 정신사의 복원, '정신의 위기'로

범우비평판 한국문학

13권 발행!

- 크라운변형판
- 각권 350~650쪽 내외
- 각권 값 10,000~15,000원
- 계속 출간됩니다.

▶ 공급처 · 북센 (031)955-6777

'범우비평판 한국문학'은 기존 문학사에서 외면당한 채 매몰된 문인들과 근대 개화기부터 현대까지의 작품들을 복원시켰다. 한 작가의 작품세계와 정신세계를 들여다 볼 수 있는 '광의의 문학'을 시도한 민족정신의 응결체로 20세기 한국문학을 민족정신사적으로 재평가, 성찰할 수 있는 전망대다. —임헌영 (문학평론가)

'범우비평판 한국문학'의 특징

▶ 문학의 개념을 민족 정신사의 총체적 반영으로 확대
▶ 기존의 '한국문학전집' 편찬 관성을 탈피, 작가 중심의 편집형태
▶ 학계의 대표적인 문학 연구자들을 책임편집자로 위촉
▶ 원본 확정 작업을 통해 근현대 문학 정본 확인하는 성과

 종합출판 범우(주) www.bumwoosa.co.kr TEL 02)717-2121 편집부 031)955-6900

'정본'으로 집대성한 한국 대표 문학

불리는 민족사를 성찰할 전망대!

- 제1권 ▶ 신채호 편 《백세 노인의 미인담》(외) — 김주현(경북대)
- 제2권 ▶ 개화기소설 편 《송뢰금》(외) — 양진오(경주대)
- 제3권 ▶ 이해조 편 《홍도화》(외) — 최원식(인하대)
- 제4권 ▶ 안국선 편 《금수회의록》(외) — 김영민(연세대)
- 제5권 ▶ 양건식·현상윤 외 편 《슬픈 모순》(외) — 김복순(명지대)
- 제6권 ▶ 김억 편 《해파리의 노래》(외) — 김용직(서울대)
- 제7권 ▶ 나도향 편 《어머니》(외) — 박헌호(성균관대)
- 제8권 ▶ 조명희 편 《낙동강》(외) — 이명재(중앙대)
- 제9권 ▶ 이태준 편 《사상의 월야》(외) — 민충환(부천대)
- 제10권 ▶ 최독견 편 《승방비곡》(외) — 강옥희(상명대)
- 제11권 ▶ 이인직 편 《은세계》(외) — 이재선(서강대)
- 제12권 ▶ 김동인 편 《약한 자의 슬픔》(외) — 김윤식(서울대)
- 제13권 ▶ 현진건 편 《운수 좋은 날》(외) — 이선영(연세대)

발행 예정도서

- ▶ 이광수 편 《삼봉이네 집》(외) — 한승옥(숭실대)
- ▶ 이 상 편 《공포의 기록》(외) — 이경훈(연세대)
- ▶ 김유정 편 《산골 나그네》(외) — 이주일(상지대)
- ▶ 김영팔 편 《곱장칼》(외) — 박명진(중앙대)
- ▶ 백신애 편 《아름다운 노을》(외) — 최혜실(경희대)
- ▶ 이설주 편 《방랑기》(외) — 오양호(인천대)
- ▶ 이석훈 편 《이주민 열차》(외) — 김용성(인천대)
- ▶ 심 훈 편 《그날이 오면》(외) — 정종진(청주대)
- ▶ 계용묵 편 《백치 아다다》(외) — 장영우(동국대)
- ▶ 홍사용 편 《저승길》(외) — 김은철(상지대)
- ▶ 김남천 편 《공장신문》(외) — 채호석(외국어대)

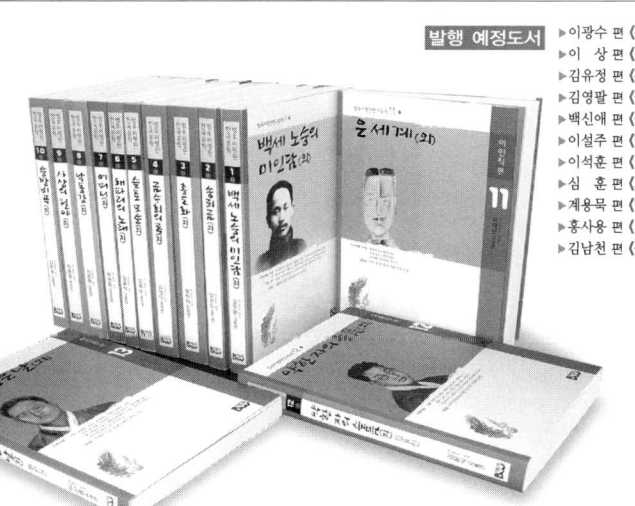

온고지신(溫故知新)으로 21세기를!

현대사회를 보다 새로운 시각으로 종합진단하여
그 처방을 제시해주는

범우사상신서

1	자유에서의 도피 E. 프롬/이상두	32	방관자의 시대 P. 드러커/이상두·최혁순
2	젊은이여 오늘을 이야기하자 렉스프레스紙/방곤·최혁순	33	건전한 사회 E. 프롬/김병익
3	소유냐 존재냐 E. 프롬/최혁순	34	미래의 충격 A. 토플러/장을병
4	불확실성의 시대 J. 갈브레이드/박현채·전철환	35	작은 것이 아름답다 E. 슈마허/김진욱
5	마르쿠제의 행복론 L. 마르쿠제/황문수	36	관심의 불꽃 J. 크리슈나무르티/강옥구
6	너희도 神처럼 되리라 E. 프롬/최혁순	37	종교는 필요한가 B. 러셀/이재황
7	의혹과 행동 E. 프롬/최혁순	38	불복종에 관하여 E. 프롬/문국주
8	토인비와의 대화 A. 토인비/최혁순	39	인물로 본 한국민족주의 장을병
9	역사란 무엇인가 E. 카/김승일	40	수탈된 대지 E. 갈레아노/박광순
10	시지프의 신화 A. 카뮈/이정림	41	대장정—작은 거인 등소평 H. 솔즈베리/정성호
11	프로이트 심리학 입문 C.S. 홀/안귀여루	42	초월의 길 완성의 길 마하리시/이병기
12	근대국가에 있어서의 자유 H. 라스키/이상두	43	정신분석학 입문 S. 프로이트/서석연
13	비극론·인간론(외) K. 야스퍼스/황문수	44	철학적 인간 종교적 인간 황필호
14	엔트로피 J. 리프킨/최현	45	권리를 위한 투쟁(외) R. 예링/심윤종·이주향
15	러셀의 철학노트 B. 페인버그·카스릴스(편)/최혁순	46	창조와 용기 R. 메이/안병무
16	나는 믿는다 B. 러셀(외)/최혁순·박상규	47-1	꿈의 해석 ⓐ S. 프로이트/서석연
17	자유민주주의에 희망은 있는가 C. 맥퍼슨/이상두	47-2	꿈의 해석 ⓑ S. 프로이트/서석연
18	지식인의 양심 A. 토인비(외)/임헌영	48	제3의 물결 A. 토플러/김진욱
19	아웃사이더 C. 윌슨/이성규	49	역사의 연구 ① D. 서머벨 엮음/박광순
20	미학과 문화 H. 마르쿠제/최현·이근영	50	역사의 연구 ② D. 서머벨 엮음/박광순
21	한일합병사 야마베 겐타로/안병무	51	건건록 무쓰 무네미쓰/김승일
22	이데올로기의 종언 D. 벨/이상두	52	가난이야기 가와카미 하지메/서석연
23	자기로부터의 혁명 ① J. 크리슈나무르티/권동수	53	새로운 세계사 마르크 페로/박광순
24	자기로부터의 혁명 ② J. 크리슈나무르티/권동수	54	근대 한국과 일본 나카스카 아키라/김승일
25	자기로부터의 혁명 ③ J. 크리슈나무르티/권동수	55	일본 자본주의의 정신 야마모토 시치헤이/김승일·이근원
26	잠에서 깨어나라 B. 라즈니시/길연	56	정신분석과 듣기 예술 E. 프롬/호연심리센터
27	역사학 입문 E. 베른하임/박광순		▶ 계속 펴냅니다
28	법화경 이야기 박혜경		
29	융 심리학 입문 C.S. 홀(외)/최현		
30	우연과 필연 J. 모노/김진욱		
31	역사의 교훈 W. 듀란트(외)/천희상		

범우사   서울시 마포구 구수동 21-1호 전화 717-2121, FAX 717-0429
http://www.bumwoosa.co.kr (천리안·하이텔 ID) BUMWOOSA

온고지신(溫故知新)으로 21세기를!

범우고전선

시대를 초월해 인간성 구현의 모범으로 삼을 만한 책을 엄선

1　유토피아　토마스 모어/황문수
2　오이디푸스 王　소포클레스/황문수
3　명상록·행복론　M.아우렐리우스·L.세네카/황문수·최현
4　깡디드　볼페르/염기용
5　군주론·전술론(외)　마키아벨리/이상두
6　사회계약론(외)　J.루소/이태일·최현
7　죽음에 이르는 병　키에르케고르/박환덕
8　천로역정　존 버니연/이현주
9　소크라테스 회상　크세노폰/최혁순
10　길가메시 서사시　N.K.샌다즈/이현주
11　독일 국민에게 고함　J.G.피히테/황문수
12　히페리온　F.횔덜린/홍경호
13　수타니파타　김운학 옮김
14　쇼펜하우어 인생론　A.쇼펜하우어/최현
15　톨스토이 참회록　L.N.톨스토이/박형규
16　존 스튜어트 밀 자서전　J.S.밀/배영원
17　비극의 탄생　F.W.니체/곽복록
18-1　에 밀(상)　J.J.루소/정봉구
18-2　에 밀(하)　J.J.루소/정봉구
19　팡 세　B.파스칼/최현·이정림
20-1　헤로도토스 歷史(상)　헤로도토스/박광순
20-2　헤로도토스 歷史(하)　헤로도토스/박광순
21　성 아우구스티누스 고백록　A.아우구스티누/김평428
22　예술이란 무엇인가　L.N.톨스토이/이철
23　나의 투쟁　A.히틀러/서석연
24　論語　황병국 옮김
25　그리스·로마 희곡선　아리스토파네스(외)/최현
26　갈릴레이 戰記　C.J.카시러/박230
27　善의 연구　니시다 기타로/서석연
28　육도·삼략　하재철 옮김
29　국부론(상)　A.스미스/최호진·정해동
30　국부론(하)　A.스미스/최호진·정해동
31　펠로폰네소스 전쟁사(상)　투키디데스/박광순
32　펠로폰네소스 전쟁사(하)　투키디데스/박광순
33　조子　차주환 옮김
34　아방강역고　정약용/이민수
35　서구의 몰락 ①　슈펭글러/박광순
36　서구의 몰락 ②　슈펭글러/박광순
37　서구의 몰락 ③　슈펭글러/박광순
38　명심보감　장기근
39　월 든　H.D.소로/양병석
40　한서열전　반고/홍대표
41　참다운 사랑의 기술과 허튼 사랑의 질책　안드레아스/김영락
42　종합 탈무드　마빈 토케이어(외)/전풍자
43　백운화상어록　백운화상/석찬선사
44　조선복식고　이여성
45　불조직지심체요절　백운선사/박문열
46　마가렛 미드 자서전　M.미드/최혁순·최인옥
47　조선사회경제사　백남운/박광순
48　고전을 보고 세상을 읽는다　모리야 히로시/김승일
49　한국통사　박은식/김승일
50　콜럼버스 항해록　라스 카사스 신부 엮음/박광순
51　삼민주의　쑨원/김승일(외) 옮김
52-1　나의 생애(상)　L.트로츠키/박광순
52-1　나의 생애(하)　L.트로츠키/박광순
53　북한산 역사지리　김윤우
54-1　몽계필담(상)　심관/최병규
54-1　몽계필담(하)　심관/최병규

▶ 계속 펴냅니다

범우사　서울시 마포구 구수동 21-1호 TEL 717-2121 FAX 717-0429
http://www.bumwoosa.co.kr (E-mail) bumwoosa@chollian.net

범우학술·평론·예술

방송의 현실과 이론 김한철	텔레비전과 페미니즘 김선남·김홍규
독서의 기술 모티머 J./민병덕 옮김	아동문학교육론 B. 화이트헤드
한자 디자인 한편집센터 엮음	한국의 청동기문화 국립중앙박물관
한국 정치론 장을병	겸재정선 진경산수화 최완수
여론 선전론 이상철	한국 서지의 전개과정 안춘근
전환기의 한국정치 장을병	독일 현대작가와 문학이론 박환덕(외)
사뮤엘슨 경제학 해설 김유송	정도 600년 서울지도 허영환
현대 화학의 세계 일본화학회 엮음	신선사상과 도교 도광순(한국도교학회)
신저작권법 축조개설 허희성	언론학 원론 한국언론학회 편
방송저널리즘 신현응	한국방송사 이범경
독서와 출판문화론 이정춘·이종국 편저	카프카문학연구 박환덕
잡지출판론 안춘근	한국민족운동사 김창수
인쇄커뮤니케이션 입문 오경호 편저	비교텔레콤論 질힐/금동호 옮김
출판물 유통론 윤형두	북한산 역사지리 김윤우
통합적 마케팅 커뮤니케이션 김광수(외) 옮김	한국회화소사 이동주
'83~'97 출판학 연구 한국출판학회	출판학원론 범우사 편집부
자아커뮤니케이션 최창섭	한국과거제도사 연구 조좌호
현대신문방송보도론 팽원순	독문학과 현대성 정규화수간행위원회편
국제출판개발론 미노와/안춘근 옮김	겸제진경산수 최완수
민족문학의 모색 윤병로	한국미술사대요 김용준
변혁운동과 문학 임헌영	한국목활자본 천혜봉
조선사회경제사 백남운	한국금속활자본 천혜봉
한국정치의 이해 장을병	한국기독교 청년운동사 전택부
조선경제사 탐구 전석담(외)	한시로 엮은 한국사 기행 심경호
한국전적인쇄사 천혜봉	출판물 판매기술 윤형두
한국서지학원론 안춘근	우루과이라운드와 한국의 미래 허신행
현대매스커뮤니케이션의 제문제 이강수	기사 취재에서 작성까지 김숙현
한국상고사연구 김정학	세계의 문자 세계문자연구회/김승일 옮김
중국현대문학발전사 황수기	불조직지심체요절 백운선사/박문열 옮김
광복전후사의 재인식 I, II 이현희	임시정부와 이시영 이은우
한국의 고지도 이 찬	매스미디어와 여성 김선남
하나되는 한국사 고준환	눈으로 보는 책의 역사 안춘근·윤형두 편저
조선후기의 활자와 책 윤병태	현대노어학 개론 조남신
신한국사의 탐구 김용덕	교양 언론학 강좌 최창섭(외)
독립운동사의 제문제 윤병석(외)	통합 데이타베이스 마케팅 시스템 김정수
한국현실 한국사회학 한완상	문화간 커뮤니케이션의 이해 최윤희·김숙현

 범우사

서울시 마포구 구수동 21-1
전화 717-2121 FAX 717-0429

서울대 선정도서인 나관중의 '원본 삼국지'

범우비평판세계문학 41-①②③④⑤
나관중 / 중국문학가 황병국 옮김

新개정판

원작의 순수함과 박진감이 그대로 담긴 '원본 삼국지'!

원작에 가장 충실하게 번역되어 독자로 하여금 읽는 즐거움을 느끼게 합니다.
이 책은 편역하거나 윤문한 삼국지가 아니라 중국 삼민서국과 문원서국
판을 대본으로 하여 원전에 가장 충실하게 옮긴 '원본 삼국지' 입니다.
한시(漢詩) 원문, 주요 전도(戰圖), 출사표(出師表) 등
각종 부록을 대거 수록한 신개정판.

·작품 해설 : 장기근(서울대 명예교수, 한문학 박사) · 전5권/각 500쪽 내외 · 크라운변형판/각권 값 10,000원

제갈량

＊중·고등학생이 읽는 사르비아 〈삼국지〉
1985년 중·고등학생 독서권장도서(서울시립남산도서관 선정)
최현 옮김 / 사르비아총서 502·503·504/각권 6,000원

＊초등학생이 보면서 읽는 〈소년 삼국지〉
나관중 / 곽하신 엮음 / 피닉스문고 8·9/각권 3,000원

 **범우사** 서울시 마포구 구수동 21-1호 전화 717-2121, FAX 717-0429
http://www.bumwoosa.co.kr (E-mail) bumwoosa@chollian.net

범우 셰익스피어 작품선

범우비평판세계문학선 3-❶❷❸❹

셰익스피어 4대 비극
W. 셰익스피어 지음/이태주 옮김
크라운 변형판 · 값 12,000원 · 544쪽

우리에게 너무도 잘 알려진 〈햄릿〉〈맥베스〉〈리어왕〉〈오셀로〉 등 비극 4편을 싣고 있으며, 셰익스피어의 비극세계와 그의 성장과정 · 극작가로서 그가 차지하는 문학사적 지위 등을 부록(해설)으로 다루었다.

셰익스피어 4대 희극
W. 셰익스피어 지음/이태주 옮김
크라운 변형판 · 값 10,000원 · 448쪽

영국이 낳은 세계최고의 시인이요 극작가인 셰익스피어의 희극 4편을 실었다. 〈베니스의 상인〉〈로미오와 줄리엣〉〈한여름밤의 꿈〉〈당신이 좋으실 대로〉 등을 통하여 우리의 영원한 세계문화 유산인 셰익스피어를 가까이 만날 수 있을 것이다.

셰익스피어 4대 사극
W. 셰익스피어 지음/이태주 옮김
크라운 변형판 · 값 12,000원 · 512쪽

셰익스피어 사극은 14세기 말에서 15세기 말에 이르기까지 영국사의 정권투쟁을 다루고 있다. 여기에는 〈헨리 4세 1부, 2부〉〈헨리 5세〉〈리차드 3세〉를 수록하였는데 셰익스피어는 이러한 역사극을 통해 세계인들에게 이상적인 군주의 모습이 어떤 것인지를 잘 보여주고 있다.

셰익스피어 명언집
W. 셰익스피어 지음/이태주 편역
크라운 변형판 · 값 10,000원 · 384쪽

이 책은 그의 명언만을 집대성한 것으로 인간의 사랑과 야망, 증오, 행복과 운명, 기쁨과 분노, 우정과 성(性), 처세의 지혜 등에 관한, 명구들이 일목요연하게 엮어져 있다.

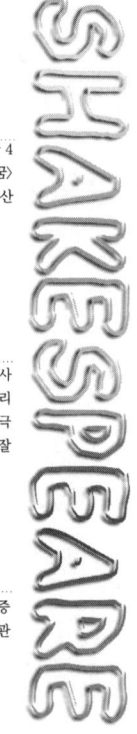

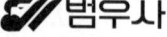 범우사   서울시 마포구 구수동 21-1호 전화 717-2121, FAX 717-0429
http://www.bumwoosa.co.kr (천리안 · 하이텔 ID) BUMWOOSA

범우비평판세계문학 38-❶~❽
책 속에 영웅의 길이 있다…!!

플루타르크 영웅전

플루타르코스 / 김병철(중앙대 명예교수) 옮김

'99년도 대학 논술고사 출제

국내 최초 완역, 크라운변형 新개정판 출간!

프랑스의 루소가 되풀이하여 읽고, 나폴레옹과 베토벤, 괴테가
평생 곁에 두고 애독한 그리스·로마의 영웅열전(英雄列傳)!
영웅들의 성격과 인물 됨됨이를 사실적으로 묘사한 영웅 보감!

그리스와 로마의 영웅들과 위인들의 파란만장한 생애를 통해 그들의 성격과 도덕적 견해를 대비시켜
묘사함으로써 정의와 불의, 선과 악, 진리와 허위, 이성간의 사랑 등 인간의 모든 문제를 파헤쳐 보이고 있다.

지금 전세계의 도서관에 불이 났다면 나는 우선 그 불속에 뛰어들어가 '셰익스피어 전집'과 '플루타르크
영웅전'을 건지는데 내 몸을 바치겠다 ─ 美 사상가·시인 에머슨의 말 ─

새로운 편집 장정 / 전8권 / 크라운 변형판 / 각권 8,000원~9,000원

 **범우사** 서울시 마포구 구수동 21-1호 TEL 717-2121, FAX 717-0429
http://www.bumwoosa.co.kr (E-mail)bumwoosa@chollian.net

범우희곡선

연극으로 느낄 수 없는 시나리오의
진한 카타르시스, 오랜 감동 …!

① **세일즈맨의 죽음** 아서 밀러/오화섭 옮김
고도로 발달된 산업사회에서 생겨난 물질 만능주의, 내적 갈등을
예리하게 파헤친 밀러의 대표작.

② **코카시아의 백묵원** 베르톨트 브레히트/이정길 옮김
동독의 극작가로서 현대극의 완성자라 불리는 브레히트의 시적·
서사적 대작.

③ **몰리에르 희곡선** 몰리에르/민희식 옮김
희극작가로 유명한 몰리에르의 작품 〈서민귀족〉, 〈스카맹의 간계〉,
〈상상병 환자〉를 모았다.

④ **간계와 사랑** 프리드리히 실러/이원양 옮김
괴테와 함께 고전주의의 쌍벽을 이루는 독일의 시인이며 극작가인
실러의 희곡.

⑤ **욕망이라는 이름의 전차** 테네시 윌리엄스/신정옥 옮김
미국 희곡의 금자탑, 극문학의 정점.
옛 추억과 이상 속에서 사는 삶과 비열한 삶의 대립.

⑥ **에쿠우스** 피터 셰퍼/신정옥 옮김
현실의 굴레와 원초적 욕망 사이에서 분열된 삶의 절규와
인간의 자유를 심도있게 표출.

⑦ **뜨거운 양철지붕 위의 고양이** 테네시 윌리엄스/오화섭 옮김
현대문명이 지닌 인간의 온갖 죄악과 부패와 비정상적 관계인
한 가족을 다룬 작품.

⑧ **유리동물원** 테네시 윌리엄스/신정옥 옮김
겨울안개처럼 슬픔의 빛깔과 가락만을 간직한 사람들이 엮어내는
환상의 추억극.

⑨ **빌헬름 텔** 프리드리히 실러/한기상 옮김
완전무결한 존재의 자유와 현실세계의 조화를 위해 투쟁하는 인간의 모습을
그린 작품.

⑩ **아마데우스** 피터 셰퍼/신정옥 옮김
인간의 원초적 감정의 실체를 날카롭게 파헤친 무대언어의 마술사
피터 셰퍼의 역작.

⑪ **탤리 가의 빈집(외)** 랜퍼드 윌슨/이영아 옮김
현대의 체호프라 불리는 윌슨의 대표적인 작품
〈탤리 가의 빈집〉과 〈토분 쌓는 사람들〉 수록.

⑫ **인형의 집** 헨리 입센/김진욱 옮김
개인과 가정과 사회의 관계 속에서 일어나는 갈등과 모순을
사실주의적으로 드러낸 입센의 회심작.

⑬ **산 불** 차범석 지음
민족사의 비극을 바탕으로 인간 본연의 삶과 사랑에 대한 갈증을
그려내고 있는 한국 리얼리즘 희곡의 걸작.

⑭ **황금연못** 어니스트 톰슨/최 현 옮김
노부부의 사랑과 신뢰, 죽음을 앞두고 겪는 인간적 갈등과
초월을 다룬 작품.

⑮ **민중의 적** 헨리 입센/김석만 옮김
지역 온천개발을 둘러싸고 투자자인 지역주민들과
개발계획자들 간의 흥미있는 대립을 그린 입센의 대표 작품.

⑯ **태(외)** 오태석 지음
생의 근원적인 문제를 신화적, 우의적인 형태로 표현한 가장 한국적인 작품.

범우사

서울시 마포구 구수동 21-1호 TEL 717-2121, FAX 717-0429
http://www.bumwoosa.co.kr (천리안·하이텔 ID) BUMWOOSA